再会

慶次郎縁側日記

北原亞以子

朝日文庫

本書は二〇〇一年十一月、新潮文庫より刊行されたものです。

再会　慶次郎縁側日記　●　目次

再会

慶次郎縁側日記

恩返し

これが、鬼の霍乱というものかもしれなかった。鼻梁の奥、目頭に近いあたりが干からびているように痛いと思っているうちに鼻がつまり、軀がだるくなって高熱が出た。

定町廻り同心は、軀が弱くてはつとまらない。森口慶次郎も、赤ん坊の頃はともかく、見習い同心からの三十年間に、一度も寝込んだことのないのが自慢だった。それが、今度ばかりは寝込むどころか、医者を呼ぶ騒ぎとなった。

医者は、風邪だといった。風邪ならひいたことがある。が、今までは、咳を二つ三つしただけできれいに癒った。きれいに癒った筈なのに、今度の風邪は手足の関節がこわれてしまったように痛み、軀中の力が抜けて、厠へ行くのさえつらかった。

「年齢だよ」

と、佐七は、妙に嬉しそうな顔をして言う。自分の方が二年、ことによると三年ほど先に生れてしまった恨みを、こんな時に晴らしているのかもしれなかった。その証拠に、「頑丈そうに見える人間ほど、どこかに綻びがきれてるものなのさ。それが、

年齢をとるとよくわかる」と、心地よげに笑うのである。

慶次郎は、三日ほど寝床の中にいて、四日目を寝床の上に坐り、詰将棋の盤を睨んで過ごした。山口屋の番頭、文五郎と、嫁の皐月が駕籠を飛ばしてきたのは、その時だった。

二人は、出入口へ出て行った慶次郎を見て、拍子抜けのした表情を浮かべた。風邪だと診断した医者が、山口屋で「大木は、ぽっきりと折れることもある」と言ったのだという。冗談じゃねえと怒る慶次郎を、文五郎は苦笑しながら宥め、医者の診立て違いだと主人に伝えると言って帰って行った。

皐月は、かかえてきた風呂敷包の中から、前掛とたすきを取り出した。半月くらいは泊まることになるだろうと、晃之助に置手紙をしてきたのだそうだ。

明日は晃之助もきますよと言って、皐月は台所の土間へ降りて行った。せっかくそのつもりできたのだからと、一晩泊まってゆく気らしい。

翌日、晃之助が息せききってあらわれ、やはり拍子抜けのした顔を見せた。慶次郎は、皐月に晃之助と一緒に帰れと言い、円光寺の前まで送って行った。その男には、円光寺の境内で出会ったのである。

円光寺は、かつて藤寺と呼ばれていた。

茅葺のひなびた寺で、境内も決して広くないのだが、祀られている弁財天は弘法大師の作と伝えられている。本堂の前には鏡の松と呼ばれる名木があり、遠くから参詣にくる者もいた。

が、それよりもこの寺を有名にしていたのが、境内の藤棚であった。文化の頃はこの木の盛りで、慶次郎も、妻と五つか六つだった娘の三千代を連れて訪れたことがある。棚は二十七間の長さがあり、美しい花房が重たく垂れていた。四尺あまりもあったという。まことに見事なものだったが、その藤は文政と年号の変わった頃に枯れ、今は棚すらなくなっている。

「面影はなくなっちまったな」

と、呟いたのが、その男に聞えたのかもしれない。藤の切株でも探しているように、地面を杖で叩いていたその男が、慶次郎を見て微笑んだ。

「諸行無常ですな。あの頃は、あれほど見事に咲く藤が、まさか枯れるとは思いませんでした」

「まったく」

うなずいた慶次郎の声に力がこもった。

病気とは縁のない軀だと思っていたのに、たかが風邪で三日も寝込んだ上、医者に「ぽっきりと折れることもある」と言われたのである。美しく咲き誇ることしか知らなかった藤の木の枯れていった姿が、ぽっきりと折れたかもしれない我が身の姿にかさなって、盛者必衰の感慨にふけっていたところだったのだ。

「いつかは死ぬとわかっているつもりでも、案外にわかっていないものですなあ。仕事に悩み、女に迷って、まだまだ若いと思っているうちに、冥土の入口へ近づいている」

「ご同様だ」

「失礼ですが、ご浪人で？」

「いや、酒問屋の寮番でね」

「酒問屋の寮番？——と、男は鸚鵡返しに言った。慶次郎の正体をつかみかねたのだろう。

慶次郎も、あらためて男を見た。

年頃は、慶次郎より六つか七つ年上か。十徳姿で杖をひいている。十徳は儒学を教える者や医者、狩野派土佐派など本絵の絵師がよく着ているが、とても儒者や医者に

は見えない。といって、絵師や俳諧師でもなさそうだった。よほど裕福でなければ手に入れられない眼鏡をかけていて、大店の隠居かもしれぬが、それにしては十徳に隠された軀つきが頑丈に過ぎる。蔵前の札差でも、この年齢まで鍛えてはいまい。蔵米取りの旗本や御家人が、借金のかたにとられた米を腕ずくで持って行こうとすることがあるために、札差は剣術の稽古に通うのだが、この年齢になれば皆、雪月花にことよせての風流を楽しんでいる。

「あちらに水茶屋があります」

と、男が眼鏡を懐へしまいながら言った。水茶屋の床几に腰をおろして、ゆっくり話をしようというつもりらしかった。

先に立って歩き出した男のあとを、慶次郎は喜んでついて行った。男の正体がわからぬうちに帰るのは気分がわるかった。

男は、右足をひきずっている。頑丈な軀に杖はおかしいと思っていたのだが、足に怪我をしているようだった。

「十日ほど前に転びましてね」

慶次郎の胸のうちを見透かしたように男がふりかえった。ええ、道端にね、一寸の深

「それが、こんな小さな穴に爪先をひっかけたのですよ。

さもありゃしない小さなのがあったんです。昔はあんなものにひっかかかったって、足首を捻じったりしなかったものですがねえ。第一、転びゃしなかった」

そうだろうなあと答えるほかはない。

男は、足をひきずりながらかなりの早さで歩き、茶店の女に声をかけて床几に腰をおろした。

「もう仕事はむりだと思いましたよ」

「そのお年齢で、まだ仕事ですかえ」

「お武家様だって、寮番をなすっていると仰言ったじゃありませんか」

男はあたりに響くような声で笑って、茶店の女のはこんできた茶に口をつけた。風が、茶店の横の松を揺すって行く。慶次郎も湯呑みをとって、さりげなく尋ねた。

「何のご商売で？」

「いい風ですなあ」

と、男は答えた。

「実は、伜が日本橋で糸物問屋をいとなんでおります。わたしの商売を継がせたかったのですが、糸物問屋へ奉公させたのが失敗でございました」

「で、そちらのご商売……」

「どちら様も同じでしょうが、子供は十五、六になりますと、一人で大きくなったよ
うな顔をいたします。商売を継がせようといたしましても、口ではかないません。何
のかのと屁理屈をこねられて、負けました。ええ、申し上げるまでもなく、店を出す
金はわたしが出しましたよ」

慶次郎は口を閉じた。男の話は、まだつづいている。

「が、お蔭様で孫も生れました。そろそろ隠居をして、孫の相手をして暮らせという
ので伜の家へまいりましたが、お武家様、近頃の男はだらしがないですねえ」

「お内儀に頭が上がらぬとか？」

「上がらぬも何も」

男は湯呑みを置き、軀を慶次郎の方へ向けようとした。男の足が、慶次郎のそれに
ぶつかった。「ご無礼を」と言って、男は急いで足を引いたが、孫の相手をして、軀
肉の嘆をかこっているような足ではなかった。

「嫁がわたしを邪魔者扱いにしても、叱るどころか、辛抱してくれと頭を下げるので
すから」

呆れたものですと、男は言った。

「それならこっちも一人で生きてやると、伜のうちを飛び出したまではいいのですが、

一寸の穴で、このざまです。人が病気をしたって怪我をしたって、わたしだけは無事だったのですが。——そぞろ無常を感じますなあ」

そんな愚痴をこぼす相手に選ばれたのかと思ったが、そうではなかったのだった。男には待ち合わせの約束があったようで、その暇つぶしの相手に選ばれたのだった。二十七、八の、これは一目で商家の若主人とわかる男が、急ぎ足に茶店へ近づいてきたのである。

男が嬉しそうに手招きをして、若主人はほとんど駆足になった。

「申訳ございません。すっかり遅れてしまいました」

若主人は、男へ丁重に頭を下げ、ついでといった感じで慶次郎にも挨拶をした。

「出かけようといたしましたところへ、大事なお客様がみえまして」

約束の時刻に遅れるのもむりはなかったが、男は、「お前までがわたしと縁を切りたくなったのかと情けなくなった」と拗ねてみせた。たった今、話に出た倅ではないようだった。

男が、慶次郎を見た。

「養子でございます。こちらは、この通りの孝行者でございまして」

「ご養子？」

「田島屋の道三郎でございます。日本橋本石町で、風呂敷、手拭い、晒布などを商っております」

聞いたことのある名前だった。慶次郎は、三千代が田島屋の風呂敷だといって、小粋な柄のそれを幾枚も持っていたのを思い出した。

「というと、そちらは田島屋のご隠居で？」

「いえいえ」

男は、ゆっくりとかぶりを振った。

「どうもお喋りが先になってしまいまして。わたしは九右衛門と申します。上野新黒門町に住んでおります」

「別々に住んでいなさるのかえ」

「養い子の道三郎は、田島屋の入智となりました。田島屋さんに見込まれて——というより、田島屋さんの一人娘が、道三郎と所帯をもてなければ死んでしまうと言いなすって……」

男は、そこで言葉をきって笑い出した。道三郎が、耳朶まで赤くして九右衛門の袖を引いていた。

「この通り、気の優し過ぎるのが短所のような男でございます。わたしが足をひねっ

て動けないと聞くと、とるものもとりあえず看病にきてくれますし、仕事を手伝ってくれぬかと使いを出せば、何はさておいても飛んできてくれます」

九右衛門は、目を細めて道三郎を見た。田島屋の聟となっても、九右衛門を第一に考えてくれる養子が嬉しくもあり、頼もしくもあるのだろう。が、道三郎は、九右衛門の視線を避けるように俯いた。

行こうか——と、九右衛門が言った。道三郎が手を差し出して、その手と杖にすがって立ち上がる。藤棚のあったあたりから茶店まで、早足で歩いてきた男にしては大仰なしぐさだった。

「大丈夫でございますか。わたしの乗ってまいりました駕籠を、門前に待たせてありますが」

「大丈夫さ」

そう言いながら、九右衛門は道三郎の肩を借りようとする。そのくせ慶次郎が茶代を置こうとすると、杖まで道三郎にあずけて懐へ手を入れた。大きな紙入れを出して茶代を払っている顔は、枯れてしまった藤に無常を感じていた男とは別人のようだった。

「あの、お名前を伺ってもよろしゅうございますか」

「森口慶次郎。山口屋の寮番といえば、この辺ではすぐにわかる」

「森口様——でございますね。ぜひまた、お目にかかりましょう」

九右衛門は深々と頭を下げ、杖と道三郎の肩にすがって歩き出した。

慶次郎は、首をかしげてその後姿を見送った。尾けて行った方がよいと、定町廻り同心だった頃の『勘』が言っていた。が、九右衛門に肩を貸しているのは、田島屋の聟である。現在の主人は三代目か四代目の聟で、昨日や今日、暖簾を出した店ではない。

「あの風呂敷問屋がまさか」

そう思う。

新黒門町の九右衛門か——。

聞いたばかりの名前を呟きながら、慶次郎も、寺の門へ向って歩き出した。

　あれから七日が過ぎただけなのに、縁側に将棋盤を持ち出して駒を並べていると、風通しのよさよりも、陽当りのよさを感じるようになった。陽射しが暑いのである。明後日の五月五日からは麻の着物を着るのだが、そんな約束事は気にせず、もう袷

を脱いでしまいたかった。　慶次郎は、　詰将棋の本を放り出して片肌を脱ぎ、　井戸端へ行った。

井戸の上には東屋に似せた屋根があり、その上には栗の木が枝をのばしている。冬は霜解けに悩まされるところだったが、風の通り道であり、夏は極楽だった。つめたさが心地よくなった汲みたての水を飲み、口のまわりの雫を拭っていると、裏口から佐七が顔を出した。皐月から着物が届いたという。

あわてて部屋へ戻ったが、皐月の姿はなかった。着物は山口屋の小僧が届けにきたらしい。小僧は佐七から小遣いをもらい、飛び跳ねるようにして帰って行ったそうだ。

慶次郎は、部屋に置かれていた畳紙を開けた。衣替えの五日から着られるようにとの心遣いだろう。越後上布の着物が入っていた。

絣の大きさが少し派手なような気もするが、仕立ては上々だった。八丁堀の屋敷の、かつては慶次郎の居間だった部屋で、熱心に針をはこぶ皐月の姿が目に浮かんだ。三千代も自分の部屋より慶次郎の居間が好きだと言い、よく針箱を持ち込んでいたものだった。

だが、なぜ皐月は、できあがった越後上布を自分で届けにこなかったのだろう。あれは、たちのわるい風邪だった。慶次郎は、風邪をうつしたのではないかと思った。

は急いで身支度をして、台所で煎餅（せんべい）を食べていた佐七に出かけると言った。

急いでいる時は、思うように道がはかどらない。汗みずくになって屋敷に着き、声をかけると、皐月はたすきがけであらわれた。いつあらわれるか知れぬ岡っ引達のために、めしを炊いていたのだという。

「一昨日（おととい）、おかしな出来事がありまして」

皐月はたすきを袂（たもと）に入れ、現在は晃之助の居間となっている部屋へ慶次郎を案内した。

「二百両も盗まれたと、番頭が青くなって番屋へ駆け込んだというのに、そのお店の主人は、何も盗まれていないと強情を張っているのだそうでございます」

「そりゃあ裏に何かあるのさ。番頭の言うのが、ほんとうだろう」

「はい。女中衆の一人も、泥棒に入られたとご近所に言っていたそうでございます。その上、その店の主人が親戚筋（しんせき）に当るお人を殴りつけて、軽い怪我をさせたとか」

晃之助は、岡っ引達に事件の裏を探らせることにしたという。昨日から岡っ引達はその店を見張り、主人の素性を調べるなど、隠密裡（おんみつり）に動いているが、時折、この屋敷へ戻ってくる。腹を空かせてくるので、飯炊きまかせにしていると、めしの足りなくなることがあるのだそうだ。

　若い頃のにおいをかいだような気がした。事件を追い、屋敷へ戻ってくる時は、慶次郎も岡っ引達も、腹の皮が背に張りつくような思いをしていたものだった。

「いそがしかっただろうに。俺の着物なんざ、あとでよかったんだ」

「いえ、昨日、山口屋の番頭さんがお酒を届けにきて下さいまして。それならば、こちらで届けて差し上げようと言って下さいました。今年ももう、麻の季節になってしまったんですねえ」

「有難うよ」

　皐月は、竈の火を引いてくると言って、台所へ出て行こうとした。慶次郎は何気なく、二百両を盗まれたという店の名を尋ねた。

「日本橋大伝馬町二丁目の糸物問屋、三杵屋だそうでございます」

と、皐月は答えた。

「主人の名は、茂八といった筈です。親戚筋の方は本石町の田島屋という風呂敷問屋で、怪我をいたしましたのは、若主人の……」

「わかった」

　慶次郎は、茶を飲み干して立ち上がった。

だが、怪我をしている筈の道三郎は、田島屋にいなかった。

顔見知りの下っ引が、田島屋の前に下駄の歯入屋をよそおって坐っていたので、慶次郎は蕎麦屋に入り、出前持に道三郎への手紙をことづけた。下っ引と顔を合わせたくなかったのだが、出前持は、鼻紙に「根岸の寮番」と書いたその手紙を、ひらひらさせながら戻ってきた。医者へ行ったようだという。

近くに住んでいる医者の名前を聞き、蕎麦屋を出ようとすると、知った顔が暖簾をくぐってきた。慶次郎は苦笑いをしたが、相手もそこに慶次郎がいるとは思わなかったのだろう。やはり苦笑いを浮かべて、慶次郎に近づいてきた。天王町の辰吉であった。

「やっぱり、ここですか」

辰吉は、もりを二枚頼んで慶次郎の前に腰をおろした。

「探していたんですよ。佐七つぁんに聞いたら、八丁堀のお屋敷へ行かれたってんで、そちらへ伺ったんですがね。入れ違いになったようだ」

「俺に何の用だ」

「おとぼけなすって」

辰吉は、笑いながら首筋の汗を拭いた。

「田島屋の道三郎たあ、どういうお知り合いですえ」

「道三郎？　知らねえな」

「これだ」

もりがはこぼれてくるのを見て、辰吉は箸をとった。

「先刻、医者へ行くと言って出かけた道三郎のあとを尾けて行ったんでさ。ところが、あいつがどこへ行ったと思われやす？」

「さあてね」

慶次郎は、銭を置いて立ち上がった。

「すまねえ。先に帰るよ」

出口へ向う背後から、蕎麦をすする音が聞えてきた。「あのね」と言う声が聞えたのは、そのあとだった。

「あのね、旦那。道三郎は今、円光寺にいやす」

「ふうん」

「旦那に何を話しに行ったのか知りやせんがね。お留守だったんで、あの野郎、途方に暮れた顔つきで寺へ入って行きやした」

「下っ引はつけてあるだろうな」

「語るに落ちるってね」

蕎麦をすする音が聞えている。

「大丈夫、出家するつもりで寺へ入ったのじゃありやせんからね。あの野郎、首を長くして旦那のお帰りを待っていやすよ。佐七つぁんに、またくると言ったそうで」

「有難うよ」

また、蕎麦をすする音が聞えてきた。ふりかえると辰吉も目を上げていて、蕎麦をほおばった口許を、ほんの少しゆるませた。

蕎麦をすする音が聞えているが、辰吉は、目尻を下げて笑っているにちがいなかった。

道三郎は、すっかり日陰になった茶店の床几に腰をおろしていた。

どうしよう――。

という言葉が、また口をついて出た。茶店の女にいやな顔をされながら、長い間床几に腰をおろしていると、山口屋の寮番が留守であったのは、何も言わずに帰れという神仏のお告げのように思えてくるのである。

「帰ろう」

立ち上がったが、道三郎はふたたび腰をおろした。神仏のお告げであっても、やは
り黙っているべきではないと思った。山口屋の寮番となのった男はただ者ではない、一昨日、九右衛門の仕
あの男に打明けて、九右衛門を救ってもらおうと思ったのは、一昨日、九右衛門の仕
事を手伝った時からではなかったか。

寮番に打明ければ、九右衛門は、道三郎を裏切り者と罵るだろう。寮番の行動次第
では、田島屋にも迷惑をかけることになる。それでも、道三郎は打明ける覚悟をきめ
た。九右衛門に裏切り者と罵られ、蹴り倒されても、田島屋の舅夫婦に「そんな男だっ
たのか」と蔑まれ、女房に「騙していたのか」と怨まれてもやむをえない、打明ける
ことこそ恩返しになると考えたからだった。

養い親の九右衛門から、裏切り者と罵られるのはつらい。舅夫婦から蔑まれるのは、
なおつらかった。それ以上につらいのは、飽きも飽かれもせずに暮らしてきた女房に、
「騙していたのか」と泣かれることだった。そうなることを想像すると、言訳のでき
ないことだけに、胸が痛くなってくる。

が、そのつらさや情けなさは、道三郎一人が背負えばすむ。罵られるのが恐しいか
ら、蔑まれ怨まれるのが悲しいからと、黙っていれば九右衛門は深みにはまってゆく

だろう。おのれの気持を第一にしていては、恩返しなどできないのである。

気がつくと、日陰が夕暮れの薄闇に変わっていた。烏が鳴いていて、境内に人影はない。

茶店の女が、動こうとしない道三郎を迷惑そうに眺めていた。

今日は会えぬと諦めた時、聞き覚えのある声が道三郎を呼んだ。道三郎は急いで立ち上がり、茶店の女もこれで店をしまえると言いたげな顔をした。

山門を出ようとしてふりかえると、みたらしの陰に二人の男が立っていた。さりげない風をよそおっているが、道三郎を見張っていたらしい。寮番を見ると、彼は苦笑いをしてあごをしゃくった。二人の男は、寮番に会釈をして山門を出て行った。

「やっぱり——」

と、道三郎は言った。

「やっぱり、町方の旦那だったのでございますね」

「今は、酒問屋の寮番だよ」

寮番は、立ちどまった道三郎の肩を押した。

「三杵屋から二百両を盗んだのは、お前さんと九右衛門だろう」

寮番に押されて歩き出した足が、またとまった。打明けるつもりで出かけてきたのに、言い当てられると、女房や舅夫婦の顔が目の前に浮かんだ。

「どうした」

と、寮番が言った。

「それを話しにきてくれたのじゃねえのか」

道三郎は口ごもった。

「あの、……田島屋が気がかりで……」

「体裁のいいことを言うな」

と、寮番は言った。

「今まで素知らぬ顔で暮らしていながら」

道三郎は、少し間をおいてから答えた。

「割に入りました時は、九右衛門が盗人であると知らなかったのでございます。三年ほど前に、九右衛門の商売なるものを打明けられ、手伝えと言われていたのでございますが」

寮番も、少し間をおいて口を開いた。

「で、口明けに、手前の件のうちへ盗みに入ったってわけか」

「割に入りました時は、自分一人でも盗みに入ると真剣な顔で言われまして。三年前から、一度はやめた商売を、またはじめたくて

ならなかったようでございます。それで、小手しらべに三杵屋へ押し入るよう、わた

しが申しました」

「親孝行だな」

「いえ、恩返しでございます。とにもかくにも、騒いで仕方がないらしい養父の血を

鎮めねばと思いましたので」

「九右衛門は、養い親だと言っていたな」

「そう言ってもよろしゅうございましょう。実父は、百俵に満たぬ禄米取りの御家人

でございました。お定まりの借金で、わたしは廃嫡されたのでございます」

夕暮れの闇の中に、ひなびた茅葺屋根の門が見えてきて、寮番が「俺の住まいだ」

と指さした。遠目には粗末な造りに見えるが、近くに行けば、贅をつくしたものであ

ることがわかるにちがいない。道三郎は小さく笑った。

大名も含めて、商家に借金のない武家はいないだろう。すべての売買は金であるの

に、武家の収入はいまだに米であり、しかも物価とともにその収入――禄高がふえる

ということはない。物価が高騰すれば、暮らしが苦しくなるのは当然だった。

内職をしても、収入は支出に追いつかない。禄米取りの武家は、支給される米を彼

等にかわって受け取ってくれる札差から、その米を担保として金を借りる。借りた金

を返せるほど暮らしに余裕があるなら、はじめから借りはしない。気がついてみると蔵米をすべて札差に差押えられていた——などという話も、めずらしいことではなかったし、米も渡さぬ、これ以上は金も貸せぬと札差に言われ、逆上した御家人が刀をふりまわす事件もあとを絶たなかった。

そんな御家人達の最後にとる手段が、御家人株を売ることだった。裕福な商人の倅を養子に迎え、その持参金で借金を払うのである。

「世の中、いろいろですね」

道三郎の笑いは、口許にこびりついている。

「お金をかけて粗末な門をつくるお方もいれば、立派な門の修理ができず、こわれたままにしておくお方もいます」

御家人株を売って借金返済の責苦から逃れたい者もいれば、返済分以上の金を払っても、武家になりたい者がいるのである。富を手にした商人達には、貧乏がつきものであっても、武家という肩書が輝いて見えるのかもしれなかった。株を買いたいと言う商人は多かったが、哀れなのは、そのために廃嫡される御家人の息子だった。一生を、冷飯食い——厄介者として過ごさねばならないのである。

「わたしは、五歳で廃嫡されました」

と、道三郎は言った。

幸いと言ってよいだろう。子供に恵まれなかった深川の材木問屋が養子にさせてくれぬかと頼みにきて、道三郎の両親も、息子が厄介者となるよりはと、二つ返事で承諾した。

道三郎は、裕福な商家の跡取りとなって、何不自由なく暮らす筈だった。が、六年後、道三郎が十一歳となった時に、材木問屋は暖簾をおろす破目となった。材木を積んだ船が嵐で沈んだのである。

材木問屋夫婦は道三郎を連れて、本所の裏通りに移り住んだ。それでも、道三郎は幸せだった。心労からか、床につくことの多くなった夫婦の体調がもとにもどったなら、養父の弟の店で商売を学ぶことがきまっていたのである。努力次第では、また材木問屋の店を出せる道もひらけていたのだが、夫婦の軀は予想以上にむしばまれていた。二年の間に、あいついで他界してしまったのである。

道三郎を待っていたのは、「あの子が不運を持ってきた」という親戚中の白い眼だった。養父の弟は約束を反古にし、養父の妹も、養母の兄弟も皆、背を向けた。

生れた屋敷へ帰るわけにもゆかず、途方に暮れていた道三郎をひきとってくれたのが、九右衛門だった。本所の裏通りで、たまたま隣りに住んでいた九右衛門は、俤の

茂八が奉公している糸物問屋で道三郎も働けるようはからってくれた。

「ずいぶんと親切じゃねえか」

と、寮番が言った。

「九右衛門も、御家人の息子でしたから」

十九の時に廃嫡されたと、九右衛門は言っていた。商人の伜がそれまで九右衛門の使っていた部屋へ入り、九右衛門は薄暗い小部屋へ移って、飯櫃の隅にかろうじて残っていた、文字通りの冷飯を食って暮らしていたという。

「盗人となったのは、株を買い取った商家から、十両足らずの金を盗んだのがきっかけだそうでございます。ざまあみろと思った気分のよさと、金欲しさから盗みに入るようになったと言っておりました」

「で、お前さんにも、その道を歩ませようとしたのかえ」

そうではなかった。九右衛門は、伜の茂八にすら、自分の商売を打明けていなかった。茂八も道三郎と同様に、九右衛門は上方で商売をし、疲れをいやすために時折江戸へ帰ってくると信じていたのである。

「廃嫡されてよかったじゃないか」

と、九右衛門は道三郎に言った。

「いい商人になることだ。商人になりゃ、いくらでも金を儲けることができる。融通のきかない武家よりも、ずっといい」

道三郎も、そう思った。そう思って陰日向なく働き、田島屋の娘に見染められて入智となった。九右衛門は、恩人だった。

が、道三郎が入智となった翌年、九右衛門はそろそろ隠居をすると言って江戸へ引き上げてきた。本所の裏通りの家で、一年を過ごすというのである。今から八年前、九右衛門が四十六となった春のことだった。

「これからあとのことは、九右衛門が愚痴をこぼしたことと存じます。九右衛門は、茂八を相棒にして盗みをつづけるつもりだったようでございますが、驚いた茂八に、地の果てへ消えてくれとまで言われたそうで。が、母親を早く亡くした倅は可愛くてならぬのか、糸物問屋の株を買ってやりました」

「盗んだ金でかえ」

「さあ──」

盗んだ金以外、九右衛門の持っていたわけがないのだが、道三郎は言葉を濁した。しばらくの間、九右衛門は穏やかに暮らしていた。本所から茂八の店へ引越して、終日孫の相手をしていた時期もある。が、茂八の女房と大喧嘩をし、その家を飛び出

してから、しばしば道三郎をたずねてくるようになった。商売を手伝ってくれという
のである。

「商売が盗人だと聞かされた時は、息がとまるほど驚きました」

が、茂八のように、地の果てへ消えてしまえとは言えなかった。それは、盗人の子
に生れてしまった者だけが言える言葉だった。道三郎にとっての九右衛門は、路頭に
迷ったかもしれぬところを助けてくれた恩人であり、商人として生きてゆけるように
してくれた恩人であった。恩人の血が騒ぎ、落着いて夜も眠れぬというのであれば、
血が鎮まるように力を貸してやりたかった。

「そんなわたしの胸のうちを見抜いたのでございましょう。日本橋室町の鰹節問屋は
どうだ、芝七軒町の地本問屋なら勝手はわかっていると、幾度、誘われたかしれませ
ん」

寮番は、黙って聞いている。

「力を貸してやらねばと思っていても、誘いは盗みでございます。悪事に手を染める
のも、しくじった時を考えるのも恐しゅうございました。いつなら店を脱け出せると
尋ねられるのを幸いに、そのうち——と曖昧な返事をするほかはなかったのでござい
ます」

気長に待っていると、九右衛門も言っていた。が、三年も待たされれば、癇癪を起こすのもむりはなかったかもしれない。

「でも、生れてはじめてのことでございます。手はじめに、親戚の家からお願いいたします」

手伝いましょうと、道三郎は言った。

「よかろうと、九右衛門は笑った。笑ったが、その帰り道、小さな穴につまずいて足首をひねった。軀がこれほど衰えていたとは――と嘆く九右衛門を、道三郎は見ていられなくなった。

「三杵屋にしのび込みましたのは、わたしでございます」

「生れてはじめてにしちゃ、ずいぶんと手際がよかったじゃねえか」

「一昨日、三杵屋に二百両の金が入ることは九右衛門が知っておりましたし、庭木戸の錠や雨戸は、日暮れにたずねて行った九右衛門が、はずれるようにしておいてくれました。それと察した茂八が、父親に昔の商売をさせる気かと、わたしを殴る筈でございます」

道三郎は、大きな息を吐いた。この次の言葉を言うために、今まで山口屋の寮番を待っていたのだった。

「あの、わたしを捕えていただけませんか。九右衛門は、何も知らなかったことにして」

寮番が、ちらと道三郎を見た。

「丈夫そうに見えても、小さな穴につまずいただけで足首をひねってしまう九右衛門でございます。鰹節問屋の何のと言っておりますが、わたしが捕えられてしまえば、もう罪を犯す心配はございません。茂八の家に戻り、茂八の女房の悪口を言いながらも、無事に生涯を終えることでございましょう。それがわたしにできる、精いっぱいの恩返しでございます」

しばらくの間、寮番は答えなかった。

空に星がまたたきはじめて、いつまでも戻らぬ寮番を心配したのだろう。門のくぐり戸を開けて、先刻会った飯炊きの男が顔を出した。

寮番が道三郎を呼んだ。

「わるいようにはしねえから、教えてくんな。九右衛門は、次にどこの店へ入る気だ」

知らぬ――と、道三郎は答えた。頬のひきつれているのが、自分でもよくわかった。

寮番の手が肩に置かれた。逃げ出そうと思ったが、まるで足が動かなかった。

木戸番の拍子木が遠くなった。

月は雲に隠れて、風に揺れる常夜燈の火が、江戸の町の闇をかすかに照らしている。

日本橋横山町一丁目の四辻であった。

慶次郎は、道三郎に教えられた通り、薬種問屋の軒下に身をひそめて九右衛門を待っていた。

狙いをつけたという鼈甲問屋は、二軒先にある。約束の刻限である深夜八つの鐘は鳴り終ったが、人の近づいてくる気配はない。一瞬、道三郎に騙されたのではないかと思った。仮に九右衛門が一世一代の盗みを計画していたのだとすれば、道三郎も一世一代の恩返し、三杵屋の一件で集まった同心や岡っ引の目をそらそうと、慶次郎に嘘の打明け話をすることもあるだろう。

黒に近い藍微塵の袷と黒い股引に身をつつみ、足袋まではいているので、立っているだけで汗がにじんでくる。草鞋ばきの足許へ野良犬が近づいてきたが、知らぬ顔をしていると、申訳なさそうに尾を垂れて離れて行った。慶次郎は、常夜燈の明りを急いで横切って、闇の中に立った。かすかな足音が聞えた。九右衛門にちがいなかった。

足音がとまった。九右衛門の姿はない。が、闇の中から「道三郎かえ」という声が聞えてきた。明りを横切る慶次郎の姿が、道三郎とはちがっていたのだろう。闇の中に身を隠して、慶次郎の答えを待っているようだった。

慶次郎は目をこらした。背の高い九右衛門の姿が、闇の中にわずかな闇をつくっていた。

「誰だ、手前は」

その闇が言った。円光寺で会った時からは想像もつかぬ、伝法な口調だった。

「山口屋の寮番だよ」

「裏切りゃがったな、道三郎め」

うなるように呟いたかと思うと、九右衛門は踵を返して走り出した。足首をひねっているというのが嘘のような早さだった。

慶次郎は、盗人かぶりの手拭いを投げ捨てて九右衛門を追った。慶次郎も、足には自信があった。「旦那は天狗の生れ変わりか」と、盗人を驚かせたこともある。それでも、横丁や路地へ次々に飛び込んで行く九右衛門の姿を、見失いそうになった。月のない暗さに助けられているとはいえ、彼の足の早さは格別だった。

江戸の町を、どれくらい駆けただろう。執拗に追って行くうちに、九右衛門との間

は次第につまってきた。

一間ほどにその距離がちぢまった時だった。ふいに、九右衛門が足をとめた。

「やめた」

盗人かぶりの中で笑ったのだろう。いきなり地面に腰をおろし、足を投げ出した。

「早えね、旦那も。足首をひねってなけりゃ負けやしねえんだが、痛み出して、もう走れねえ」

「助かったよ。俺も、息がきれてきた」

慶次郎も、向い合って腰をおろした。

「毟碌したねえ、俺も。八丁堀や岡っ引がどんな恰好をしていようと、昔は一目でそれと見抜いたものだが」

「酒問屋山口屋の寮番だと言ってるだろうが」

「この期におよんで嘘をつくこたあねえ」

「俺あ、泥棒じゃねえからな」

九右衛門が慶次郎を見た。

「嘘は泥棒のはじまりだ。嘘はつかねえってことよ」

「だったらなぜ、道三郎はお前さんとこへ行った」

と、九右衛門は言った。

「道三郎が、おそれながらと訴えて出たから、お前さんがここへきたのだろうが」

「俺が寮番だから、道三郎は相談にくる気になったのさ」

九右衛門は、鼻先で笑った。

「いずれにしろ、俺を売ったことに変わりはねえやな」

「おい――と、九右衛門は慶次郎を見据えた。

「必ず自訴する。俺ぁ、盗人だが嘘はつかねえ。明日一日、いや半日でいいから暇をくんな」

「だめだ」

と、慶次郎は、ひややかに答えた。

「道三郎を殺る気なのだろうが、そうはさせねえ」

「このまま番屋へ引っ立てるってのか」

「お前が望むなら」

「引っ立ててもらおうじゃねえか」

「縄抜けをして、当番の差配達を蹴倒して逃げようたって、そうはさせねえぜ」

九右衛門は横を向いた。

「道三郎は、お前を番屋へ突き出してくれとは言わなかったんだよ」

返事はない。

「茂八は、道三郎を殴りつけたそうじゃねえか」

これにも答えは返ってこないだろうと思ったが、ややしばらくたってから九右衛門は口を開いた。

「道三郎にくらべりゃ出来損いだがね。それでも実の倅だ、俺を売ったりはしねえ」

九右衛門は、ちらと慶次郎を見て言葉をつづけた。

「盗人の子に生れるくらいなら、生れてこねえ方がよかった、わたしを生かしておいてくれる気なら九右衛門の子だと言わないでくれというのが、あの子の口癖でね。親にしてみりゃこんなに情けねえこたあねえが、ずっと堅気で育ったあの子にしてみりゃあ、親は盗人とわかった時は、死んじまいたいくらいだっただろう。道三郎をぶん殴ったのもむりはねえ。が、可愛いじゃねえか、番頭が二百両盗まれたと言っても、それは番頭の思い違いだと言い張ってくれたんだぜ」

だから——と、九右衛門は言う。

「俺あ、あいつにゃ借りがあるような気がしてるんだ」

「いい気なものだ」

九右衛門が慶次郎を見た。

「手前、それでも道三郎の親か。先刻、茂八は実の伜だとか何とか吐かしていたよう
だが、田島屋という老舗の聟になりながら、お前の盗みにつきあってやった養い子の
気持を、これっぽっちでも考えてやったことがあるのか」

三千代は血を分けた娘、皐月は嫁であった。しかも、娘の恋い焦がれた男に嫁いで
きて、嫁となったのである。

死んだ三千代と区別のつけようがないと思ってはいるが、晃之助と酒を酌みかわし
ている時などに、三千代はこの男に抱かれることもなく逝ってしまったのだと思うこ
とがある。そんな気持の揺らぎは気ぶりにも出していないつもりだが、皐月が察して
しまうこともあるだろう。三千代の死も、その死のあとで晃之助が慶次郎の養子とな
ったことも、すべて承知で嫁いできたとはいえ、慶次郎の胸の底を垣間見た時に、せつ
ない思いをしていたかもしれなかった。三千代は実の娘、親の心の揺らぐ時があって
も仕方がないと言えぬこともないが、だからそれでよいと言えはしない。

「道三郎は、自分を捕えてくれと言った」

九右衛門が慶次郎を見た。

「自分が捕えられれば、お前が盗みをやめるだろうというわけさ。田島屋の暖簾とお

前の恩とを天秤にかけて、お前の恩をとったんだよ。それが、道三郎の恩返しだったんだ」

倒れるのではないかと思うくらい、九右衛門は深く首を垂れた。「恥ずかしいよ」と言う声が、少しくぐもって聞えてきた。

「旦那、頼むよ。明日、半日でいいから暇をくんな。道三郎に詫びてから自訴をする……」

「だめだ」

慶次郎はかぶりを振った。

「自訴して、道三郎や、何も知らねえ田島屋にまで迷惑をかける気か」

九右衛門は、ふたたび首を垂れた。

「茂八んとこか江戸の隅っこで、おとなしくしているんだな」

返事は聞えなかった。

翌日、慶次郎が辰吉の家へ出かけた留守のことだった。山口屋の寮に巡礼姿の男がたずねてきて、油紙にくるまれた重い包を置いて行ったという。

開けてみると、二十五両ずつにたばねられた小判が八つ、きれいにならべられていた。

八百屋お七

「おや、また麻の葉ですよ」

と、晃之助が言った。

その視線の先を追って行くと、先刻とは色こそちがえ、麻の葉模様の着物を着た娘が歩いている。先刻の臙脂色も可愛らしかったが、今すれちがった娘の浅葱色も、もなく更衣となって、夏を迎える陽の光に映え、娘の若々しさをひきたたせていた。

「このところ、見かけなかった柄ですがね」

と、晃之助が言う。

　慶次郎は、根岸へ帰るところだった。その途中、市中見廻りの晃之助と上野北大門町で偶然に出会い、方向が同じなのでしばらく一緒に歩いてきたのだが、いつまでも見廻り中の同心と肩をならべているわけにはゆかない。そろそろ別れた方がよいと思い、慶次郎は、横丁を探してふりかえった。

　慶次郎に出会ってから、妙に緊張した面持で御用箱を背負った小者と目が合った。慶次郎に出会ってから、妙に緊張した面持で歩いていた小者は、かわいてしまったらしい唇を舐めて話しかけてきた。

「麻の葉ってのは、芝居の八百屋お七が着ていたんでやしょう？」

二十二、三の若い男だった。そういえば先日、以前の小者は四十四歳で隠居したと、晃之助は言っていた。もうしばらく働いてくれと晃之助は言ったそうだが、その男は、慶次郎と同じ年齢で隠居するのだと強情を張ったらしい。

「お七の役は五代目岩井半四郎でね」

と、慶次郎は答えた。

「外題は『其往昔恋江戸染』といったかな。大評判になったものさ。着物だけじゃない、帯も風呂敷も、江戸の女が持っているものは、みんな麻の葉ってえような騒ぎだった」

小者は、嬉しそうな顔をしてうなずいた。

晃之助の話によると、近頃、奉行所内でしばしば『仏の慶次郎』の名が出るという。

慶次郎が口癖のように言っていた、「罪を犯させぬことこそ町方の役目」が、与力や同心の合言葉のようになっているのだそうだ。

「よせやい」と慶次郎はてれたが、「いえ、仏の慶次郎は、今や神様です」と、晃之助は、洒落ているのではなさそうな顔つきで言った。見習い同心や、見習いから昇格したばかりの若い同心達が、「数年前、南町奉行所に神様のような人がいた」と言っ

ているのだという。晃之助の小者となった男も、そんな慶次郎の噂を聞いて、一言でも言葉をかわしてみたいと思っていたのかもしれなかった。

浅葱の麻の葉模様を着た娘は、北大門町の角を、左へ曲がって行った。

「さあて、俺も……」

この辺で裏通りへ行くと言うつもりだったのだが、晃之助ののんきな言葉に遮られた。

「あの芝居がかかったのは、文化六年の森田座でしたかね。でも、お七の話は、その前にも浄瑠璃や芝居に仕立てられているんでしょう？」

「俺もよくは知らねえが、幾つかあるそうだよ」

大火事で焼け出され、立ち退いた先で出会った寺小姓と恋におちて、「もう一度火事にさえなれば」と再会したい一心で火を放ったお七の物語は、愚かで哀しい娘心が人々の同情を買うのかもしれない。作者も好んで書き、その都度、大当りをとっているようだった。

「火付けの罪で火あぶりになったお七も可哀そうだが、その火事で焼け出された人達は、もっと気の毒ですからね。お七が火付けをする前に何とかできなかったのかと思うと、養父上の言われていたことの意味が、よくわかりますよ」

「よせと言っているだろうが」

てれくささに、軀中が熱くなる。慶次郎は、すぐ先の横丁へ駆け込もうとした。

が、その熱さに目がかすんでいたのかもしれない。反対側から駆けてきた男に突き

当ってよろめいた。

「おっと。勘弁してくんな」

男は、慶次郎など目に入らぬようだった。

「定町廻りの旦那、元黒門町の自身番屋でございます。万引をした女が突き出されて

おります。お立ち寄り願います」

自身番屋には、町内の差配──家主に借家の管理をまかされている者が交替で詰め

る。男は、当番の差配らしかった。

慶次郎は、横丁へ向って歩き出した。いつもと変わらぬ足どりのつもりだったが、

晃之助に呼びとめられた。よろけた時、足首に痛みが走り、わずかながら足をひきずっ

ていたようだった。

当番の差配が、定町廻り同心を連れて戻ってきた。

これで何もかも終りだと、お勢は思った。

万引をした浜縮緬は、三両二分の値札がついていた。十両盗めば首が飛ぶと言われている世の中で、その三分の一以上の値がついている品を盗もうとしたのである。出来心だなどという言訳は通用すまい。よくて江戸払い、わるければ遠島になるかもしれなかった。

それにしても——と、お勢は、自身番屋の柱にくくりつけられてから幾度も思ったことを、また思った。

いったい、なぜ万引などしたのだろう。お勢は、子供の頃から正直者で通っていたではないか。

嘘をついたことがないとは言わない。友達のいたずらをかばって、誰が茶碗を割ったのか知らないと言いつづけたこともあるし、自分が約束の時刻に遅れた時、出かけようとしたところへ客がきたと言訳したこともある。嘘にはちがいないが、そんな程度のことばかりだった。他人のものを横取りしようとか、まして店のものを盗んで自分のものにしようなどとは、夢にさえ見たことがなかった。

だが、気がつくと浜縮緬の反物をかかえて上野の広小路を走っていた。なぜそんな気になったのか、どうしてそんなことに手が動いたのか、今でもわからない。

追いかけてきた呉服問屋の手代に肩をつかまれ、大声で罵られた時は、舌を嚙み切っ（か）て死んでしまおうと思った。　思ったのにお勢は、「これはわたしのものです」などと、すぐに見破られ（のし）て叫び、「仕立てを頼もうと、うちから持ってきたのです」などと、すぐに見破られてしまう嘘をついた。

手代にこづかれて反物を落とし、呉服問屋の印形が捺してある値札をつきつけられ（いんぎょう・お）た頃には、広小路を歩いていた大勢の人が足をとめていて、その人達の前で岡っ引に頰を殴られ、腕を捻（ね）り上げられた。「立て」と言われても、足から力が抜けて立ち上がれるものではなかった。

岡っ引は、蹲ったお勢の腰を、「太えあまだ」と言って蹴った。蹴られても、髪を（うずくま）　　　　　　　　　　（ふて）　　　　　　　　　　　（け）つかまれても、お勢の足は動かなかった。自身番屋でも大番屋でもいい、駆けて行って飛び込んで、お勢を取り巻いている人の目から逃れたかったのだが、足も腰も地面（は）に貼りついたままだった。

両手をいましめられ、あの人垣の中を岡っ引と手代にひきずられてきた恥ずかしさ。いったいなぜ、お勢は舌を嚙み切らなかったのだろう。いや、なぜ万引をしたのだろう、なぜ呉服問屋へなど入って行ったのだろう。——

「はじめてか」

という声が聞えた。目の前に腰をおろした男が、涙にかすんで見えた。しぶい色調の黄八丈にくるまれたその膝は、番屋の当番が連れてきた定町廻りのものにちがいなかった。

「はじめてかと、お尋ねになってるんだよ」

お勢を捕えた岡っ引がわめいた。

お勢は、相手から顔が見えぬほど深く垂れていた頭を、なお深く下げようとした。お勢を柱にくくりつけている縄がその邪魔をしたが、同心はうなずいてくれたようだった。

「縄をといてやりな」

同心の声だった。

岡っ引が合図をしたのだろう。当番の差配が、お勢のうしろにまわって縄をといてくれた。

岡っ引が、十手で軽く肩を叩く。俯いたままでいると、あごに手をかけられて、乱暴に横を向かされた。二十四、五と見える若い同心が、番屋の隅に向って歩いていた。そっちへ行けというように、岡っ引があごをしゃくった。

立ち上がろうとしたが、足はまだ、言うことをきいてくれない。這って番屋の隅へ行こうとすると、上がり口で足首に膏薬を貼っていた、一見、四十そこそこと思える男が手を貸してくれた。お勢は、その男へすがりつくようにして立ち上がった。

男の手を借りたまま、同心の待っている隅へ行く。男の手は、大きくて暖かかった。調べをうける間、そばにいてもらいたいと思ったが、男は膏薬を貼った足首を掌で叩き、同心や番屋の者達に軽く頭を下げて外へ出て行った。番屋での仕事を内職にしている浪人者ではないようだった。

お勢は、同心の前に腰をおろした。脚に肌着がつめたく触れた。泣きつづけていた涙が、袷の着物を通して、肌着まで濡らしていたのだった。

同心が、お勢を見つめたまま尋ねた。

「順番に聞こう。名前は」

「勢と申します」

「住まいは」

「下谷茅町でございます……」

番屋を出て行く岡っ引の姿が目の端に映った。お勢の言葉に嘘はないか、確かめに

行ったにちがいなかった。

お勢の頬がひきつった。今日、家には富永悌四郎がいる。高名な国学者の私塾に通っているのだが、今朝は頭が割れるように痛むと言って、めずらしく休んだのだ。寝床にいる悌四郎は、岡っ引に叩き起こされて、お勢が起こした事件を知らされることになる。

岡っ引を引き戻さねばならなかった。

「あの……」

お勢は、夢中で立ち上がった。同心が黙っていたならば、お勢はそのまま走り出していたかもしれなかった。

「亭主は何をしている」

と、同心は言った。お勢は、顔をこわばらせて腰をおろした。表情を読まれまいとしたのだが、それは逆効果であったようだ。

「どうした。亭主のことを聞かれて、困ることでもあるのかえ」

「いえ」

お勢は、目をつむって表情を消した。悌四郎が出かけていることを祈るほかはなかった。とりあえず、悌四郎が岡っ引と顔を合わせなければいい。あとのことは、少し気

持が落着いてから考えよう。落着いて考えれば、離縁状を書いておけという悌四郎へ
のことづけを、誰かに頼むきっかけや口実が見つけられるにちがいない。離縁状さえ
差配に渡しておけば、女房が万引をしたという噂が私塾の師匠の耳に入っても、悌四
郎が学問で身をたてる道は、何とか残るだろう。

「亭主の商売は」

「おりません、亭主など」

同心は、口を閉じてお勢を見た。

「わたしは独り身でございます。独り身でございますゆえ、近くの寺子屋で裁縫と茶
の湯を教えて暮らしております」

嘘ではなかった。お勢は、女房を亡くした師匠に頼まれて、女の子達を教えていた。
束脩（そくしゅう）や盆暮、五節句の祝儀（しゅうぎ）に困るような家の子供まで黙って通わせている、評判のよ
い寺子屋ではあったが、そのかわり給金が少なかった。お勢は、その給金で悌四郎を
養い、私塾に通わせているのだった。

「寺子屋の師匠か。子供達に面目ないよ、こういうことをしては」

「はい……」

「今、手先を茅町へやったから、亭主と差配を連れてくるだろう」

「いえ、わたしは独り身で……」

「心配するな。お前の言ったことに嘘がなけりゃ、黙って亭主に引き渡してやるよ」

「お願いでございます」

お勢は、同心ににじり寄った。

「このまま入牢することになってもかまいません。わたしのうちへお使いを出すのだ

けは、やめて下さいまし」

「亭主に知られたくないってえ気持はわからないでもないが、それで入牢するのでは

何にもならないよ。呉服問屋なんてえところは、手前のところから縄つきを出すのを

いやがるものだ。気を昂らせた手代がお前を突き出しちまったが、すぐにあれは間違

いだったと言ってくるよ。が、お前が万引をした事実は消えやしねえ。亭主にあやま

るくらいは、当然のことだと思うが」

「わたしに身寄りはございません。どうぞ、差配さんだけをお呼び下さいまし」

「人前で泣き伏すなどみっともないと、父親に厳しく言われていたことも忘れて、お

勢はその場に俯伏せた。襦袢の袖を噛みしめても、その上から口許を袂でおおっても、

すすり泣く声が周囲に洩れた。

悌四郎に出会ったのは、四年前の秋、八月はじめのことだった。

当時の悌四郎はお

勢より二つ年下の十八歳、昌平坂学問所に通う旗本の次男であった。道に迷ったお勢を見て、「歩くのが遅い人だなあ」と言いながら本郷一丁目まで連れて行ってくれて、寺子屋の師匠から用事を頼まれた大工の家を、一緒に探してくれたのである。

お礼をしたいという口実で二日後に湯島天神境内で会い、その五日後も、さらにその五日後も同じところで会った。

会って長話をするわけでもない。茶見世に入ったこともなく、まして男女を密会させるあやしげな場所へなど、行こうと思ったことすらなかった。お勢は、悌四郎のために財布を空にして高価な墨を買い、悌四郎も兄からもらった小遣いで安物の簪を買ってきたりして、お互いに礼を言って帰ってくるのだった。

自分で思い出してみても、じれったいような逢引だったが、お勢は幸せだった。その頃は、悌四郎に会わぬ日まで、浮き浮きとして楽しかった。寺子屋から疲れきって帰ってきたあとの、食事の支度も苦にならなくなった。浪人で儒学者でもあった父親に厳しく育てられ、父親の死で嫁ぎおくれたお勢の、遅い初恋だった。

悌四郎は、まもなく学問吟味があると言っていた。幕臣とその子弟がうけられる筆記試験で、成績の優秀な者には褒美があたえられる。悌四郎は、最高点の甲をとる自信があると胸を張っていたものだった。

が、四度目に会った悌四郎は、足許もあやういほど酔っていた。深夜、どんな風にして探し当てたのか、お勢の住んでいる長屋をたずねてきたのである。甲をとるどころか、学問吟味をうけさせてさえもらえなかったのだ。

「そのわけは、何だと思う？」

悌四郎は、かわいた声で笑った。

「おかしいじゃないか。女にうつつをぬかしていた愚か者だからというのさ」

「それでは、わたしが——」

血の気のひいてゆくのが、自分でもよくわかった。悌四郎は、捨鉢のようにお勢を抱き寄せて笑いつづけた。

「でも、お勢さんが気にすることはない。みんな、俺がわるいのさ。いや、富永家の二百俵という家禄がわるいんだよ」

学問所は浪人や町人にも開かれているとはいうものの、彼等が聴講できるのは、仰高門の日講にかぎられていた。学問所へ正式に入学できるのは、幕臣とその子弟にかぎられているのである。

「となれば、五百石、七百石あたりの旗本にとっちゃあ、出来のわるくない二百俵の倅は目障りになる。吟味に及第すりゃ立派な履歴になって、出世にかかわってくるの

だもの。足を引っ張ろうとする者も出てくるさ」

季節の挨拶を口実に、俤四郎の行動を知らせに行った者がいるらしいという。

道を教えてやった礼に墨をもらっただけだという俤四郎の弁解は、まったく聞いても

らえなかった。

「二百俵では、先生に充分な挨拶なんざできやしない。これまでにも、七百石の倅を

依怙贔屓していると思ったことは幾度かあった。次男坊ゆえ好きな学問で身をたてよ

うと思ったが、お勢さん、俺はもう学問所がいやになったよ」

そう言いながらも、俤四郎は辛抱した。翌年も学問所へ通いつづけたのだが、俤四

郎を押しのけようとする者も執拗だった。俤四郎は女に養われているという噂を流し

たのである。用心をして、ろくに手紙のやりとりもせず、もうよいだろうと、半年ぶ

りに深川で会った直後のことだった。見張られていたとしか思えなかった。

卑劣だと俤四郎は怒ったが、それ以上に激怒したのが俤四郎の両親だった。しかも、

その怒りは俤四郎とお勢に向けられた。学問所の教授への手前もあってのことだった

のだろうが、俤四郎は、息子の言い分に耳を貸そうともせぬ両親に腹を立て、屋敷を

飛び出してきた。

以来、三年間、お勢は俤四郎を養いつづけた。無論、その前に学問所もやめていた。

学問はもういい、質屋の帳付けをし

て働くと悌四郎が言っても、お勢は承知しなかった。

これは、お勢の意地だった。お勢は、生れてはじめて男を好きになった。男もお勢を好いてくれて、湯島天神の境内で二、三度会った。それがなぜ、学問の障りになるのか。女を好きになった男は名を上げることができぬものかどうか、学問所の教授に見せてやりたかったのである。

昼飯をぬいて米代をうかせるのも、夜遅くまで本を読んでいる悌四郎のために燈油を買うのだと思えば、つらくはなかった。たった一枚の着替えを質に入れ、流してしまっても、悌四郎にこざっぱりとした身なりをさせるためだと思えば惜しくはなかった。

だが、それなのに、ふらふらと呉服問屋へ入り、浜縮緬の反物をかかえて外へ飛び出してしまったのだ。差配の立ってくる気配がして、骨ばった手がお勢の肩を叩いた。

「そんなに泣かねえでくんなよ」

同心は、年配の差配に助けを求めたようだった。

「おかみさん、森口の旦那は、ここでご放免にしようと仰言ってなさるのだ。いい加減に泣きやんで、お礼でも言いなすったらどうだえ」

素直にうなずいたものの、涙はとまらない。しぼれるほど濡れた袂で幾度も拭って、ようやく顔を上げた時、番屋の戸があわただしく開けられた。

「お勢。どうしたのだ、お勢」

駆け通しに駆けてきたのだろう。息をきらしている男の声は、聞きとりにくいくらいかすれていた。

お勢は両手で顔をおおった。声の主は、一番きてもらいたくなかった悌四郎だった。

外は雨だった。

悌四郎は、今日も私塾を休んでいる。

森口晃之助となのった同心が、番屋や呉服問屋の人達によほどかたく口どめをしてくれたのか、長屋の人達は、岡っ引が悌四郎を迎えにきたのは、お勢が路上で倒れたからだと思っていた。隣りの女房などは、昼ご飯をぬいたりするからだと言って、昨日もにぎりめしを持ってきてくれた。親切は身にしみて嬉しいが、この人達を騙しているのだと思うと、身の置き場がない。

悌四郎も、私塾で同じせつなさを味わったようだった。何も知らぬ師匠や仲間に、

それまでと変わらぬ態度で接するのがうしろめたいというのである。頭痛が癒らぬという理由であの日から三日つづけて休んでいるのだが、昨夜は、引越をしようと言い出した。

一日考えさせてくれと、お勢は答えた。

引越は、悌四郎が番屋でお勢を抱きしめて、離縁はせぬと言った時から考えていたことだった。寺子屋の師匠も、事情を打明けたにもかかわらず、仕事をつづけてくれと言っているのだが、同心に言われた通り、お勢は子供達の顔がまともに見られなかった。誰も、何も知らぬところへ引越して行きたいのだが、やみくもに越して行って、仕事の見つからぬ時がこわい。

もう子供達を教える資格はないと、お勢は思う。針仕事の内職をしようと、差配の口ききで出かけた呉服屋は、二軒とも口を揃えて、後家を通したいという女がふえたため、今から針仕事の内職に割り込む余裕はないと言った。浅草と日本橋の呉服屋がそう言うのであれば、神田へ行こうと芝へ行こうと事情は同じであるにちがいなかった。

蓄えは、当然のことながら一文もなかった。内職が見つからなければ、高利の金を借りて、悌四郎を私塾へ通わせることになる。が、返済のできるわけがない。たちま

ち借金取りが家へ押しかけてくるようになり、それでも払えなければ、悌四郎の通う私塾へも押しかけて行くだろう。それでは、お勢の意地がたたなかった。

「なあ——」

悌四郎の声が聞えた。

お勢は、つくろいものの手をとめてふりかえった。悌四郎は、雨漏りの雫（しずく）がつたってくる壁に寄りかかっていた。

「これを言い出すと、お前は怒るかもしれないが、俺も働くことにしてはどうだろう」

お勢は、つくろいものへ目を落とした。

「ご心配をかけてすみません。でも、そのうちに、きっと新しい仕事を見つけます。どうぞ、学問に専念なすって下さいまし」

「そう言うと思っていた。が、夫婦なら、助け合うべきじゃないか。こういう時には、私塾をやめるのが俺が働く……」

「そう言われるのが怖かったんです。わたしは……、わたしは新しい着物が欲しかったんじゃない。ほんとうに、どうしてあんなことをしたのかわからないんです」

「それは、わかっているよ」

「だったらお願い。今まで通り、わたしに働かせて。あなたは存分に勉強なすって、学問で身を立てて下さいまし。そしてその時、わたしに楽をさせて下さいまし」

答えはなかった。

お勢にも、そのあとにつづける言葉は見つからない。黙っている膝の前に、雫が落ちてきた。また新しい雨漏りの場所ができたようだった。

悌四郎が、自分の横にあった金盥を、お勢の前に置いた。悌四郎の横に落ちてきた雫は畳にしみをつくり、お勢の前に落ちてきたそれは、音をたてて跳ねた。

「俺は、思っていたほど頭がよくなかった」

と、悌四郎が言った。

「高い束脩を払って私塾に通うなど、むだなことだと気がついたのだよ」

「ばかなことを」

「さんざん苦労をかけておいて、いまさら何を言い出すのかと呆れるかもしれないが」

お勢は、懸命に笑顔をつくった。

「きっと、頭痛で気が滅入っていなさるんですよ。明日になれば、また自信が湧いてきなさいます」

「湧いてこやしないさ」

雨漏りの雫が、金盥に落ちて鳴った。

「師匠には叱られ通しだし、仲間には追いつけない。もう学問がいやになった」

「また、そんなことを」

「お前には、ほんとうに申訳ないと思っている。が、これを機に働かせておくれ。その方が、よほどすっきりする」

「いけません」

お勢は、つくろいものを放り出して悌四郎ににじり寄った。

「わたしのしたことは、この通りあやまります。あやまりますから、二度とそんな嘘はつかないで下さいまし」

「嘘ではない……」

「お正月に先生のお宅へお届物をしました時、先生はあなたを学問の跡継と考えておいでと、奥様から伺いました。近いうちに、稽古人ではなく、先生のお手伝いをする方にまわしていただけるそうではありませんか」

「そんな話もあった」

と、悌四郎は言った。

「先生には年頃のお嬢様がおいでになる。聟になりたい者も、大勢いるのさ」

「では……」

雨漏りの雫が金盥に落ちた。俤四郎の横に落ちる雫も大きくなって、俤四郎は、そこへ湯呑みを置いた。

お勢の存在が邪魔になって、私塾の跡継になれなかったとは、口が裂けても俤四郎は言わぬにちがいなかった。お勢も、それを言葉にしたくない。雨漏りの雫が、金盥と湯呑みへつづけて落ちた。

「誤解をしないでくれ。俺は、あんな私塾の跡継になんざ、なりたくなかった。が、学問を諦めるきっかけにはなってくれた。俺は、いつかお前に楽をさせてやるという約束を破ってしまうことになるが、貧乏所帯の中で子供をつくり、育ててゆくのもわるくないと思ったんだよ」

「でも……」

「先日のことがあったから、言っているんじゃないんだよ。以前から、お前にばかり苦労をかけているのが、いやになっていたんだ。お前に働かせ、お前が古着一枚買わずにいるのに本を買い、本を読むための燈油を買うなど、どう考えてもまともじゃない」

「いいえ、わたしだって、あなたの買ってきなすった本をのぞかせてもらうのが楽し

「みでした」

「昼めしぬきの空きっ腹をかかえていてもかえ」

「ええ」

「お前がよくっても、こっちはたまらないよ。女房に空きっ腹をかかえさせて本を読んでいる、俺の身にもなってくれ」

お勢は口を閉じた。

「今更何を言うかと思っているのかもしれないが、うかうかとお前に甘えていたことは、この通りあやまる。だから、俺に働かせてくれ。質屋の帳付けでは賃金も知れたものだろうが、米代くらいにはなる」

雨の雫が金盥と湯呑みで鳴る。お勢の口の中は、上あごと下あごが貼りつくのではないかと思うほどかわいていた。

「ここで学問を放り出すおつもりですか」

「ああ」

「今までの苦労を、水の泡にするおつもりですか」

「水の泡にさせておくれ。俺は、もうお前に苦労をかけたくない」

「だから言わぬことではないと、学問所の先生やお仲間達に嘲笑われますよ。女にう

つつをぬかすから、質屋の帳付けで暮らす破目になるって」

「嘲笑われたっていいじゃないか」

「いいえ、わたしは、富永悌四郎をだめにしたのはあの女だなんぞと言われたくありません」

「そんなこと、誰も言やあしないよ。第一、質屋の帳付けのどこがわるい」

「わたしは、あなたを帳付けにするために苦労をしたんじゃない、学問所の先生やお仲間を見返してやりたい一心で……」

悌四郎の顔色が変わった。言い方を間違えたと思ったが遅かった。

「そうかえ」

悌四郎は、寄りかかっていた壁から身を起こしながら言った。

「俺は……俺が学問で身をたてたいと言ったばかりに、苦労をひきうけてくれたのだと思っていたよ」

悌四郎のために苦労したと言いたくなかったので、妙な言い方をしてしまったと言訳をしたかったが、かわききった口からは一つの言葉も出てこなかった。

悌四郎は、立ち上がって土間へ降りた。

「出かける」

「待って」

お勢は、這うように俤四郎のあとを追った。

「誤解です……」

「そうかもしれないが」

俤四郎は、傘もささずに路地を歩いて行った。

昨夜、俤四郎は帰ってこなかった。一緒に暮らしてから、喧嘩（けんか）をしたのもはじめてなら、俤四郎の外泊もはじめてのことだった。

岡場所で遊んだことは二、三度あると言っていたので、行先はそのあたりだろうと思うが、遊女屋へ渡す金を持っていた筈（はず）がなかった。私塾の友達に借りたのか、帳付けをするという質屋からの前借りなのか、いずれにせよ、俤四郎が籠を一つはずしてしまったことは間違いなかった。

今度こそ、何もかも終りだと思った。お勢に働かせ、自分は私塾へ通う俤四郎のつらさを、お勢も感じていないわけではなかった。俤四郎が、寝食を忘れて学問にはげむのは、それがお勢への礼であり詫（わ）びであることも、わかっていたつもりだった。

一見、貧しいけれども穏やかな暮らしだった。が、ふりかえってみれば、何とあや
うい穏やかさの上に立っていたことか。お勢の気力も体力も限界に近づいていたし、
女房を働かせているという悪口をどれほど耳にしたかわからぬ惣四郎の辛抱も、抑え
きれそうもないところへきていたかもしれない。

そんな不安がお勢に万引をさせたのかもしれず、それを考えれば、働きたいという
惣四郎の望みを一蹴したのは酷なことにちがいなかった。

惣四郎は、わからずやのお勢の顔など、しばらく見たくないと思っているだろう。
いや、二度と見たくないと、遊女屋で酒をあおっていないともかぎらない。

どうしよう。──

よく胸のうちを探ってみるがいい。学問所への意地などあったかどうか。お勢は、
学問所の注意や両親の怒りに背を向けて、お勢の懐（ふところ）に飛び込んできた惣四郎を抱きと
めただけだった。自分の腹へ食べ物を入れてやるよりも、惣四郎の頭に好きなだけ学
問を詰めてやりたかっただけだった。

私塾の師匠が呆れるほど、惣四郎の学問が粗末なものだったならお勢は惣四郎を捨
てただろうか。捨てはしまい。俺はどうしようもない男だと嘆く惣四郎に、学問で身
を立てるだけが人間の生き方ではないと言った筈だ。

それと同じではないか。悌四郎が学問を捨てて質屋の帳付けをしたいと言うのなら、そうさせてやればよかったのだ。悌四郎に、早くこの気持を伝えねばならなかった。

足は、ひとりでに浅草へ向った。浅草を過ぎ、隅田川にかかる大川橋を渡れば本所、本所から川下へ向って歩いて行けば、深川に入る。深川には大新地、小新地、櫓下など、お勢でさえ名を知っている岡場所があった。

空は昨日の雨が嘘のように晴れて、裏通りの軒下には、傘が干されていた。池之端なかちょう仲町の横丁にも寺子屋があって、素読をする子供達の声が聞えてくる。

元黒門町の裏通りに入って、お勢は、逃げるような早足となった。三橋を渡り、仁王門前町へ飛び込んで汗を拭く。いやでも四日前のことを思い出した。父親が生きていたならば、手討にされていたかもしれないが、岡っ引に呼び出された悌四郎は、離縁してくれと泣くお勢を、人目もかまわずに抱き寄せてくれたのだ。

なのに今、お勢は一人だった。一人で浅草寺風雷神門前の道、広小路を歩いていた。通り過ぎた田原町三丁目には、越川屋という有名な袋物問屋がある。京から取り寄せた織物で、客の好みに応じて、紙入れや煙草入れ、手提げ袋などをつくっていると

ころだった。

お勢は、足をとめて三丁目をふりかえった。越川屋の立看板が見えた。

紙入れをつくりたいと言って錦の布地を見せてもらい、それを懐へ押し込んで逃げ出せば……。

背筋に悪寒が走った。何ということを考えているのかと思った。お勢は、両の手を袖に入れて歩き出した。

番屋へ駆け込んできた悌四郎の顔が目の前に浮かんだ。離縁など誰がするかと言って抱きしめてくれた感触が、肩にも腕にも、頬にも残っていた。悌四郎がもう一度、離縁などせぬと言って抱きしめてくれたなら、お勢は何も言わぬ。悌四郎が学問を捨てて、質屋の帳付けになってもいい。荷車を引くと言い出したなら、お勢はその後押しをする。

足がとまった。ふりかえれば、越川屋の看板が見える。

だが、二度も万引をするなど、許されることではない。許されることではないが、このままでは悌四郎との溝は深くなるばかりだ。

「でも……」

でも、悌四郎との溝は埋めねばならない。歩き出しては越川屋が遠くなる。もし、

お勢が自身番屋へ連れて行かれたなら、悌四郎は、岡場所から息をきらせて駆け戻ってくるかもしれないではないか。

お勢は、越川屋の看板を見つめた。

二つ目の幾世餅に手を出した慶次郎を見て、辰吉が顔をしかめた。

浅草寺へ参詣にきたついでに、辰吉の家へ寄ったのだが、すぐに帰るつもりが、幾世餅を出されての長話となったのだった。隣りの娘が持ってきてくれたものを、いらぬと返すわけにもゆかず、甘いものの嫌いな辰吉は弱りはてていたらしい。

「まったく、よくそんなものが二つも食えやすね」

「てやんでえ。さっきはいいところへきてくれた、これを食べて行ってくれと喜んでいたじゃねえか」

「そりゃね、食べ物を捨てるようなことをしちゃあ、罰が当りやすから」

「勝手なことを言やあがる」

甘みの残っている口の中へ流し込む茶の味が、また何とも言えぬのだ。

「旦那は、甘辛両方いけるくちだからなあ」

「不服があるのかえ」

さすがに三つ目は遠慮をしようと思った時だった。出入口の戸がせわしなく叩かれた。

「天王町の親分、越川屋出入りの鳶職でございやす。頭が、万引の女をつかまえやした」

「やれやれ――と、慶次郎は、辰吉より先に腰を上げた。「旦那にそんなことをさせられますか」とあわてる辰吉を制して、湯呑みと急須を盆にのせ、台所へはこんで行く。出入口へ出て行ったらしい辰吉に、かいつまんで事情を説明する鳶職の声が聞えてきた。

「観念したのか、女は、下谷茅町に住む勢という者だとすらすらなのりやした。亭主を呼んでくれと泣いておりやす」

慶次郎は首をかしげた。どこかで耳にした名前だった。近頃は物覚えがわるくなったと思ったが、すぐに思い出した。昨日、干物を届けにきてくれた晃之助が、元黒門町で起こった万引の一件の決着を、話してくれた時に出た名前だった。

が、その時、お勢という女は独り身だと嘘をつき、亭主のいることを晃之助に知らせまいとしたという。しかも、万引をするような女ではなかったらしく、差配は、何

かの間違いだろうと、彼を呼びにきた小者に言ったそうだ。

その女がわずかな日数（ひかず）の間にまた万引きをして、今度は亭主を呼んでくれという鳶職の声が聞えてきた。

るのである。辰吉が承知なら、亭主を探しに行くという鳶職の声が聞えてきた。

「いや、下っ引を走らせるよ。茅町のどのあたりだえ」

「それが……」

鳶職は、苦笑いをしたようだった。

「亭主は、岡場所にいるらしいんで」

「困ったものだな」

辰吉は、低い声で笑った。

台所から部屋へ戻ると、辰吉は十手を腰にさしていた。慶次郎は、湯呑みを洗った

手を拭きながら言った。

「首を突っ込ませてもらってもいいかえ。ちょいと気になることがある」

「お知り合いで？」

「知り合いではねえのだが」

慶次郎は、元黒門町で出会ったことや、その結末を辰吉に話した。

「そんな女が、四、五日の間に二度目の万引を働くかね」

「癖になるということもある」

が、辰吉は、自分の言葉に納得のゆかぬ顔をして、慶次郎が土間へ降りるのを待った。一緒に番屋へ行くつもりなのだろう。

江戸の町は、昨日の水たまりが強い陽射しに光っていて、先日よりなお夏めいていた。すれちがった娘は、もう日傘をさしている。

何気なくふりかえった目に、赤い麻の葉模様が飛び込んできた。東仲町の菜飯屋から、母親らしい女と出てきた娘が着ていたのだった。

慶次郎は、苦笑した。万引の理由がわかったような気がしたのだ。

元黒門町の番屋へ駆け込んできた男は、離縁などせぬと言って女を抱きしめたという。が、昂ぶったその時の気持がいつまでもつづくわけがない。些細なことで言い争い、怒った男が岡場所へ行ってしまったとすれば、女は泣きながら、「あの時はやさしかったのに」と番屋での男を思い出すだろう。八百屋お七は、男恋しさに火付けまでした。あの女が、番屋へ駆けつけてくれた時のような男の心を取り戻そうと、万引をしたとしても不思議はない。

が、お勢の亭主は、二度目の万引をどう受けとめるか。

広小路へ出ると、辰吉の姿を認めた番屋の当番が駆けてきた。お勢は、ひたすら亭

慶次郎は、辰吉につづいて番屋の中へ入った。いましめられ、柱につながれている女は、戸が開くと同時に顔を上げ、腰を浮かせて出入口を見て、溜息をついてふたたび首を垂れた。亭主が駆けつけてくれたと思ったようだった。

慶次郎は、番屋の当番にお勢の縄をとかせ、その前に腰をおろした。

「ご亭主のくるのを待っているんだって？」

お勢は、俯いたまま顔をそむけた。

「こねえ方が、俺はいいと思うがね」

お勢が慶次郎を見た。

「一度目は可哀そうなことをさせちまったと思っても、二度目は、またやったのかと呆れるかもしれねえ」

お勢は、番屋の床に両手をついた。倒れそうになった軀を支えたようにも見えた。

「ご亭主にゃ内緒にしておいた方が、よくはねえかえ？」

髪が揺れているのは、うなずいたのか泣き出したのか。

慶次郎は、辰吉をふりかえった。放免にするかしないかは、そろそろこのあたりへ廻ってくる筈の晃之助にまかせた方がよい。

それにしてもと、慶次郎は思った。

男の心を取り戻そうと、火を放ったり万引をしたりする女達をあさはかと笑ってよ

いものかどうか。

「それにしても」

女はこわいと呟いたのが、辰吉の耳に入らなかったのは幸いだった。

花の露

和田屋彦七が何を言いたくてたずねてきたのか、慶次郎にはわかっていた。が、彦七は、あたりさわりのない世間話をすると、「それではこの辺で」と、寄席の噺家のようなことを言って、腰を上げようとした。

慶次郎は、そっとうしろを見た。案の定、佐七が目付役のような顔をして坐っていた。

慶次郎は苦笑して、熱い茶をいれてくれるよう佐七に頼んだ。

佐七は子供のように唇を尖らせて、「つめたい麦茶がいいというから、七輪の火を消したのに」と、低い割にはよく聞える声で言った。しぶしぶ台所へ出て行く後姿へ、「勘弁してくんな」と声をかけて、慶次郎はあらためて彦七を見た。

「あの頃は、米も豊作だったなあ」

「さようでございます」

彦七は、坐りなおして答えた。やはり、あの時のことを話したくて、慶次郎をたずねてきたのだった。

「豊作がつづいて、値が下がる一方の米を海へ捨てたという、嘘のような話もござい

ました」

「あった、あった。そんな話を聞いても、もったいないと思うどころか、これほど豊作つづきではやむをえないと思うほど、景気のよい時代だった」

「もう十九年も前のことになりましたねえ」

文化五年、慶次郎は見習い同心から定町廻りとなって五年めだった。すでに妻もいて、三千代も生れていたのだが、隠居をした父からは、まだ半人前と言われつづけていて、少々あせっていた頃であった。

が、この年の夏、「それなら大丈夫だろう」という父のお墨附をもらったのである。

海に捨てるほど米があまっているのに、なぜ母親や自分は、働いても働いても腹いっぱい食べることができないのかと、つい米を盗んでしまったという少年を捕え、不心得を叱って見逃してやった時だった。

無論、父は、面と向って褒めたりはしなかった。母に、世間話のついでといった具合に話したらしいのだが、母は、「ようやくほっとした」と涙ぐんで、慶次郎にそのことを伝えてくれた。父が「それなら大丈夫」と言った時の、わざとしたにちがいない苦虫を嚙みつぶしたような顔も、手放しで喜んで知らせにきてくれた母の顔も、慶次郎には身にしみて嬉しくて、文化五年は忘れがたい年になったのだった。

彦七にとっても、文化五年は特別な年である筈だった。彦七の父親は、神田多町の裏通りで安物の茶碗や急須などを商っていたのだが、この年、彦七は瀬戸物問屋の株を手に入れて、鍛冶町の表通りに進出したのである。

「わたしが用意した金では足りなくて、親戚中から金を掻き集めましてねえ」

彦七は、苦い笑いを口許に浮かべた。

「あの景気なら、親戚からの借金など、すぐに返せると思っていましたよ」

商売は繁昌していたらしい。贅沢の味を覚えた人達が器に凝りはじめていたし、料理屋も、料理は目から食べさせると言っていた。当時の和田屋は、彦七も番頭も眠る暇さえないいそがしさだったという。

「ところが、ご存じの通り、翌る年急に二百両を上納しなくてはならないようになりまして」

定飛脚問屋の大坂屋茂兵衛、のちの杉本茂十郎が三橋会所を設立し、十組問屋から冥加金をつのったのである。

三橋会所は、隅田川にかけられた三つの橋、永代橋、新大橋、大川橋の架け替えと修復を十組問屋でひきうけるためのものだった。

文化四年八月、深川八幡の祭礼を十二年ぶりに復活したのだが、あまりの人出に永

代橋が落ち、千五百人もの死者を出した。が、財政に苦しむ幕府は永代橋架橋の費用捻出すらままならぬ始末だったし、新大橋も大川橋も仮橋のままだった。

架橋も修復もひきうけようという会所設立を、幕府が許可しないわけがない。杉本茂十郎を会所頭取として六年に発足したが、茂十郎の魂胆は、幕府と結びつくことだった。そのくせ、資金はすべて、問屋仲間に割り当てたのである。

「瀬戸物問屋には、二百両の冥加金上納を言いつけられましてねえ。何年も繁昌をつづけている店ならば、納められる金額であったのかもしれませんが」

和田屋は、むりをして問屋株を手に入れたばかりだった。事情を説明しても、強引で鳴る茂十郎が首を縦に振るわけがない。「不承知なら、鍛冶町の店を会所とし、他の土地へ移ってもらうことにする」と、彦七を脅したという。抗おうにも茂十郎のうしろには、町年寄の樽屋与左衛門がついていた。

和田屋はやむをえず冥加金を払い、結局はこの二百両に足許をすくわれた。親戚への借金返済をあとまわしにしたため、あまっている金を貸したのではないという苦情が押し寄せたのである。

「親戚に問屋がふえるのは嬉しいと言ってくれたいとこは、小さな古着屋ですしね。今は隠居しております伯父も菅笠問屋で、冥加金の割当てが十両だったことでもわか

る通り、それほど利のある商売じゃございません。頼む、返してくれと言われますと、申訳ない、すぐに返すと答えるよりほかはなくて――」

彦七は、高利の金を借りた。一月に返せる金額を綿密に計算し、無茶な借り方はしなかったつもりだった。

「森口様にお目にかかったのは、わたしが鍛冶町へ店を出した時でございましたねぇ」

なつかしそうに彦七は言った。

「米屋へ盗みに入った子が、わたしどもの店へ逃げ込んで」

例の少年は米屋の亭主に追われ、大戸をおろそうとしていた和田屋へ飛び込んだのである。和田屋では、小僧が高価な大皿を蔵へしまおうとしていたところだった。少年はその小僧に突き当り、皿は土間に落ちて砕け散った。が、彦七は、知らせをうけて駆けつけた慶次郎が少年を捕え、母親にめしを食べさせたい一心で米を盗んだという話を聞き出すと、何もなかったことにしてくれた。

食ってゆけぬと言う者に米をただで渡していたら、こちらが食ってゆけぬと怒った米屋にも一理あったが、その米屋も、少年の将来は皿と引き換えにできぬと和田屋が言うのを見て、何事もなかったことにした。ただ、「ばかやろう」とわめいて、少年の膝へ唾を吐いていった。

慶次郎の役目は、恥ずかしさと口惜しさに震える少年に、

それが悪事への報いだと諭すことだった。

「瓦葺（かわらぶき）の、いい職人になったそうだぜ」

彦七は、笑みを浮かべてうなずいた。知っていたようだった。

「で、お前さんの方は――」

慶次郎は、できるだけさりげなく尋ねた。彦七も、今日の暑さを話題にするような口調で答えた。

「店仕舞いすることにきめました。高利貸からの借金は、問屋株を売った金できれいにします」

そうか――と、慶次郎は口の中で言った。

綿密な計算は、綿密であるだけに一つ狂うと取り返しがつかなくなるのかもしれなかった。無茶ではなかった借金が、取引の思惑違いから大荷物となり、いよいよ台所は火の車になったとは聞いていた。

「冥加金の二百両を掻き集めてから十八年、よくやってこられたものだと思います」

彦七の顔を見た瞬間、慶次郎は、いよいよその時がきたのかと思った。が、その話を切り出されてみると、彦七にかぎって「まさか」と思う。度量もあり、商売も決して下手ではなかったという彦七の失敗が、信じられぬのである。

「ま、十八年も店の寿命をもたせたわたしも、たいした男だと思いますよ」

彦七はそんなことを言って、佐七のいれてきた熱い茶を飲んだ。

何気なく懐に手を入れると、財布の紐が指先にからまった。

彦七は、ふと足をとめた。

財布の中には、一分金と二朱銀が一枚ずつと、二、三十文の銭が入っている。女房と娘二人を女房の実家へ帰し、番頭や手代や、女中や小僧達に、相応の給金をあたえて暇をとらせた今は、彦七が自由にしてもよい金であった。

もっと酒が飲みたいと思った。

十八年間、彦七にとっての酒は、眠気を誘ってもらうためのものだった。が、それも、ここ二月か三月の間は、口にすることもなかった。帳簿や売れ残り品の整理で、眠る暇がなかったのである。

あれから慶次郎と話がはずみ、慶次郎は、寮の持主から届けられたという酒を出してくれた。五臓六腑にしみわたるような酒だった。

寝不足で酔いつぶれるといけないからと言って、夕暮れ七つの鐘を聞いたのを機に

帰ってきたのだが、このあたりで、いっそ酔いつぶれてみたい気もする。

居酒屋でも――と、彦七は、蝙蝠のおりているあたりを見廻した。上野山下、下谷二丁目から元黒門町を通り過ぎたところだった。

あいにく近くには縄暖簾が見当らず、思いきって顔見知りの料理屋へ行ってみようかと思った時だった。「手前、俺の言うことがきけねえのかよ」という大声が聞えてきた。

目の前は、五条天神の板塀だった。鬱蒼と茂った木立が風に揺れていて、声は、そのあたりから聞えてくる。神社の鳥居横には書物問屋や細工物の店があり、人通りも少なくないのだが、乱暴者は、神社の裏側へ脅す相手を連れ込んだらしい。

「手前、俺をなめる気か」

「ちがう、ちがうよ。ただ、これだけは渡せないんだよ」

「俺が出せと言ってるんだ」

「勘弁してくんな。頼むよ」

彦七は、板塀を思いきり蹴って、脅しを聞いている人間がいることを知らせようとした。一瞬、板塀の向う側が静かになり、「待ちゃあがれ」という声が聞えて、彦七の足許に黒い大きなかたまりが落ちてきた。

脅している男が板塀の音に気をとられた

隙（すき）に、脅されていた男が塀を乗り越えてきたのだった。つづいてもう一人が、軽い身のこなしで塀から飛び降りてきた。大柄な男で、この男が先に塀から落ちてきた男を脅していたにちがいなかった。彦七は二人の間に割って入った。

「恩に着ます」

と言う声が聞えた。ふりかえろうとした彦七のあごに、大柄な男のこぶしが突き刺さった。

彦七は、一回転して五条天神の塀に突き当った。脅されていた男は悲鳴を上げて逃げて行ったが、大柄な男は追おうともしない。脅しの邪魔をされたのがくやしいのだろう、今度は彦七の腹へこぶしを叩（たた）き込む。くずおれてゆく軀（からだ）を必死で塀に寄りかからせ、彦七は、財布を男に投げつけてから地面に坐り込んだ。

「やるよ。たいして入っちゃいないが」

男は鼻先で笑いながら財布を開け、中を見て険悪な顔つきになった。

「ふざけるんじゃねえ。遣い残しを寄越しゃがって」

「遣い残しか」

笑おうとしたが、声が出なかった。彦七は、痛さに顔をしかめながら言葉をつづけ

た。

「その通りさ。わたしに残された金は、それだけしかない」

男が彦七を見た。�яどつきから二十四、五ではないかと思っていたのだが、十八か九

か、まだ二十にはなっていない若い顔の持主だった。

「店仕舞いをしちまったんだよ。だから、うちに帰っても金はない。少ないだろうが、

それでもう殴るのはやめておくれ」

若者は財布で片方の掌を叩きながら笑い、ゆっくりと彦七に近づいてきた。

「情けねえことを言う親爺だな」

「ほんとうなのだから、仕方がないよ」

「あんまり情けねえことを言うと、また、ぶん殴りたくなるぜ」

そう言いながら若者は彦七の胸ぐらをとり、乱暴に助け起した。

「帰れよ。金は返してやらあ」

「有難うよ」

歩き出そうとしたが、あごも腹も痛い。少し痛みが鎮まってから帰るつもりで道端

に蹲ると、腰へ若者の足が飛んできた。

「帰れと言っただろうが」

「お前に殴られたところが痛くって、歩くどころではないんだよ」

「知ったことか。帰れと言ったら、帰りやがれ」

「我儘だねえ」

「うるせえや。そんなところにしゃがみ込まれては、目障りなんだよ」

「だったらお前がおぶって行っておくれ」

我ながらよい度胸だと思った。いい気になるなと、若者は顔面を蹴ってくるかもしれぬ。彦七は、あわてて頭を両腕でかこった。

が、若者の笑い声が聞えてきた。

「お前がおぶって行けたあ気に入ったね。もう一人、脅して金を巻き上げるつもりだったのだが、さっき逃げた奴が、ここに俺がいることを知らせたにちげえねえ。そいつはもう、うちじゅう中から出てこねえだろうから暇になった。送って行ってやるよ」

「すまないね」

彦七は、ほっとして手を差し出した。立ち上がらせてもらうつもりだった。

が、若者は、急に不機嫌な顔になってその手を払いのけた。自分で立てと言いたいようだった。

彦七も、むっとした顔で若者を見た。送ってくれるというのなら、抱き起こすぐら

いは当り前だと思った。

「立てるくらいなら、お前におぶってくれと頼みゃしないよ」

「いい度胸をしているじゃねえか」

　若者は、彦七を抱き上げて塀に寄りかからせ、急いで背を向けて蹲った。行先も聞かずに背負って行くつもりらしかった。

　自分から言い出したことだったが、彦七はためらった。上野から神田まで、この若者に背負われて行けば、すれちがう人達は目を見張ってふりかえるだろう。

「何をぐずぐずしているんだよ」

　若者は苛立たしそうに言う。

　何をためらっているのかと、彦七は、自分を嘲笑いたくなった。往来の人達に、好奇の目を向けられるのは、この若者も同じである。が、若者は、ためらうことなく背を向けた。失うもののない男の強さだった。考えてみれば、若者は、彦七ももう失うものはないのだった。すっからかんの素っ裸、一文なしなのだ。人にふりかえられるのを、恥ずかしがってはいられない。

　彦七は、妙な親近感を抱いて若者の背に軀をあずけた。

「しっかりつかまってろよ、親爺」

「頼むよ。行先は、神田鍛冶町だ」

「わかった」

「それから、すまないが、どこか酒屋へ寄っておくれ。わたしの傷を洗いたいし、お前に一杯飲ませたいんだよ」

「そんなこたあ、鍛冶町が近くなってから言え。何のかのと言うと、背中から振り落とすぞ」

「卯之吉ってんだ」

が、さほど不機嫌ではない声だった。その声が、少々てれくさそうに言った。

卯之吉は、あらためて家の中を見廻して、「ほんとうに何もねえんだな」と言った。

かつては夫婦の居間であった部屋だった。

しばらくの間、彦七は今はいとこが主人となっている菅笠問屋で働くことになった。家財道具はすべて売り払ったので、部屋の中には何もない。箪笥と長火鉢と鍋釜は、実家へ帰った女房と娘の当座の金となったし、父母の位牌だけを菅笠問屋へ持って行くことにしたので、仏壇も、欲しいと言った古道具屋に売った。

卯之吉となのった若者の横では、たたんだ提燈の火が揺れている。行燈も手燭も、金さえ出すと言われれば、後先を考えずに手放した。何本か残した蠟燭も、これが最後の一本だった。

ほかに残っているのは七輪と鉄瓶、それに茶碗と湯呑みと箸だけだった。不思議なことに、これだけで暮らせるのである。商売相手への挨拶などで、誰もいないこの家で五日を過ごしたが、さほど不便は感じなかった。返済のための金をつくる時に、あれにかかる費用は削れない、こちらもなくすことはできないと頭を悩ませていたのが嘘のようだった。

「まったく度胸のいい親爺だな」

卯之吉が、先刻と同じようなことを言った。

「一切合財売り払っちまうのもそうだが、こんなところへ俺を連れ込んで、こわいとは思わねえのかえ」

「どうして」

「俺ぁ、親爺のお蔭で金を巻き上げそこなったんだぜ。親爺の身ぐるみ剝いでゆかねえともかぎらねえ」

「そんなことは思わなかったよ」

答えながら、これは嘘かもしれないと思った。店仕舞いをする前であれば、卯之吉のような若者におぶってもらおうとは思わなかっただろうし、まして部屋に上げるようなことはしなかっただろう。平気で家へ連れてきたのは、頭のどこかで、身ぐるみ剝がれてもたかがしれていると考えていたからにちがいなかった。

だが、卯之吉は嬉しそうに笑っている。

「これだけ何もねえと、いっそ気持がいいね」

卯之吉が酒を飲んでいるのは彦七の湯呑みで、彦七がぬるくなった湯を飲んでいるのは、飯茶碗だった。猪口もなければ急須もなく、茶の葉もないのである。

「気持よくはないさ」

彦七は、腹に手を当てて苦笑した。

「こうなるまでにゃ、ずいぶんと怒ったり、恨んだりもした。腑甲斐ない自分には腹が立ったし、後生、一生の願いだ、頼むから五十両貸してくれと拝んだのに、首を振りつづけた奴は今でも恨んでいる」

「その五十両があれば、店仕舞いをせずにすんだのかえ」

「必ず持ち直したとは言えないが、少なくとも和田屋の寿命は一、二年延びた」

「金を貸してくれてもいいわけは、あったのかえ」

「あった」

彦七は、顔をしかめて答えた。思い出すのも腹立たしかった。

「女房の親戚なのでね、誰にも言わずにいたのだが、お前なら喋っても差し支えないだろう。喋れば、わたしの胸も少しは晴れる。聞いてくれるかえ」

「人の愚痴を聞くってのは、はじめてだな。面白えや」

卯之吉は、湯呑みになみなみと酒をついだ。

「女房のいとこの、淀屋百蔵って男だよ、そいつは」

彦七も、茶碗へ白湯をついだ。殴られたあとが痛まなければ、卯之吉の酒を横取りして飲みたいくらいだった。

「女房は、芝の古手問屋、手っ取り早く言えば古着屋の娘でね、淀屋は、その本家筋に当るのさ。わたしがむりをして問屋株を買ったのは、女房に気があったらしい百蔵に負けたくない一心からで、……ま、そんなことはどうでもいいが、そいつを助けてやってくれと女房に泣きつかれりゃ、ちょいといい気持にもなるじゃないか」

「そんなものかな」

と、卯之吉は首をかしげた。

彦七を背負って歩きながら、卯之吉は問わず語りに、自分は十八だと言っていた。

好きな娘がいてもおかしくない年頃ではあったが、実の親の顔を知らずに育ち、十四
の時に養い親の家を飛び出して、脅しと博奕を覚えたというのでは、近づいてくる娘
などいなかったかもしれなかった。

彦七は、卯之吉の湯呑みに酒をつぎ足してやった。

「百蔵って男は、京橋の木綿問屋でね」

「それなら、景気はよさそうじゃねえか」

「ところが、さ」

女房は百蔵を、人がよすぎるというのだが、彦七は、人を見る目がないのだと思う。

綿の仲買人に、二百両もの金を持ち逃げされてしまったのである。その隣りに坐った女房も、
助けてくれ——と、百蔵は、畳に額をすりつけて頼んだ。百蔵には叔父に当る女房の父親は、てがたい
何とかしてやってくれと手を合わせた。頼れるのは彦七だけだというのである。

問屋株を手に入れた直後のことだった。和田屋のやりくりも決して楽ではなかった
商売をしてはいるが、さほど余裕はない。

が、九つを過ぎても算盤をはじく音が聞えると言われたほどの繁昌ぶりで、取引先の
信用は充分にあった。彦七は、その信用を利用して、取引相手から二十五両ずつ、五
十両を借りてやった。

恩に着る——。

そう言って、百蔵は、ふたたび畳に額をすりつけた。この恩は倍にして返すという約束もした筈であった。

だが、その五十両は、利息なしで戻ってきた。しかも、持ち逃げをした仲買人は、大坂で遊んでいるところを綿をつくっている百姓達に見つけられ、吊し上げられて、何とか内間にしてくれと、二百両に少しかけた金を返していた。淀屋は立ち直っていたのである。

さすがに女房は怒ったが、彦七は、利息を寄越せなどと言うなと女房を叱った。自分こそ人を見る目がなかったのだと、苦笑していたのだった。

その百蔵に五十両貸してくれと頼みに行ったのは、今年の春のことだった。できることなら百蔵には頼みたくなかったのだが、高利貸への返済と、仕入れ先への支払いで、百両の金がなければ身動きができぬほど、彦七は追いつめられていた。

二十両は、女房の実家が掻き集めてくれた。三十両は、いやな顔をしながらも彦七の親類達が、五両、七両と用立ててくれた。残るは五十両だったのである。

彦七は、百蔵の前に両手をついた。恩に着せたくはなかったが、

が、百蔵の答えは、「うちも苦しい」の一言だった。

やむをえなかった。彦七は、口ごもりながら昔の話をした。

百蔵は、声を上げて笑った。笑いながら、「それだけ和田屋さんには余裕があったのですよ」と言ってのけた。

「殺してやろうかと思ったよ」

と、彦七は苦笑した。

「今だから、こうして話していられるがね。うちへ帰ってきてもまだ頭に血がのぼっていて、台所へ出刃庖丁（ほうちょう）を取りに行ったほどだった。が、百蔵を殺せば、店が潰れた上に女房や娘が人殺しの身内になる。じっと我慢すれば、女房も娘も、頼り甲斐のない亭主、父親を持ったと言われるだけですむと、胸をさすっては自分に言い聞かせたのさ」

「父親ってなあ、そういう風に女房や子供のことを考えてくれるのか——」

「なあに、だらしのない父親の考えることだよ」

彦七は、何気なくそう答えた。

八丁堀の屋敷を訪れたのは、半月ぶりのことだった。

が、晃之助も島中賢吾も、暮六つの鐘が鳴る頃になっても帰ってこない。帰ろうとしたところへ辰吉がきて、京橋の木綿問屋から五十両の金が盗まれたのだと言った。

大坂から届いた荷を蔵へ運び込んだあとのことで、番頭と手代が店へ戻り、女中達が人足に茶を出していたところをねらわれたらしい。人足の一人が裏木戸から庭へ入ってきた男を見ているのだが、あまりにも自然に入ってきたので、店に出入りしている者だとばかり思ったという。内儀と娘は、芝居見物に出かけていて留守だった。

「人相がわかりましたのでね。下っ引が人相書を持って、四方へ素っ飛んで行きやした。旦那方は、もうじき帰ってきなさいやす」

その言葉通り、鐘の鳴り終る頃に声高な世間話が聞え、晃之助と賢吾が帰ってきた。顔を見ただけで帰ろうとしたのだが、二人がうなずくわけはない。通せんぼをしかねぬひきとめ方で、慶次郎は、賢吾の家族も一緒の賑やかな夕食をとることになった。

屋敷を出たのは夜の五つ過ぎで、「五つ前には帰ると言ったのに」と怒っている佐七の顔が、目に見えるようだった。

町木戸は、あと一刻足らず、四つに閉まる。やむをえぬ事情のある者は、くぐり戸を通してもらえるが、「件の帰りが遅くなって」などと、木戸番に言訳をするのも面倒だった。慶次郎は、皐月が持たせてくれた提燈が大きく揺れるほど、足を急がせた。

やはり大きく揺れている提燈が近づいてきたのは、堀江町の大通りを横切って、堀

留町へ入ろうとした時だった。

提燈には、山形の商標が筆太に書かれている。今日は晦日、掛取りにまわっていて

遅くなった手代が夜道こわさに急いでいるのだろうと思い、慶次郎は道端へ寄って、

その男の通り過ぎるのを待つことにした。

が、いったんとまった提燈が、慶次郎に近づいてきた。

「わたしでございますよ」

彦七の声だった。彦七は、明りを自分の顔へ近づけて腰をかがめた。

「山形屋の番頭、彦七でございます」

「そうだ、お前さんの伯父さんとこは、山形屋といったっけ」

慶次郎は、笑って道の真中へ出た。彦七が根岸の寮をたずねてきてから、十日が過

ぎていた。

「元気そうで何よりだ。こんなに遅く、掛金のとりたてかえ」

「さようでございます」

提燈の明りに照らされている彦七の顔に、苦い笑いがひろがった。

「三月前からたまっている五両の払えない店がございまして。今日の昼八つ頃にきて

くれと言いますから出かけて行くと、金を掻き集めるのに手間取っているのでござい
ましょう、何とか暮六つまで待ってくれと言う。結局、この時刻になってしまったの
ですが、身につまされましてねえ。よほど、来月でいいと言おうかと思いましたよ」

慶次郎は笑い出した。腰を浮かせては坐り直す彦七が、目に見えるようだった。

「山形屋は、ついそこの堀江町ですし、もっといろいろお話をしたいのですが、今日
はあいにく……」

「今日は晦日だ。番頭さんはまだかかって、旦那が待っていなさるぜ」

「山形屋の隠居──これがわたしの伯父でございますが、隠居が森口様にお目にかか
りたがっております。そのうち、根岸へお邪魔してもかまいませんか」

「いいともさ」

「それでは──」と、彦七が頭を下げた時だった。「いたぞ」「待て」などという騒がし
い人声がして、堀江町の横丁から黒い影が飛び出してきた。

身をひるがえして逃げるだろうと思った影が、ふっと足をとめた。山形屋の提燈を
見たようだった。

「おやじか」

と、低く押し殺した声が尋ねた。

その声に心当りがあったのかもしれない。　伜はいない筈の彦七が、大きくうなずいた。

が、先刻の声は、「逃げたぞ」「こっちだ」などと叫んでいる。　声の一つは、岡っ引の太兵衛のそれに似ているような気がした。

「おやじ、五十両だ。渡すぞ」

影は、手拭いにくるんであるらしいものを彦七に投げつけて、横丁の闇の中へ消えようとした。

軀がひとりでに動いた。　慶次郎は、提燈を投げ捨てて横丁へ飛び込んだ。影は、意外なほど近くにいた。投げつけたものを彦七が拾ってくれるかどうか確かめていたようだった。あわてて逃げようとしたその腕を、慶次郎の手がつかんだ。

「放せ、この野郎」

影は、長い足で慶次郎を蹴ろうとする。咄嗟にその足を取ると、影はひとたまりもなく倒れ、慶次郎は影の上へ馬乗りになった。

「くそ、放しやがれ」

影は、慶次郎を跳ね飛ばしかねぬ勢いで暴れる。

「淀屋のまわし者か、手前は」

唾を吐きかけたその頬を、慶次郎は力まかせに殴りつけた。

「森口様。おてやわらかに願います」

彦七の声が聞えた。

「そのお人は、わたしの知り合いのようでございまして」

「そうらしいな」

慶次郎は、殴り返そうとしている影の頬を、今度は軽く叩いて言った。

「ばかやろう。お前は彦さんを盗人の仲間にする気か」

戦法を変えて慶次郎の手に嚙みつこうとしていた影が、急におとなしくなった。

慶次郎が将棋盤を持ち出す縁側を占領して、卯之吉が寝転んでいる。

今年の夏は涼しいまま終りそうだと言っていたのだが、卯之吉が根岸へきてからは暑い日がつづいていた。今日も朝から焼けつくような陽が照りつけて、佐七が鉢植にした朝顔やほおずきは、息もたえだえといった風情で葉を垂らしていた。縁側も暑い筈だった蝉の声ばかりが降るようで、風は、いっこうに入ってこない。慶次郎が出してやったうちわに見向きもせず、目をつむっていた。

が、卯之吉は、慶次郎が出して

あの日、彦七から事情を聞いた慶次郎は、太兵衛を呼んで五十両を渡し、淀屋の庭にでも落ちていたことにしてくれと頼んだ。太兵衛は苦笑いをしていたが、賢吾の供をして淀屋へ出向いた時に、庭木の陰で見つけたことにすると約束してくれた。

「甘えなあ」

と、卯之吉は笑った。

「俺あ、何度でも淀屋へ盗みに入ってやる」

何を言い出すのだと彦七があわてたが、卯之吉は、そんな彦七を鼻先で笑った。出来のわるい倅が親に虚勢を張っているようでもあり、彦七が「わたしを泥棒のおやじにするつもりか」と言うと、たちまち悄気返った。そのようすを見て、慶次郎は、卯之吉がふたたび淀屋へしのび込むことはあるまいと思い、下谷の住まいに帰してやったのだが、次の日の夕暮れ、彦七は、衿髪をつかむようにして卯之吉を根岸へ連れてきた。八百屋の倅や魚屋の倅を脅して手にした金を、届けにきたのだという。「わたしがよけいな話をしたのがいけないのですが」と、彦七は、額に浮かんだ汗を拭っていた。

「和田屋が潰れていなければ、このとんちんかんな男をひきとるのですが」

と言って、彦七は苦笑した。

「いえ、和田屋なんてものが、わたしにくっついていたら、こんな男は怖くてひきとれなかったかもしれません。いずれにしても、旦那におすがりするようになったでしょうが」

その時の卯之吉は笑っていた。横を向いてはいたが、慶次郎の言うことをよく聞けという彦七の言葉にも耳を傾けていた。が、横から口をはさんだ佐七の一言で、顔色が変わった。

「人に迷惑をかけっ放しだね、お前さんは」

「わるかったな」

卯之吉は、立ち上がってわめいた。

「俺だって、好きで迷惑をかけてるんじゃねえ。養い親になんざ、三つ四つの頃から気を遣ってたんだ。それでも、まとわりつきゃうるさいと叱られたし、遠くから眺めていりゃ、薄気味のわるい子だと言って殴られた。今じゃ店賃をためると差配に嫌われ、払えばどこで盗んできたのかと、隣り近所に気味わるがられてらあ。おとなしくしてたって、迷惑をかけていると言われるんだ。それなら迷惑をかけてやらにゃ、申訳ねえだろうが」

足許にあった湯呑みを佐七へ向けて蹴飛ばして、卯之吉は表へ飛び出して行った。

悲鳴に驚いて慶次郎と彦七が出て行くと、卯之吉は、ちょうど通りかかった酒屋の小僧を殴りつけていた。小僧の持っていた角樽を、奪い取ろうとしていたのだった。

彦七が卯之吉に飛びついて、小僧は泣きながら逃げて行った。卯之吉は、抱きとめている彦七をひきずるようにして、角樽を寮の前の小川へ蹴込んだ。卯之吉を殴ろうとした彦七が、そのこぶしをはずされて小川へ落ちなければ、卯之吉はそのまま荒れ狂っていたかもしれない。

案外に早い流れに足をすくわれて、彦七は水しぶきをあげて倒れ、流されて行きそうになった。ばか親爺——とわめいて、卯之吉は小川へ飛び込んだ。慶次郎も手伝って彦七を道端へかかえ上げたが、三人分の着替えを探すわ髪結いを呼ぶわ、酒屋へ詫びに走るわで大騒ぎをしたものだった。

それから六日、佐七を手伝って庭を掃いたり、薪を割ろうとは決してしないものの、自分が使った茶碗は台所へはこんで行くなど、案外におとなしく暮らしている。

「こねえのかな」

と、卯之吉が呟いた。

彦七は、翌日から大山詣に行かなければならないのだと言っていた。問屋仲間で講中をつくっているらしく、不信心な今の主人、彦七のいとこに代参を言いつけられた

らしい。帰ってきてからも予定されている仕事があるので、六日後にくると言ってい
たが、卯之吉はその六日後を、指折りかぞえて待っていたのだろう。早起きをするわ
けだと、慶次郎はおかしくなった。

「寝転がってばかりいねえで、その辺まで迎えに行ったらどうだ」

と、慶次郎は卯之吉に言った。

「誰を」

そんな言葉が返ってきた。

「彦さんを、さ。六日後にくると言ってたじゃねえか」

「忘れたよ、そんなこたあ」

「だったら思い出して行ってくるがいい。日盛りも過ぎたし、時雨ヶ岡あたりで蟬の
声を聞きながら待っていりゃ風流だし、彦さんも喜ぶぜ」

それでも、こんな時刻にくるわけがないと、ひねくれたことを言っていたが、慶次
郎に促され、面倒くさそうに起き上がった。

門を出て行く卯之吉を、慶次郎は庭へ降りて見送った。黒い雲が出ていたが、降り
出しはすまいと思った。

だが、卯之吉が出て行くとまもなく、しめった風が吹きはじめた。夕立の前兆だっ

た。

そろそろ時雨ヶ岡に着く頃だったし、そこには老夫婦がいとなんでいる店もある。雨宿りはできるが、慶次郎はふと、そこに老夫婦がいとなんでいる店もある。卯之吉は、老夫婦の店の団子を食べちらかすような真似をして、逃げて行くのではあるまいか。

「あのばかやろうなら、やりかねねえ」

ひとりごちた耳に、大粒の雨の庇を叩く音が聞えてきた。

佐七が、裏庭へ飛び出して行ったようだった。

慶次郎は、尻端折りをして表口へ出て行った。濡れながら彦七を待つことになっては、卯之吉も可哀そうだったし、老夫婦に迷惑をかけるようになっても困る。傘を持って行ってやろうと思った。

雨は、この六日間にためていたのを一時に降らせているように激しくなった。風も、この雨を待ちかねていたように吹き荒れている。つい先刻までのむし暑さが、嘘のようだった。

慶次郎は、足駄を門の内側へ投げ入れて裸足になった。傘をすぼめ、前屈みになって歩き出したが、隣家の木立がとぎれ、左右に田畑がひろがると、雨も風も渦を巻くように吹きつけてきた。

　傘は、すぼめていても飛ばされそうになった。傘からはみだしている胸から下は、ずぶ濡れだった。蓑を着てくればよかったと後悔したが、ここまで濡れたあとで、蓑を取りに引き返すのも癪だった。

　慶次郎は、傘の中で苦笑した。ここまで濡れてしまったのなら、歩きにくい傘など閉じてしまえばいいのである。

　閉じて、卯之吉のための傘と一緒に小脇にかかえ、走って行けばいいのだった。

　慶次郎は、雷鳴の轟きはじめた空を見上げながら傘を閉じ、打たれれば痛いほどの雨の中を走り出した。ゆるく曲がっている道をもう少し走れば、右手が時雨ヶ岡の不動堂だった。

　稲妻の光る道に、背の高い男の立っているのが見えた。卯之吉だった。

　彦七がきはしまいかと、篠竹が降っているようにすら見える大粒の雨を透かして見ているのだと思ったが、そうではなかった。卯之吉は、彦七があらわれる筈の方向に背を向けて立っていた。すさまじい雨に暖簾までしてしまった老夫婦は、立ち尽くしている卯之吉を怪しんでか、戸を細く開けて眺めているようだった。

「こやしねえよ」

　と、卯之吉は、駆け寄った慶次郎に言った。それから睫毛の雫を払い落とすように

目をしばたたいて、濡れ鼠の慶次郎を見た。

「どうしたってんだよ、二本も傘を持ってるくせに」

「この風じゃさせねえんだよ」

慶次郎は、雷に負けぬ大声で笑った。

「お前もずぶ濡れだが、さして帰るかえ。こっちの新しいのは、お前のだ」

差し出された傘を受け取って、卯之吉は、もう一度目をしばたたいた。

雨は上がったが、まだ彦七はこない。

早めの風呂に入り、浴衣に着替えて部屋へ戻ってくると、夕焼けの庭に、卯之吉が傘を干していた。三本あるのは、佐七のも干してやったらしい。

「ふうん。夕焼けの傘ってのは、きれいなものだな」

卯之吉は、返事をせずに横を向いた。慶次郎は、うちわで懐へ風を送りながら庭へ降りて行った。傘に残っている雨の雫が、糸を引くように地面へ落ちて行った。

「花に置く露か」

「わけのわからねえことを言うなよ」

低い声がそう言った。

「お前……」

「何だえ」

慶次郎も、卯之吉から視線をそらした。

「お前、……ずぶ濡れになって、俺を迎えにきてくれたのかえ」

「あの雨だ。ずぶ濡れになってもしょうがねえわな」

「俺……」

低い声が、ますます低くなった。

「俺……、思ってたより、いい人に出会ってるんだ……」

慶次郎は、卯之吉から目をそらせた。こそばゆい言葉だった。ずぶ濡れになったのは、すさまじい吹き降りで、傘をさすのが面倒だったということもある。

「でも、あのばか親爺はこなかった」

「彦さんは今、奉公人だよ。お前に会いてえと思ったって、仕事がありゃ思い通りに動けやしねえ。そんなことを言っていねえで、早く風呂へ入ってきな」

だが、卯之吉は動かない。まだ彦七を待っているのだろう。

「こられるようになれば、きてくれるよ。さっさと風呂へ入りな」

「うるせえや」
　その声の間から声が聞こえた。
　声は、日暮れになっての訪問を慶次郎に詫びている。
「おやじ──」
　卯之吉は、傘の柄につまずきながら垣根へ向って駆けて行った。傘からはまた、雨の雫が地面へしたたり落ちていった。

最良の日

いつものように将棋盤を持ち出して詰将棋の駒をならべていると、田舎家風に囲炉裏がきってある板の間と縁側を区切っている重い板戸が開けられた。慶次郎は軀を横に傾けて、板戸の向う側にいる人物を見ようとした。

佐七の部屋は、板の間の横にある。板戸を開けたのは佐七にちがいないのだが、佐七にしては妙だった。いつもの佐七は台所から庭づたいに縁側へきて慶次郎の向いに腰をおろし、「桂馬の置き方がちがっている」と駒の向きを揃えたり、「どうして角行は斜めにしか動けないのだ」と執拗に尋ねたりして、慶次郎を悩ませる。間違っても、遠慮がちに板戸を開けるようなことはしない筈であった。

ことによると虎の子の金を腹に巻いていて、井戸にでも落としてしまったのかと思った。が、そうではなかった。

「頼みがあるんだよ、旦那」

と、ようやく半分ほど顔をのぞかせた佐七は、恥ずかしそうに口ごもった。

「その、何だ。実はその……」

「じれってえ、はっきり言いねえな」

慶次郎は笑った。

「七つぁんの頼みなら、たいていのことは聞くぜ」

「でもさ——」

佐七は、皺の多い顔を赤らめた。

「その、だからさ——」

「気のきいた化け物なら、もう消えてるぜ」

「そうせかしなさんなって。実は、ほれ、何と言えばよいのかな、明日は谷中感応寺のさ、早く言えば富突の日でね」

「遅く言っても、富突の日だよ」

「当り籤は何番か、見てきてもらいたいんだよ」

慶次郎は、詰将棋の本を膝に置いて、半分だけ見えている佐七の顔を見つめた。つい先日も、佐七は富籤の弊害を説いていたのではなかったか。

佐七の説によれば、富籤は富を生む籤にあらず、金を失う貧籤であるという。

富籤は、寺院や神社の修理にかかる費用を集めるために売り出されたものだった。

『第弐千参百四拾五番』などと番号の書かれた籤を多くの善男善女に買ってもらい、

当り籤には大金を出すというしくみである。

この当り籤をきめるのが富突で、たいていは月に一度、富籤を発行した寺社の境内で行われる。寺院ならば本堂、神社ならば拝殿の正面に高さ三尺五寸、幅二尺五寸の箱が置かれ、寺社奉行所役人立ち会いのもとで、突手がその箱の中に入っている札を槍で突く。札には番号が書かれていて、それと同じ番号の籤が当りとなる。早く言えば懸賞金つきで寺社は寄付を集めていたのだが、それがいつの間にか、籤の大当りばかりが喧伝されるようになった。

ことに、江戸の三富と呼ばれる湯島天神、目黒不動、谷中感応寺の富突は、月に二度、行われる。籤は一枚が二朱、富籤を発行している寺社は江戸に七十箇所以上もあるというが、どこよりも高い。無論、当り籤に支払われる額も群を抜いていて、三富の富突興行のある日には一攫千金を夢見る人々が境内を埋め、当り番号が読み上げられるたびに、立木が揺れ動くほどのどよめきが湧き上がるのである。

「いやだねえ。みんな、目の色を変えちまってさ」

と、先日も佐七は言った筈だ。

「みんな、手前に都合のいいことしか考えていないんだね。ばかばかしいじゃないか、旦那、当り籤は手前が持っていると思い込んでいる」

札を突くのは百回かぎりだった。百度めを突留といい、この番号と同じ籤が、一番の大当りとなる。湯島天神でいえば、六百両の大当りであった。

そのほか、寺社によって差があるが、百両の当りもあれば、五十両のそれもある。

にわかに自分の収入がふえるあてのない人達が、もしかするとという頼りない望みにすがっているのだ。突手の一挙手一投足に興奮するのもむりはなかった。

「だけど考えてご覧よ、旦那」

と、先日の佐七は言った。

一枚二朱の籤が、六百両や百両に化けてくれればよいが、札を突くのは百回かぎりである。発行される富籤の数は、最も多い時で一万枚、それが売り切れたとすれば、九千九百人がはずれとなるのである。

「ま、お上のお許しをもらっていない影富（かげとみ）なら、もっと安い籤もあるけれど」

佐七は、慶次郎の前へ二本の指を突き出した。

「一枚二朱だよ、二朱」

富突は月に二度、興行のあるたびに買って、そのたびにはずれれば、毎月一分の損になる。一年にすれば、三両もの金を失（な）くしていることになる。

「年に三両と言やあ、山口屋の女中の給金じゃないか。それをむだ遣いしているんだ

よ、旦那。だから、富籤ってのは嘘だ、貧籤だってんだ」

「ま、そうわるく言うな。夢中になるのは、どうかと思うが、並の人間はまとまった金を、そう手にできるものじゃねえ。富籤を買って、もしかしたら——と思うのを楽しみにしている者もいるんだ」

それに、二朱の籤を一人で買う者の方が、むしろ少ないかもしれない。十文、二十文ずつを出しあって、大当りの夢を見る者も大勢いるのだ。

「だからさ」

と、佐七は眉をひそめた。

「仲買いなんてえ奴が出てくるんだよ。素寒貧だが富籤は買いたいという手合から、十文、二十文の銭を集めて、籤を買ってやる。それを商売にしているんだよ。この間なんざ、仲買いが籤を買い占めて、二倍の値で売りつけたそうだ」

聞き捨てにはできなかった。慶次郎は、その仲買いの名を尋ねた。が、佐七はそういう噂を耳にしただけらしく、「だから、富籤は嫌いだ」と繰返していたのである。

「いってえどういう風の吹きまわしだえ。感応寺なら、すぐそこだ。当り籤の番号を聞いてくるなんざ、わけはねえが、あまり変わったことを言って、雨——どころじゃねえ、雪や霰を降らせてくれるなよ」

「降りゃしないよ。この間、胴巻の中の金をかぞえたら、二朱の半端があったんでね、試しに買ってみただけだよ」

「二朱を半端とは恐れ入ったね。が、それなら七つあんが行きゃあいいのに。札が突かれるたびに男でも胸がどきどきして、なかなか面白えそうだぜ」

「だから、行けないんだよ」

と、佐七は言った。

「もし、俺に百両とか三百両とかが当った時を考えておくんなさいよ、旦那。この年齢だもの、気が遠くなって、籤を握りしめたままあの世へ行っちまうかもしれない」

「わかったよ」

慶次郎は、笑って手を差し出した。籤を受け取るつもりだったのだが、佐七は、明日になってから渡すと言った。今は、仏壇に供えてあるのだという。感応寺の籤を買ったのだとわかれば、仏様が味方してくれるだろうと真顔で言う佐七の顔は、とても「試しに籤を買ってみた」人のものとは思えなかった。

小野崎源三郎は今、感応寺の境内にいる。

別にそう言い置いて出かけたわけではないが、煙草屋の唐紙を貼ってやる約束を明
日にのばして、源三郎の行くところといえば、富突の興行が行われている寺社の境内
しかなかった。

「ちょいとそこまで探しに行ってきます」

と、おしのは土間に降りて、源三郎をたずねてきた武士をふりかえった。

山川勘吾となのった朴訥な感じのする武士は、少々心配そうな顔になった。江戸詰
を仰せつかって半年というから、おしのの「ちょいとそこまで」を、国許の「そこま
で」と同じだと思ったのかもしれなかった。

故郷の「ちょいとそこまで」は、上野下谷町から京橋、芝あたりまでを言うと、源
三郎はよく笑っていたものだ。公用で使いに出たついでに立ち寄ったらしい勘吾は、
一刻以上も待たされるようになっては困ると思ったのかもしれない。

「すぐそこですよ。谷中の感応寺ってとこ」

「感応寺？　富突か」

「いえ、そうじゃないんですけど……あの、ほら、富突がどんなものか見たいって言
いなすって……」

自分でも、わけのわからないことを言っていると思った。

おしのは、四半刻（しはんとき）ほど前に、この長屋へきた。出戻りで、実家の『せせらぎ』とい

う料理屋で働いているのだが、源三郎の好物である谷中生姜（やなかしょうが）のはしりが店に入ったの

で、四、五本を引き抜いて持ってきたのだった。

が、源三郎はいなかった。出入口の腰高障子は開け放されたまま、煙草屋の唐紙に

それでも念のために、長屋の木戸から二軒めにある煙草屋へ行って、おしのは、源

使うらしい紙も文机にのせたままになっていて、よほど急いで出かけたようだった。

三郎がきていないかと尋ねてみた。「きているものかね」と、煙草屋の女房は、箸（かんざし）の

足で鬢（びん）の根もとをかきながら答えた。

「今日は、感応寺の富突（とみつき）だよ。源さんらしくもない、富突の日を間違えて、うちと約

束しちまったようだけど、お腹（なか）の具合がわるいとか何とか言ってね、明日にのばして

くれと頼みにきたよ」

しょうがないから、いいと答えたと、煙草屋の女房は苦笑した。

「まったく、源さんにも困ったものだねえ。富籤が好きなのはいいけどさ、稼いだお

金をみんな富籤につぎ込んじまうんだもの。尋常じゃないよ。おしのちゃん、源さん

の女房になるおつもりなら、きつく言っておやり」

あれは病いだから──と、あまり弁解になっていない弁解をして、おしのは、源三

郎の長屋へ戻ってきた。帰りを待つ間に掃除をしておこうと、手桶に水を汲んできた

ところへ、この山川勘吾という武士があらわれたのだった。

「ゆえあって、藩の名は言えぬが」

と、武士は、源三郎と同じことを言った。言葉にも、源三郎と同じ訛りがあった。

源三郎が下谷町に住みついてからざっと十五年、どこの藩士であったのか、永の暇

の理由は何であったのかなど、当人が話したがらぬことを根ほり葉ほり聞こうとした

者はいないが、五、六万石の大名家に仕えていて、二百石近い知行地をもらっていた

上士だったらしいとは、皆、何となく知っている。

その源三郎を、山川勘吾という武士が、やっと見つけたと言ってたずねてきたので

ある。江戸詰になってからの半年間、知らせたいことがあって、源三郎を探しつづけ

ていたという。

帰参が叶ったのだと、おしのは思った。親しい友人だったという武士が懸命に源三

郎を探しまわるのは、殿様の怒りがとけたからとしか考えられなかった。

それなのに、感応寺の富突を見に行ったと口を滑らせてしまったのだった。江戸の

人々を熱狂させている興行を、源三郎が見に行っても不思議はないのだが、勘吾は、

感応寺と聞いただけでいやな顔をした。見るからに真面目そうな勘吾にとって、富籤

に熱中する江戸の人達は見るに耐えないものだったのかもしれず、源三郎の日常を近

所の人達に聞いて、無類の富籤好きであるとわかれば、帰参の話を引っ込めてしまう

かもしれなかった。

「あの、言っときますけど、源さんは、ほんとに見に行っただけですからね」

感応寺まで走って行くつもりで裾をからげ、下駄を手に持ったおしのを、勘吾は戸

惑ったような表情で呼びとめた。

「おぬし、源三郎のご妻女ではないのか」

「ごさいじょ?」

「その、女房ではないのか」

何を言いなさるんですよという言葉が唇の外へ出てこぬまま、おしのは、薄いあば

たのある勘吾の顔を見つめた。源三郎は今年三十九歳、妻子のいない方がおかしい年

齢だったし、また、国許に妻子がいるとも言っていたのである。

「ご妻女なんてものじゃない、ただの出戻り女ですよ。放っておくと源さんに蛆がわ

きそうだから、掃除洗濯を勝手にひきうけていますけど」

身のまわりの世話をしてやるようになって一年近くたつが、いまだに手を握ったこ

とすらない。おしのが酔ったふりをしてしなだれかかっても、源三郎は、突き放しも

しないかわり、抱き寄せてもくれなかった。

おしのはそれを、国許へ置いてきたという妻への遠慮だと思っていた。源三郎もお
しのに好意を持っていることは、勘でわかる。その気持にも、おしのの胸のうちにも
目をつぶってしまうのは、妻への気持が強いのだと思っていた。

が、勘吾は、今の今までおしのを源三郎の女房だと思っていたらしい。そういえば
挨拶もていねいだったし、おしのがいれた茶を妙に恐縮しながら飲んでいた。「これ
がご妻女から源三郎を奪った女」といった表情は、まったく見せなかったのである。「これ
ことによると――と、おしのは思った。ことによると、源三郎は妻と別れているの
ではあるまいか。

永の暇となった時、気を昂ぶらせた妻に罵られ、女はこりごりだと思っていて、お
しのが誘っても気づかぬふりをするほど用心深くなっているのではないだろうか。

「別れていたのなら――」

おしのは嬉しい。国許に妻子がいると思えばこそ、胸許をつかんで「じれったい人
だねえ」と言うのも控えていたし、「掃除洗濯をしてくれる重宝な女だとしか、思っ
てないんですか」とからむのも我慢していたのである。が、独り身なら、遠慮するこ
とはない。

おしのは、源三郎と出会った時を思い出した。こわれた家具の直しから唐紙の貼替まで、金がなければ丼いっぱいのめしと簡単な惣菜でひきうけてくれる浪人がいると聞き、踏台をかかえてたずねて行ったのだった。

——と、源三郎は言った。彼は、おしのの持って行った踏台をひっくり返して眺めていたが、その間、おしのは源三郎を見つめていた。

我に返った時には、胸が痛かった。息をするのを忘れていた——いや、していたのだろうが、雷に打たれたように身じろぎもできず、息さえもとめていたような気がしたのである。十六歳で嫁いだ商家の若旦那も、決して嫌いではなかったが、そんな不思議な気持に襲われたことは一度もなかった。だからこそ、子供が生れぬからと離縁を言い渡された時、引き剝がせるものなら引き剝がしてみろと、亭主に抱きつく気持が起こらなかったのだろう。

「今晩、源さんに言ってやろ」

と、おしのは、貼りかけの傘を見ながら思った。わたしは、死ぬほど源さんが好きなんですよ。傘貼りも唐紙の貼替も放ったらかしにして富突に出かけちまうけど、それが源さんなのだと思えば、腹も立たない。こんなに滅茶苦茶に好きなんだから、ね

え、早くどうにかして下さいな。

——

気がつくと、勘吾が苦笑していた。おしのの胸のうちを読みとったようだった。

「そろそろ屋敷へ帰らねばならぬ。感応寺はすぐそこでも、あの人混みの中では源三郎を探すのは大変だろう。富突のない日に、出直してくる」

勘吾が立ち上がった。あわてて履物を揃えようとして、おしのは、自分が裸足のままでいることを思い出した。

「よいお人とお見受けした」

と、勘吾が言った。

「源三郎に伝えて下さい。浅江殿は、昨年の春に亡くなられたと」

「え?」

「浅江殿、源三郎の別れたご妻女だ。昨年の春に亡くなられた」

おしのは、自分の身内の死を告げられたように息をのんだ。

源三郎を罵ったのかもしれぬなどと、一瞬でも思ったのが申訳なかった。とすれば、妻は夫かれもせぬうちに、永の暇が二人の間を引き裂いたのかもしれず、飽きも飽きに一目会いたいと思いながらあの世へ旅立って行ったにちがいない。源三郎も、その知らせを聞けば、知らぬこととはいえ、富籤にうつつをぬかしていた日々を悔いるだろう。

涙がにじんできた。が、これで当分、「早くどうにかして下さいな」とは言えなくなった。おしのは、目頭を小指の先で押えながら、妻の喪に服す源三郎を想像した。

「それから……」

と、勘吾が、ためらいがちに言葉をつづけた。

「大四郎殿が江戸へ出てきているかもしれぬと……」

「大四郎様ですね?」

「源三郎の息子でござるよ」

いずれ打明けねばならぬことだからと言い、勘吾は溜息をついて言葉をつづけた。

源三郎の一人息子が、養子に行った屋敷を飛び出してしまったのだという。おしのの脳裡から、服喪中の源三郎が消えた。かわって、顔立ちのよくわからぬ若者の姿が浮かんできた。

今年三十九歳の源三郎に、それほど大きな息子のいるわけがない。十六か十七か、江戸のわるい水に染まりやすい頃だ。取り返しのつかぬことにならないうち、曽祖父の父親の代から江戸に住んでいて、四方に知り合いの多いおしのが探し出してやらねばならないだろう。

まず、根岸にいるもと定町廻りをたずねて行って──とそこまで考えて、おしのは

唇を嚙んだ。もと定町廻りが息子を探し出してくれば、源三郎は、その息子と暮らしはじめるにちがいない。

わたしはどうしてこう、自分に都合のわるいことに手を貸しちまうんだろうね。

自分のために泣きたくなってきた。

「よう。きてたのか」

と言って、源三郎が部屋へ上がってきた。

「怒るなよ。感応寺で、すってんてんにやられちまった」

たまには明日のお米のことも考えた方がいいと、叱言を言ってやりたいところだったが、先に勘吾のことづけを伝えねばならない。おしのは、いい加減な返事をしながら茶をいれて、浅江様が他界したと言った。

返事はなかった。

ふりかえると、源三郎は、しみだらけの天井を見つめていた。その膝の前に茶をいれた湯呑みを置いたが、それにも気づかぬようだった。

はじめて見る源三郎の姿だった。「お茶がさめますよ」とも言えずにいるうちに、

おしのの目にまた、源三郎と浅江のための涙がにじんできた。夫に看取っても

らえなかった。夫は、妻が死んだことすら知らなかったのである。

帰参が叶って妻と暮らせる日を夢見ていたにちがいない源三郎は、腑抜けのように

なるかもしれない。そんな時にこそ、自分がしっかりしなければいけない。ことによ

ると、故郷へ置いてきた妻を思い出さぬよう、源三郎は富籤に狂っていたのかもしれ

ず、おしのは、これから明日富突が行なわれる寺社を調べ、踏台をもう一度こわすか、

唐紙に大きな穴を開けるかして、二分の修理代を用意しておこうと思った。

が、それだけでは足りない。気晴らしをさせたあとは、この腑抜けを国許へ出発さ

せなければならなかった。

おしのは、襦袢の袖で涙を拭いて、源三郎の背を派手に叩いた。

「何をぼやぼやしていなさるんですよ。早く大家さんとこへ行きなすって、通行手形

や関所手形を出してもらう手続をなさいまし」

源三郎は、我に返ったようにおしのを見た。

「関所手形?」

「そうですよ。お国へ帰りなすって、お線香の一本もあげて差し上げなくっちゃ、亡

くなられた奥様がお淋しいじゃありませんか」

源三郎の口許に、かすかな笑みが浮かんだ。

「いいんだよ」

「何がいいんですよ」

「国へ帰らなくってもさ」

「富籤で、すってんてんになっちまったからでしょう。わかってますよ、路銀ぐらい、わたしが用意します」

「やめてくんな──」

源三郎の手がおしのの手をつかんだ。気がつくとおしのは源三郎の腕の中にいて、源三郎は、おしのの髪に頬を埋めていた。「俺あ、国許じゃ、ごくつぶしで通ってるんだ」と言う声が、耳からではなく、肌を通して聞えたような気がした。そうなることを待っていた筈だった。が、おしのは、源三郎の腕を払いのけて坐り直した。

「ごくつぶしが何ですか」

源三郎は、横を向いている。おしのは、衿や裾の乱れを直しながら言った。

「お国許では、ごくつぶしがお線香をあげちゃいけないことになってるんですか。ごくつぶしだろうと、すっとこどっこいだろうと亭主は亭主、このお向いの為さんみた

ように、ろくな稼ぎがなくっても威張ってりゃいいんだ」

そのあとで、おしのは、「奥様が亡くなられたからって、身替りになんざなりませ
んからね」と呟いた。聞えぬだろうと思ったのだが、ややしばらくたってから、源三
郎の返事が聞えた。

「腹の立つことを言うじゃねえか。ま、わるい時に、お前の気持も確かめずにわるい
ことをしたと思うが」

おしのは、口を閉じて首を垂れた。その頭の上へ、源三郎の言葉が落ちてきた。

「俺あ、お役目をいい加減につとめていたってんで、永の暇を出されたんだよ」

顔を上げると、口許に微笑を浮かべた源三郎の視線が待っていた。

「そう言われても弁解のしようがないほど、のんびりやってはいたがね」

大番組の頭――大番頭だったと、源三郎は言った。

大番組は、戦さが起こった時に、藩主直属の軍勢となる。頭ともなれば、大将とし
て指揮をとらねばならない。が、今は、何事も起こらぬ、いや、起こしてはならぬ世
の中だった。大番組は、城の警備という役目をひきうけていた。

「おろそかにしていい役目ではないさ」

と、源三郎が言った。

「平穏無事な世の中でも、どんなところから、どんな奴がしのび込んでくるかわから
ない。俺も、それなりに働いたよ」

ただ、番衆を叱りつけたことはなかった。番衆の失敗を罵ったこともなかった。警
護の最中に足をひねってしまった番衆にも、源三郎は、「同じしくじりは、二度する
ものじゃないぞ」と言っただけだった。

それを手ぬるいという重臣もいた。大番頭の下にいる、組頭などもそう言っていた
らしい。それはわかっていたことだったが、源三郎は、番衆には好かれていると思っ
ていた。事実、万一、戦さが起きた時は、源三郎の弾よけになって死ぬとまで言った
番衆もいたのである。

「が、俺がお役御免となった時、何人かの番衆が、藩の重役にかけあうと言ってくれ
たのだが、その男は仲間に入っていなかった。しかも、その翌日に殿のご勘気を蒙る
と、お役御免とはどういうわけだといきまいていた番衆も、口を閉じちまったよ」

「しっこしのない人達ですねえ。わたしがいりゃあ、お前さん達はそれでも男かって、
袖をまくって啖呵をきってやったんだけど」

源三郎がおしのを見た。微笑を含んでいるような切長な目に見つめられて、おしの
は、思わずまばたきをした。

「仕方がないんだよ。今の世の中、どこの藩も台所は火の車だ。禄米（ろくまい）を半分近く召し上げても、まだ苦しい。手ぬるいと評判の大番頭に、良田の多い知行地を渡しておくわけにはゆかなかったんだ」

「だからといって……」

「俺のほかにも、四人が暇を出された。あいつらは無用と思われても仕方がない」

「ですからさ。藩のご重役が源さんを無用と思いなすったって、ご番衆は、そうじゃないとわかっていなすったんでしょう？　だったら、何だってそう言わないんですよ。藩のご重役が源さんを無用と思われても仕方がない」

「俺を含めて五人が五人とも、のんびりとお役目をつとめていたのさ。あいつらは無用と思われても仕方がない」

「男のくせに、情けないったらありゃしない」

「五十俵取りの藩士も、三分の一くらいの禄米を召し上げられていたんだ」

と、源三郎は言った。

「田舎だって五十俵の禄高じゃ食うや食わずだ。その上、藩が三分の一を召し上げる。恥も外聞もなく内職をして、やっと暮らしているんだよ。が、役立たず五人に暇を出せば、一千石近い知行地が藩のものとなる。禄高の少ない者にすりゃ、その分、召し上げられる禄米が減るかもしれぬと考えたくなるじゃないか」

おしのは、ふたたび口を閉じた。

「俺がいなくなっても、藩には何事もない。いや、五人がいなくなっても、仕事に支障はない。戦さは大将の数も兵の数も大事だが、今のお城にゃ、いらない頭数が多過ぎるのかもしれない。俺も、無用の長物だったんだよ」

源三郎は、横を向いてつけくわえた。

「女房までが、そう思っていたのは残念だったがね」

「ばかな。奥様なら、おわかりになるじゃありませんか」

興奮したせいか言葉がつづかず、おしのはかぶりを振りながら源三郎の膝を揺さぶった。

唐紙に貼る紙がのっている机の横には、隣りの女房が持ってきた脚の折れている行燈がある。向いの女房は、ちりとりを直してくれと言って、板きれを持ってきた。

近所の女房達だけではない。隣り町の女房達も、その隣り町の女房達も、小野崎源三郎の評判を聞きつけて、行燈やちりとりや踏台や、時には文机や茶簞笥まで荷車にのせてはこんでくる。町内には、小金をためている者もいれば、その日暮らしの貧乏人もいる。礼金が払えない者は丼一杯のめしと惣菜でよいというのが、貧乏人にとっては何よりも有難いのだ。

源三郎のお蔭で、何となく安心して暮らせる。

そう言っている者が、町内だけで何人いることか。そんな男を放り出す藩も藩、妻も妻だ。身近にいながらなぜ、源三郎の能力がわからなかったのか。

「有難うよ」

と、源三郎が言った。

「そう言ってもらえるだけでも、江戸へ出てきてよかったよ」

「源さんは、人がよくって口下手だから」

「女房の父親が、藩の年寄——重臣でね」

源三郎はぽつりと言った。

「俺をごくつぶしだと、一番先に思ったのは女房かもしれないな」

それはわかると、おしのは思った。

源三郎を見ていると、おしのですら腹の立つ時がある。源三郎は、めざしで行燈の修理をひきうけて、ついでに火袋の破れも直してやろうと、糊を買いに出かける男なのである。めざしで腹はいっぱいにならない。米屋を拝み倒して代金を月末払いにして、その金で糊を買ってくる。人のよいのもいい加減にしろと、腹が立つのだ。

お城勤めをしていた源三郎が、その時だけ人がわるかったとは思えない。ただで修理を頼む者が下谷にもいる人のよさを利用して、金があるにもかかわらず、

ように、お城にも、源三郎の人のよさを侮って、足を引張ろうとした者がいたにちがいない。それが妻の浅江には、夫が頼りないからと映ったのではないか。

だが、めざしをもらって糊を買いに行くのが、源三郎なのだ。青菜をもらったからと、朝も昼も晩も、おひたしを食べているのが源三郎なのだ。大番頭は誰にでももっとまるかもしれないが、めざしで行燈の修理をし、頼まれもせぬ火袋の破れを貼ってやるのは、源三郎しかいない。源三郎は、この世でたった一人の貴重な存在なのだ。

「有難うよ」

源三郎が笑った。

「が、俺が重宝がられているのは、俺が器用だからではない。金をとらないからさ。その証拠に、がらくたの修理を頼む奴には、こちらから礼金として十文払うという奴があらわれてみねえ、少々下手くそだって、みんなそっちへ行っちまう。——そんなことを考えていたら、妙に鬱陶しい気持になってね。俺が富籤に狂ったのは、湯島天神の六百両を当ててその場にばらまいて、これは俺にしかできない芸当だと、天下に知らせたかったからだったような気がしてきた」

「何だってそんなにひねくれるんですよ」

おしのは、源三郎の肩に手をかけて揺すった。

144

「あんなにきれいに行燈や踏台を直せるのは、源さんしかいませんよ。六百両をばらまかなくたって、隣りのお兼さんも煙草屋のおかみさんもみんな、源さんがいなくなったら困ると思ってるんです」

源三郎は、おしのから視線をそらせ、隣りの女房に修理を頼まれた行燈を引き寄せた。

先刻とは反対に、おしのが源三郎の肩に頬をのせた。行燈は日暮れまでに直してやらないと困るから——などという源三郎の呟きが聞えたが、おしのは、かまわずに腕を源三郎の首にまわした。そのとたんに、髭をはやした朴訥な顔が目の前に浮かんだ。

山川勘吾だった。

「いけない、忘れてた。源さんの伜さんの、大四郎さんって方が、お屋敷を飛び出して、江戸へきてなさるんですって」

「大四郎が？　大四郎が江戸へ出てきたというのか」

顔色を変え、行燈を持ったまま立ち上がった源三郎の手を、おしのは力まかせに引いた。

「どこへ行こうってんです」

「どこへって、伜が江戸へ出てきたのだ」

「薄情なことを言うようだけど、十五年ですよ。　お互いの顔がわかりますかえ」

「だが……」

「きっと探し出してくれるお人が根岸にいます。これから行ってきますよ」

　おしのは、まだ腰を浮かせたままの源三郎を落着かせようとして、すがりついた。源三郎が、おしのを見た。大四郎でいっぱいになった源三郎の胸へ、おしのが割り込んだようだった。

　行燈が邪魔だった。おしのは、それを土間へ投げ捨てて、源三郎の腕の中へ飛び込んで行った。

　晃之助は、昔、慶次郎がよくそうしていたように、縁側へ出て爪を切っていた。やめようとしたのへ、切ってしまえと言ったのは慶次郎なのだが、鋏の音に三千代を思い出しそうだった。慶次郎は早口に、小野崎源三郎という浪人者の伜について話した。

「と、まあ、こういうわけさ。　年齢は十六、江戸へは去年の秋にきているらしい」

「そういう子は、いくらもいますからねえ」

鋏を置いた晃之助は、意地のわるいことを言って笑う。

「江戸には、百万の人が住んでいるそうですよ。家を飛び出してきた十六の子も、千人や二千人はいるかもしれません」

「が、陸奥訛りがあるんだぜ」

と、慶次郎は言った。

「二千人のうちの半分に訛りがあったとして千人、山川勘吾ってえ藩士の話じゃあ、大四郎は色白だってえから、半分が色黒として五百人、大柄な奴もその半分として二百五十人……」

「わかりましたよ、もう」

晃之助は、爪の入っている懐紙を持って庭へ降りた。庭の隅につくられているごみためへ、捨てに行くようだった。

「実は、ちょいと心当りがあるんですよ。荷揚げ人足をしているんですが、二十と言っている割には、顔が幼い。何かあるのではないかと、気にしていたのです。明日、辰つぁんにでも行ってもらいます」

「まったくもう――」

慶次郎は、大仰に溜息をついてみせた。

「年寄りをからかいやがって」

「養父上が黙ってからかわれているお人なら、張り合いがあるのですが」

だんだん人がわるくなりゃあがる——と、慶次郎は晃之助の背を見て微笑した。

皐月が、厚く切った羊羹と茶をはこんできた。目尻を下げて羊羹へ手を出す慶次郎に、ごみためから戻ってきた晃之助が、「まったく養父上ときたひには、羊羹で酒を飲みかねないのだから」と呆れた顔をする。

「羊羹なんざ、わたしは見るのもいやですからね。大四郎を探し出した暁には、羊羹を二つ三つ下げてきて下さいよ」

「わかったよ」と慶次郎は笑ったが、翌日、根岸の寮へ辰吉がたずねてきた。荷揚げ人足をしていたのは、確かに陸奥訛りのある十六歳だったものの、農家の倅が口べらしのために江戸へ出てきたのだというのである。やはり、簡単には見つからぬのかもしれなかった。ただ、その若者は、家を飛び出してきた者どうしが安い縄暖簾に集まることもあると言い、仲間に大四郎という男のことを尋ねてみると約束してくれたそうだ。

気のいい『せせらぎ』の娘ががっかりするだろうと思うと、慶次郎の足も重くなる。

「やっぱりわからないんですか」と、べそをかいたような顔になり、「この後もよろし

くお願いします」と両手をつく姿が、目に見えるようだった。

　源三郎が咳をしていた。激しい咳なのに、痰がからんでいるようすはない。のどに擦り傷をこしらえて出てくるような咳だった。

　十日ほど前から風邪をひいたと言い、おしのが医者へ連れて行ったのだが、おしのなら飲めばすぐ癒る薬が、源三郎には、まるで効かない。

「去年も一昨年もそうでしたよねえ」

　おしのは、白湯をいれた湯呑みを持って、源三郎の枕もとへ行った。源三郎は、たんだ夜具に軀をあずけて咳込んでいた。

「源さんはさっぱりしたお人なのに、どうして咳はこんなにしつこいんだろ」

　源三郎が湯呑みをとった。が、一口飲んでは咳込んでしまう。おしのは、その背を両手でさすってやった。

　ようやく白湯を飲み干すと、のどが湿ったせいか、咳も間遠になってきた。「もう大丈夫だよ」と、源三郎は、背をさすりつづけているおしのに言う。

「俺の母親は、心の臓の病いで死んだ。俺もあぶねえな」

「何を言ってなさるんですよ。源さんのは風邪。風邪ですよ」

夜具に寄りかかっている源三郎は、おしのをふりかえって笑った。

「すまないが、頼みたいことがあるんだ」

「すまないなんて言わないでおくんなさいな、水くさい」

また激しい咳が出た。目の前が白くなると源三郎は言うが、この咳では、確かに目もかすんでしまうだろう。おしのは、おろおろと背をさすり、白湯を汲んで源三郎に渡した。

咳は、湯が飲めるようになってやんだ。というより、咳がやんで、湯が飲めるようになったのだろう。源三郎は、肩で息をしながら言った。

「今日は、湯島天神の富突なんだよ」

「だめですよ。あんな人混みへ連れてってくれだなんて、冗談じゃない」

「が、所帯をもつにゃ金がいるぜ」

「え?」

「所帯をもちたいと言ったんだよ」

嬉しさに目の前が白くなった。白くまぶしい光に、目がかすんでしまったようだった。口をついて出てきた「わたしゃ出戻りですよ」という言葉も、他人が言ったよう

に聞えた。

「出戻りのおしのさんが好きなんだよ」

と、源三郎が言っている。

「一文なしだし、心の臓はあっぷあっぷしやがるし、倅はまだ行方知れずだし、所帯をもちたいとは烏滸の沙汰だと、我ながら思う。それで、湯島天神へ行きたいんだよ」

「富突を見てどうするおつもりなんですか」

「天神様のお告げを聞く」

源三郎は言葉を切り、肩で息をした。

「俺は、おしのさんに楽をさせてやれる男じゃない。が、おしのさんを女房にしてもよいかどうか、天神様の助言をいただくことにしたんだよ。三両でも五両でも、籤が当ればよし、まるで当らなかったなら、ごくつぶしが所帯をもつなどとんでもないというご託宣さ」

「よしておくんなさいよ」

おしのは顔をしかめた。

「わたしだって子供は生めないし、亭主に追い出されているし、ろくな女じゃないんですよ。弟がお嫁さんをもらえばうちを出て行かなければいけないし、天神様のお考

えを伺うこたあない、割れ鍋に閉じ蓋で、ちょうどいいんです」

「それならなおさら、富突に行きたい。六百両当りゃ、おしのさんの店が出せる」

「お店——ねえ」

六百両など当るわけがないと思ったが、名前にちなんで篠竹を染め抜いた暖簾が脳裡に浮かんだ。それを見透かしたのか、源三郎が、どうしても連れて行けと駄々っ子のようなことを言う。

「もう一つ、頼みがあるんだよ」

と、これは少々てれくさそうな顔になった。

「籤に当ったなら、大四郎も見つかるような気がする。見つかった時は、ひきとってもいいかえ」

「当り前じゃありませんか」

おしのは、子供が生まれなかったゆえに離縁された女だった。いきなり十六歳の子供ができるのは、戸惑うことが多いかもしれないが、そのかわり、『倅』という言葉には、胸が熱くなるような響きがある。

「そうときまれば善は急げだ」

と言って、源三郎が立ち上がった。

源三郎の咳は、いつもより執拗だった。道端の石に寄りかかって咳をしては、「もう大丈夫」と言って歩き出すのだが、湯島天神への女坂で、とうとうこらえきれなくなったのだろう。絶え間のない人通りにもかかわらず、石段に腰をおろしてしまった。

おしのは、源三郎の前に蹲った。源三郎は、おしのの手を握りしめて咳込んだ。すさまじい力だったが、やがてその手の力がゆるみ、源三郎はおしのを見て苦笑した。

「富突の前に、亭主にゃならない方がよいと言われているようなものだな」

「何を言ってるんですよ」

かぶりを振ろうとした目の端に、見覚えのある人の姿が映った。森口慶次郎だった。

慶次郎も、おしのと源三郎に気づいたようで、石段を走り降りてきた。『せせらぎ』へ寄ったのだがと言って、言葉を濁す。おしのの父親か弟が、源三郎の家に入りびたりだというようなことを言ったのだろう。

「それならば、こっちへきた方が早いと思ってね」

慶次郎は、石段の上を指さした。少しでも境内の奥へ入って行こうと押しあってい

る人達からはずれて、色白で大柄な若者が立っていた。

源三郎が立ち上がった。

「大四郎か——」

若者が石段を降りてこようとした。が、その前に、源三郎が駆け上がっていた。おしのは、慶次郎とならんで石段の上の二人を見つめた。おしのいる場所から見るかぎり、若者は粗末な着物に身をつつんではいるものの、わるい水には染まっていないようだった。

「いい若者だよ」

と、慶次郎が言った。

「母方の親戚にあずけられていたのだそうだが、二言めには父親のかわりに出世をしろと言われるので飛び出してしまったと言っていた。お前の源さんに、父子とはいえよく似ているよ」

石段の上の父子は、ようやく言葉をかわしはじめたようだった。源三郎は、せっかく慶次郎が探し出してくれたというのに、「ほんとうに大四郎か」などと、つまらぬことを尋ねているのかもしれなかった。

若者が源三郎の腕の中へ飛び込んで行ったのを見て、慶次郎がおしのに、「上へ行

こうか」と言った。そろそろ富突もはじまる頃だった。

おしのは、懐を押えてのぼった。源三郎からあずかった富籤が、財布の中に入っていた。

境内は静まりかえっていた。突手が槍を振り上げているにちがいなかった。耳が痛くなるほどの大きな歓声が湧いた。槍で突かれた札が、箱の中から引き上げられたのだった。「一番――」と叫ぶ、世話人の声が聞えてきた。百両が当る籤の番号が読み上げられるのである。

「第弐千五百四拾八番」

覚えのある番号だった。おしのは財布を出し、二つに折って入れた籤を震える手で開いた。

『第』という文字が、まず目の中に飛び込んできた。『弐千五百』、そして『四拾八番』――。

「源さん、どうしよう」

おしのは、自分ではそれと気づかぬ大声で叫んだ。

「当っちまった、それも、百両――。所帯ももてるし、息子さんとも暮らせますよ」

羨（うらや）ましげな視線が、源三郎に集まった。源三郎は、無表情な顔で、おしのから富籤

を受け取った。気が昂ぶるあまり、天神様のお告げの意味がわからなくなっているのかもしれなかった。

源三郎がよろめいた。何かにつまずいたのだと、おしのは思った。が、見知らぬ人に支えられても源三郎は軀を起こそうとはせず、支えた人がそっと離れてゆくと、そのまま地面へ仰向けに倒れた。

「源さん。どうしたんですよ、源さん」

世話人を呼べという慶次郎の声が聞えた。

「源さん、返事をしておくんなさいな。せっかく天神様が所帯をもてと言っておくんなすったのに、どうしちまったんですよ」

「父上――」

大四郎も、目を閉じて動かぬ源三郎の軀を暖めるように、胸のあたりへ手を置いた。

「父上。しっかりなすって下さいまし」

源三郎が笑ったような気がした。おしのは、動かぬ源三郎にすがりついた。

「起きておくんなさいよ、頼むから。これから親子三人で暮らそうってのに」

混雑をかきわけて、戸板を持った人達が駆けつけてきた。おしのは源三郎から引き離され、泣きわめきながらもう一度すがりつこうとするのを、薄汚れた筒袖を着た手

がとめた。大四郎だった。

「落着いて下さい。父上のあとについて行きましょう、ははうえ」

一瞬、軀をこわばらせたおしのの前を源三郎をのせた戸板が通り過ぎ、人混みを二つに割って、茶屋へ向ってはこばれて行った。

大四郎が歩き出した。自分が泣きわめいていることに気づいてさえいないおしのの手を引いていた。

「会えてよかった。ほんとうにいい日だぜ、今日は」

そんな源三郎の声が聞えたような気がした。

日々是転寝

柿の木でつくった門のあるのが、山口屋の寮だという。

柿の木でつくったとはどういう門なのか、お直には見当もつかなかったが、扉に木目の面白い板が使われているのを見つけて足をとめた。

門の左右は柴を結いまわした垣根で、その前を小川が音を立てて流れている。趣のある家が点在するこのあたりでも、群を抜いて風流であることはよくわかったが、泥棒に入られた経験のあるお直には、金槌で叩き毀せそうな門の扉といい、簡単に飛び越えられそうな垣根といい、ずいぶん不用心な造りに見えた。こんな不用心な家だから、もと定町廻り同心だという男を寮番に雇わねばならないのかもしれなかった。

「何かご用ですかえ」

声に驚いてふりかえると、背の高い男が、きゅうりの入ったざるをかかえて立っていた。

「あの、山口屋の寮番は……いえ、あの、道を間違えましたようで」

お直は、耳許まで赤くして走り出した。

　もと定町廻り同心、森口慶次郎は四十七、八になる男と聞いてきた。今の男は髪も黒く、背筋も真直ぐに伸びていて、四十そこそこに見えたが、あの男が慶次郎であることは間違いないだろう。髷は八丁堀風だったし、長身で、眉の濃い男らしい顔立ちという、お直が耳にした特徴にも合っている。

「山口屋の寮はここだよ。そっちへ行っては、ほんとうに道を間違える」

　男の声が追いかけてきたが、お直は、かぶりを振って叫んだ。

「いいえ、この道が間違いでございました。申訳ございません」

　早く寮番をやめてくれ、やめてくれれば後釜にうちの亭主が坐れるのだなどと、言えるわけがなかった。

　霊岸島四日市町は、対岸の銀町とともに酒問屋の多いところだった。川岸には問屋の蔵がたちならび、店から飛び出してくる手代や小僧達が、賑やかな人通りの中を、

「あいすみません」と叫びながら走りまわっていた。

　山口屋は、四日市町の二の橋前にある。

　ちょうど上方からの荷がついたところで、船頭が蔵の前へ器用に板を渡し、人足達

がこれも器用にその板を橋にして、酒樽をはこび入れている。番頭の文五郎は、帳面を持って川岸に立っていた。積荷の銘柄や数を確かめているのだろう。

わるい時にきたと、慶次郎は思った。こちらは急ぎの用事ではない。出直そうとして踵を返すと、「森口様ではございませんか」と声をかけられた。店から出てきた手代が、慶次郎に気づいたらしい。

「おひさしぶりでございます。ここまでいらして素通りでは、主人も文五郎も淋しがりましょう」

手代は、店の前へ水をまいていた小僧を呼び、慶次郎を見た小僧は、手桶を放り出すようにして店へ駆け込んで行った。昔、文五郎が、現在の主人の姉と心中騒ぎを起こした時、慶次郎が粋なはからいをしてやったのを、山口屋では今も恩に着ているようだった。

「またくるよ。こんなそがしい時に、邪魔をしちゃあわるい」

「そう仰言らず……」

文五郎が、はこび込まれる樽から目を離さずに声を張り上げた。雨宿りならぬ、陽宿りをしておゆきなさ

「日盛りを歩くのは馴れていらあな」

と言ったが、額には汗がにじんでいた。

ここ数日、江戸は、かつてないほどの暑さに悩まされている。慶次郎は今朝、陽ののぼらぬうちに根岸を出て、八丁堀へ行った。奉行所へ向う前の晃之助に会って、少々話を聞いたのだが、陽はその間に高くのぼって、今は容赦なく霊岸島の町々へ照りつけている。冬の間は凍りつくような風を送ってくる新川も、強い陽射しを反射させているだけだった。

「ま、とにかく店へお入り下さいませ。手代も申しましたが、素通りはひどうございますよ」

荷揚げもまもなく終るという。慶次郎は、迎えにきた小僧の案内で店へ入った。色褪せた陽除けの出ている店の中は薄暗く、裏庭に通じる戸も開け放たれていて、通り過ぎる風も少し冷えているような気がした。

主人の太郎右衛門は客間で待っていた。すぐにつめたい麦茶と菓子がはこばれてきて、酒の飲めぬ太郎右衛門は、「菓子をつきあって下さるのは森口様だけでございます」

と、嬉しそうな顔をした。

「が、心配していたのでございますよ。あれほど外を歩くのがお好きだった森口様が、しばらく八丁堀へもおみえにならないと聞きましたものですから」

そういえば、ここ半月、詰将棋と庭掃きで暮らしていたと慶次郎は思った。

「寮番に——というお申出を、有難くおうけしてしまったのが、いけなかったのではないかと思いまして」

太郎右衛門という、山口屋の主人が代々なのっている名前がまだ似合わない当主は、若々しい額に手を当てて言った。先代が急死して跡を継いだばかりで、年齢も三十にはなっていない筈だった。

「やはりあの寮は、森口様の隠居所として、お気軽に使っていただいた方がよいかと存じます」

「冗談じゃねえ。それじゃ、こっちの肩が凝る」

「私どもは、森口様に住んでいただけるだけで有難いのですが」

お邪魔いたしますという声がして、仕事を終えた文五郎が部屋へ入ってきた。三十を三つか四つ越えたばかりだが、先代が逝ったあと、若い主人を支えているのはこの男だと、もっぱらの評判だった。

「例の心配でございますか」

と、文五郎は、義弟に当る太郎右衛門を見て微笑した。

「主人は、森口様に寮番をおまかせするなど、もってのほかだと申しまして」

「なぜ」

「失礼を承知で申し上げますと、森口様のご気性では、寮番とは留守番役、留守番役が始終出歩いていては何の役にも立たぬとお考えになるのではないかと、それで八丁堀へもお出かけにならぬのではないかと、心配しているのでございます」

「ずいぶんと好き勝手をさせてもらっているよ。申訳ねえくれえだ」

「とんでもない。佐七が庭掃きまで押しつけているとか」

「俺が好きでやっているんだよ」

文五郎は、申訳ございませんと詫びて、言葉をつづけた。

「もう一人、寮番を雇った方がよいのではないかという話になったのでございます」

「言い出したのは、私でございます。が、文五郎に、せっかちなことをするな、そんなことをしては、森口様に居づらい思いをおさせするだけだと叱られました」

太郎右衛門は頭をかいた。

「私は、森口様にもっと気儘にお暮らし願いたいと思ったのですが。実は、店をやめさせられて困っている男に、うちの寮番にならぬかと声をかけ、ぜひ——という返事

をもらったのでございます。が、よく考えますと、文五郎の言う通りでございました」

これでわかったと、慶次郎は思った。

寮の前に立っていた女の「山口屋の寮番は……」という一言が気になって、八丁堀まで出かける気になった。先刻晃之助に会い、その年頃の女がからむ事件はないかと尋ねてみたが、晃之助は、女のからむ事件はいくらでもあると首をかしげた。色恋沙汰から起きたものばかりだというのである。

おそらく、太郎右衛門はもと定町廻りの寮番をやめさせるわけにはゆかぬからと、その男に断りを言いに行ったのだろう。男は、がっかりしたにちがいない。がっかりして、女房に愚痴をこぼして、女房は、金に不自由する筈のないもと定町廻りが、なぜ寮番のような割のいい仕事をしているのだと腹を立て、文句を言いにきた。働きたい者の邪魔をするなとまくしたてたかったのだろうが、さすがに慶次郎を前にしては何も言えず、引き返して行ったのだ。

「ひさしぶりの霊岸島だが、あいかわらず賑やかだな」

と、慶次郎は太郎右衛門に言った。

「これだけ酒問屋がならんでいて、これだけ繁昌しているんだから、江戸は酒飲みが揃っているんだろう。ま、他人のことでも、景気がいいってのは気持のいいものだ」

「いえいえ、これでなかなか大変なのでございますよ」

太郎右衛門は、苦笑して答えた。

「なかには思うような商売ができず、奉公人の数を減らす店もあるのでございます」

「寮番にならねえかと声をかけたってえのは、店から暇を出された一人かえ」

「さようでございます。が、どうぞもう、お忘れ下さいまし」

「袖すりあうも他生の縁というぜ」

慶次郎は、麦茶のおかわりを頼みながら尋ねた。

「何てえんだえ、その男は」

末吉は、二階の六畳で寝転んでいた。先刻、掃除をするからと外へ追い出したのだが、いつの間にか裏口から戻って、また寝転んでいたらしい。

この分では、隣りの女房と立話をしていた大家に、挨拶もしていないだろう。表口から出て行ったのだから、長話をしている大家と隣りの女房に顔を見られている筈だ。が、会釈すらせずに横を向き、路地へ飛び込んで裏口へまわったにちがいない。障子の桟にはたきをかけていたお直には、多少物音がしても聞えない。末吉は、難なく二

階へ上がって行ったのだ。

あれが、お直さんのご亭主かえ？──と、大家は不思議そうな顔をする。蓼食う虫

も好き好きですから──と、隣りの女房は、苦笑いをしたかもしれなかった。

南茅場町のこの家に、末吉が転がり込んできてから二月がたつ。この男が亭主だと

近所にも言い、自分もそう思っているが、実は祝言をあげた間柄ではなかった。つき

あいはじめてから五年たった今も、「いずれ祝言を」と言っている仲だった。

末吉が不実なわけではない。お直が末吉をもてあそんでいるのでは、なおさらなかっ

た。祝言をあげたくても、あげられなかったのである。

だが、近頃のお直は、末吉を見て溜息をつくことがある。

「不実な人ではないけれど」

あてがはずれちまった。──

五年前、末吉は二十九歳で、霊岸島の酒問屋、島屋の手代だった。手代の中では一

番の年嵩で、一番番頭が五十に手が届きかけていたこともあり、お直は、来年になれ

ば所帯がもてるという末吉の言葉を信じたのだった。

翌年、番頭は暇をもらい、女房をつれて故郷の播磨へ帰って行ったが、末吉は手代

のままだった。彼よりも二つ年下の手代が、番頭に昇格したの

である。

「あいつは、島屋の親戚（しんせき）なんだよ」

と、末吉は言った。

「十二の時に小僧としてあずけられて、ずっと島屋で働いていたのだもの、旦那様（だんな）が依怙贔屓（えこひいき）なすってもしょうがないのさ。それにひきかえ、わたしは伯父さんのうちで働いていて、外へ出してもらえたのが十七の時だろう。島屋へ奉公したのは、あいつの方がわたしより三年も早い。ま、今は辛抱するさ」

お直は末吉の説明にうなずいて、もう二、三年待っていようと思った。

どうしても末吉と所帯がもちたかったのではない。その時のお直は二十四、十七の時に男振りも腕もよい大工に惚れて、所帯をもって、浮気に悩まされたあげくに家を飛び出して、すったもんだを繰返してやっと三行半（みくだりはん）を書いてもらって、苦労の味も知っていたし、出戻りでもお直さんとなら一緒になりたいという話がないではなかった。

だが、浮気者の亭主に背負わされる苦労だけは、二度としたくなかった。といって、人間五十年のうちの半分以上を独りで暮らすつもりもなかった。浮気者はいやだが、まるで女に好かれない男もいや、女には騒がれるが、お直以外目もくれぬ男、そんな都合のいい男に一番近かったのが、末吉だったのである。

　末吉は、見るからに身持がかたそうだった。女に好かれぬので、やむをえず身持がかたいのなら御免蒙るが、島屋の女中から聞いたところによると、艶っぽい話もあるらしい。商家で働いている者は、番頭に昇進するまで所帯をもてないため、ひそかに悪所へ足を向けることになるのだが、末吉は、岡場所の女から煙管や煙草入れをもらってきたというのである。

「大変だ」

と、お直は思った。

　身を売らねばならぬほどの苦労をした岡場所の女ですら、末吉には惚れるのだ。島屋の女中も、ことによると取引先の娘も、さして男振りはよくないが、一途で、慎重な末吉を頼もしいと思っているかもしれなかった。

　そこで、お直の目に薄雲がかかった。

　今になってみれば、岡場所の女も末吉の風貌に騙されたのだと思う。男振りのよくないことが、妙に誠実な印象をあたえるのだ。一緒に暮らしてみてわかったのだが、末吉は頑固で融通がきかなかった。一を聞いて、二を片付ける気転もなかった。が、当時は、それが、こうと決めたらやりとげる意志の強さに見え、慎重で間違いがない美点に見えたのである。風貌のいたずらとしか言いようがなかった。

その上、小さい時に両親を亡くし、伯父夫婦に育てられたという生い立ちもお直とよく似ていたし、たまたま仕立物を届けた呉服問屋の台所に末吉がいて、帰り道も一緒だったなどというような偶然が、幾度もあった。神様のおひきあわせだとお直が思ったとしても、むりはないだろう。

番頭さんになったら所帯を持とうとは、お直から言い出した。前の亭主で苦労したのに――と、お直は時々、自分に腹が立つ。

末吉は、その翌年も番頭にならなかった。翌々年も昇進の話はなく、それどころか、三十四歳になった今年、店の台所が苦しくなったからと、真先に暇を出されたのだった。

三十四の男と、二十八になる出戻りの女である。末吉が岡場所へ行かなくなった分、主人の目を盗んでお直の家で――ということを繰返していたし、申し分のない男にめぐり会えたと思っていたお直は、親戚にも仕立物の得意先にも、いずれ末吉と一緒になるのだと打明けていた。末吉が暇を出されたからと、お終いにできる仲ではなかった。

それに、はじめのうちのお直は、末吉が転がり込んできたのを喜んでいた。暇を出され、島屋の手代ではなくなったお蔭で、誰にはばかることもなく所帯がもてると思った。

たのだ。

が、三十四で暇を出された男を、雇ってくれるような商家のある筈はない。お直は、暇を出されるとわかった時から親戚や知り合いの間を駆けまわり、末吉の仕事を見つけておいた。

質屋の帳付けである。

旗本の次男坊が小遣い稼ぎに通っていたのだが、婿養子の口がきまってやめることになり、むずかしい文字の書ける人を探していたところだと質屋の主人も喜んで、末吉さえうなずけば、お直の内職と合わせて、楽に暮らしてゆけるだけの給金がもらえることになっていたのだった。

「そんな仕事がやれるか」

と、末吉は目をむいて言った。質草に値をつけるのは番頭の仕事、蔵へはこぶのは小僧の仕事で、末吉は、誰がいつどんな品を質入れしたか、細かく書きとめておくだけでよいのだと説明しても、「わたしは酒問屋の手代だった、それが冷飯食いのしていた仕事など——」と言って、首を振りつづけた。一途ではなく、融通がきかないだけなのかもしれないと気がついたのは、その時だった。所帯をもつなら亭主も働いてもらいたいとお直気づいたことは、ほかにもあった。

が不平を言うと、帳付けの仕事とはどういうものか、繰返し、尋ねるのである。尋ね

て、お直に説明させて、「わたしにはできそうもない」と言う。

それだけ慎重なのだと考えたかったが、お直は硯箱まで用意させ、仕事の内容をい

ちいち書きとめた上、しかつめらしい顔で読み返して、「できそうもない」と言うの

では、ものわかりがわるいか、単なる怠け者と判断するほかはなかった。浮気者で手

に負えなかったが、別れた亭主であったならば、「お前の話より、質屋でじかに聞く

方が早えや」と、出かけていただろう。

質屋の話は結局断って、以来、末吉は転寝をして暮らしている。

それはかりではなかった。お直が徹夜つづきで内職をしていても、「夕飯は暮六つ

に食わせておくれ」「手拭いをとっておくれ」「茶をいれておくれ」と、次々に用事を

頼む。意地悪をしているのではないかと思うほどだった。

「ああ、もう、いやになっちまう」

二階で転寝をしていた末吉に階下の茶の間へ行くように言って、茶の間でまた横に

なるのに枕を出してやって、つめたい麦茶をのせた盆の横にうちわも置いてやって、

はたきと箒を放り出したままの二階へ駆け戻りながら、お直は胸のうちでわめいた。

「まったく、どうしてこう男を見る目がないんだろ、わたしは」

山口屋の太郎右衛門がわざわざ末吉をたずねてきてくれて、根岸の寮番を引き受ける気はないかと言ってくれた時は、末吉を押しのけて、「明日からまいります」と答えたいくらいだった。

「ご心配をかけまして」

と、その時は末吉も、神妙に頭を下げた。太郎右衛門は、あとのことはまた考えるから、とりあえず末吉一人で住み込んでくれと言い、話はきまったように見えた。

が、末吉は、太郎右衛門が帰ったあとで、「寮番だとさ、このわたしが。それも、森口何とかいうもと定町廻りの、世話をやいてやるのだと」と、吐き出すように言った。

それでも、断る気はなかったらしい。山口屋太郎右衛門が、わざわざ持ってきてくれた話には、さすがにそっぽを向けなかったのかもしれなかった。

とにかく、末吉の仕事が見つかったと、お直は思った。とりあえず末吉一人が根岸へ行くのであれば、お直は、谷中の三崎町あたりへ移ることにしよう。内職の仕立直しは少くなるかもしれないが、谷中なら根岸に近い。末吉も、使いのついでに立寄ってくれるにちがいない。そして、森口慶次郎というもと定町廻り同心がやめるのを待つ。そのあと、夫婦で寮番をつとめさせてもらえれば、万事好都合だ。

が、一転して、話はご破算となった。今まで通り、寮番は森口慶次郎がつとめると
いうのだった。

「冗談じゃない。こっちは所帯をもとうっていう時に、仕事がなくって困ってるんだ」

定町廻り同心の屋敷には、事件が起こった時に揉み消してもらいたい商家から、季
節ごとに金品が届くという。森口慶次郎という男も、たっぷりため込んだことだろう。

そんな男が人の仕事を取り上げてよいものかと、勢い込んで出かけたものの、もと定
町廻りに啖呵をきるなど、できるわけがなかった。道を間違えたと言って逃げてきた
のは、我ながら情けなかった。

「わたしだって、末さんが心底から嫌いになったってわけじゃないんだから。末さん
の転寝がなくなりゃ、添いとげたいんだ」

末吉は、確かに融通がきかない。ものわかりもわるい。が、これまで出会った男は
融通がきくと思えばいい加減だったし、ものわかりがよいと思えば勘定高かった。

「だから、末さんでいいんだけど」

その末吉は、天井を眺めながらうちわを動かしているにちがいなかった。

　南茅場町まできて、島屋で手代をつとめていた末吉と言っても、誰も知らなかった。

　根岸へきた女を思い出して、「島屋で手代をつとめていた末吉と言っても、誰も知らなかった。二月くらい前に越してきた人」と言うと、腹掛の男の子を遊ばせていた女が、鉄漿をつけた黒い歯を見せて笑い出した。

　慶次郎はちょっと考えてから、「おかみさんは今、おいでですかえ」と尋ねた。女は、眉の青い剃り跡の間に皺を寄せて答えた。

　「お直さんなら、たった今、出かけなすったようですよ。ご亭主が働いていないさらないものだから、お直さん、仕立物の内職をやめられないんです」

　早く山口屋の寮番をやめてくれると、お直が言いにくるわけだった。慶次郎は女に礼を言い、「おかみさんの帰りを待たせてもらうことにする」と、隣りへ足を向けた。

　格子戸に手をかけると、軽い音をたてて開いたが、「誰だえ」という亭主の声は聞えない。

　「ごめんよ」

　それでも返事はなかった。

　「ごめんよ。末吉さん、おいでなさるかえ」

　自分の名前を呼ばれては、知らぬ顔をしていられなくなったのだろう。障子の向う

で、かすれた声が「どなたですかえ」と言った。

「突然、押しかけて申訳ない。山口屋の寮番で、森口慶次郎という者だが」

名前に覚えはあったらしい。が、どう答えてよいかわからなかったのかもしれない。

ややしばらくたってから、先刻のかすれた声が、「どんなご用事です？」と尋ねた。

慶次郎は、慎重に言葉を選んだ。

「今日、山口屋へ出かけてね。お前さんの話を聞いたものだから……」

「働き口のない男に、仕事をゆずろうとお考え下さいましたか。おかしな同情は、迷惑でございますが」

「いや、俺だって、すぐにはやめやしねえ」

「それならば、お帰り下さいまし。あなた様を追い出してその後釜に坐ろうなどと、私は考えたこともございません」

「が、俺も年齢だ。そういつまでも働いていたくはねえ。——というわけで、ちょいと相談させてもらえると有難いのだがな」

ふたたび返事がなくなった。慶次郎は、末吉の声が聞えてくるのを辛抱強く待った。

その声が、ようやく聞えた。

「お断りしておきたいのですが、私は、酒問屋の番頭になるつもりでございました。

寮番になるつもりは、毛頭ございません」

障子はそのまま開かぬだろうと思ったが、わずかに開けられて、不精髭をはやした男が顔を出した。

大きな目が赤く充血し、あぐらをかいた鼻には汗の玉が浮いている。たった今まで寝転んでいたにちがいなく、幾度か水をくぐったらしい縮の着物は皺だらけだったし、あわててかき合わせたらしい衿の間から、やはり汗の吹き出している胸がのぞいていた。

『蓼食う虫も好き好き』という言葉が頭をよぎった。島屋にいる頃のこの男は、真面目が取柄だったのだろう。その取柄を取り去ってしまうと、今の男のような状態になるのかもしれなかった。

「相談することはないと思いますが、──ま、どうぞ、お上がり下さいまし」

意外な言葉だった。

慶次郎は、履物をぬいで部屋へ上がった。転寝に使っていたらしい枕と、空の湯呑みののった盆が部屋の真中にあるのがおかしかったが、部屋は掃除が行届いていた。

お直は、なかなかの働き者のようだった。

末吉は、あわてて枕を戸棚へ投げ入れた。茶簞笥の戸を開けたり閉めたりしている

のは、急須や茶筒が見つからないのだろう。

「おかまいなく」

と言いながら、慶次郎は、所帯をもつつもりの女が想像以上に働き者だった、この男の気持が、少しわかるような気がした。

急須は、洗って台所の棚に置かれていた。茶筒も湯呑みも茶簞笥に入っていたが、茶請けの菓子がない。それくらい、いつでも用意しておけと、末吉はお直を罵りたくなった。

裏口へ七輪を持ち出して、火をおこそうとしたが、今度は火打石の火をうつす火口がどこにあるのかわからない。へっついの上の棚にあったのをようやく見つけ、火をおこしたところで気がついた。

夏のうちは、客につめたい麦茶をすすめるのではなかったか。

くそ——。

末吉は、薪を土間へ叩きつけた。

島屋でも、夏はまず、つめたくひやした麦茶と菓子を客にすすめた。十一か二の小

僧が、どこにひやしてあるのか、湯呑みの表面に雫のつくようなのを持ってきて、客は、「甘露、甘露」とのどを鳴らして飲んでいたものだ。

「いや、待てよ」

末吉は、腕を組んだ。

「わたしが伯父の家で働いていた時は──」

そうだった。井戸に麦茶を入れた桶と、菓子の皿を入れた桶が吊してあった。一度、あまりの暑さに麦茶が井戸の中にあることも忘れ、熱い茶を出して伯父に叱られたことがある。

末吉は、湯呑みを持って、路地から表へまわろうとした。この近くの四、五軒が使っている井戸は、向いの豆腐屋の軒下にある。この二月の間に、それくらいのことは覚えた。

が、路地へ出たところでまた気がついた。湯呑みに汲んできたのでは、客におかわりを頼まれた時に、また豆腐屋まで出て行かねばならぬではないか。

「そうか、わかった」

末吉は、湯呑みを持った手で膝を叩いた。

鉄瓶を持って行けばいい。昨日か一昨日か、のどがかわいたと末吉が言った時、お

直が鉄瓶から麦茶をついでくれた記憶がある。

だが、その鉄瓶がない。今は火が入っていない長火鉢の上にも、台所の棚にも、へっついのそばにも、いくら探しても見当らない。

「くそ。鉄瓶くらい、すぐに見つかるところへ置いておけ」

探しているうちに背にも胸にも汗が吹き出して、客より先に、自分が飲みたくなってきた。末吉は、湯呑みを両手に持って裏口を出た。

火をおこしかけていた七輪があった。それが視野に入った時は遅かった。末吉は七輪につまずいて、ものの見事に地面へ転がった。

その音に驚いたのだろう。台所の板の間を駆けてくる足音が聞えて、慶次郎が顔を出した。

「どうしなすった」

「いえ、何も」

と答えたが、ようやく上半身を起こした手許で湯呑みは割れているし、足許には、七輪と七輪に押し込んだ薪が転がっている。何でもないから部屋へ戻ってくれと言う方がむりだろう。

「怪我はなかったかえ」

慶次郎は、お直の下駄を突っかけて路地へ出てきた。末吉の手をつかんで、すりむいた傷を眺め、「お前さんも不器用だなあ」と言う。

「唾でもつけておきゃ大丈夫だと思うが、傷口からどんな毒が入らねえともかぎらねえ。井戸で洗ってきな。酒で消毒——と言いてえところだが、酒のあるところはわかるかえ」

末吉は横を向いた。昨夜も暑気払いの酒を飲んだが、それをお直がどこから出してくるのか、考えてみたこともなかった。

「俺が探しておいてやるよ。早く洗ってきねえ」

「お断りします」

末吉は、慶次郎を見据えた。

自分は両親に早く死なれ、伯父夫婦のもとで育ったのだ。実の父親にその役目を仕込まれた同心とは、わけがちがう。醬油や味醂、味噌などを売っていた伯父の家には、番頭一人と手代が二人、末吉と同い年の小僧が一人いて、末吉は、暖簾分けを条件に小僧と一緒に寝起きして育った。

伯父夫婦を、決して恨んではいない。恨んではいないが、思い出して楽しい日々ではなかった。いずれ暖簾分けをするのだからと、夜は遅くまで帳面の付け方を教わら

ねばならなかったし、昼の間は、何をするにも一緒に寝起きしている小僧の先を越せ

と、伯父の目が光っていた。

　そのあとが、島屋である。

　自分で店をもつのはむりだ」と言ったのかわからないが、ともかく十七という半端な

年齢で外へ出されたのだった。生え抜きの手代や番頭ばかりの中で、些細なことで足

を引っ張られまいと、どれほど注意をしたことか。

　誰に見られているものでもないと買い食いもしなかったし、大目に見られている悪

所通いのほかは、女中に口説かれても微笑すら見せなかった。身辺を清潔に見せるの

が精いっぱいで、火口がどこに置かれていて、鉄瓶がどこにしまわれているかなど、

気にしている暇はなかったのである。

「ここは、わたしのうちだ。酒は、わたしが探します」

「そうかえ」

　慶次郎はあっさりうなずいて、羽目板にたてかけられていた箒を手に持った。湯呑

みのかけらを掃き寄せるつもりらしかった。

「それも、わたしがいたします」

「餅は餅屋だよ」

「え?」

一瞬、慶次郎の言葉の意味がわからなかった。慶次郎は、末吉を見て口許をほころばせた。

「俺も定町廻りだったからね、寮の庭を掃くと、松の枝を折ったり、苔を剝ぎ取ったりしちまってねえ。飯炊きの佐七ってえ爺さんに、ずいぶんと怒られたものさ」

そのお蔭で——と、慶次郎は笑った。

「今じゃその辺のおかみさんより庭掃きはうまくなった。庭掃きにかけちゃあ、俺は餅屋だ。まかせておきねえ」

「へえ」

「とはいうものの、いまだに、茶碗をしまうのはそこじゃない、薪を妙なところへ積まないでくれと、飯炊きの爺さんに叱られているよ。人間、得手不得手はあるものね」

末吉は、血の流れてきた小指を舐めながら、寮番となった自分を想像した。飯炊きの男に、それはちがう、これもちがうと怒鳴られている光景が目に見えるようだった。

「私は——」

と、末吉は呟くように言った。

「算盤と掛取りと、取引先への挨拶のほかは何もわかりませんで」

「暇が出た当座、うちん中でまごまごしたんだろう」

その通りだった。六つから通った寺子屋での三年間をのぞけば、末吉の毎日は、主人の顔色を読むことと、それとわかる失敗をせぬよう注意することに明け暮れていたと言っていい。その合間に算盤をはじき、掛取りに走りまわっていたのだ。

呉服問屋でお直に出会い、南茅場町まで一緒に帰ってきた時は、こんな女も世の中にいるのかと思った。胸のうちにあることは何でも喋るし、大声で笑うし、それでいて万事に気がまわる。しかも、亭主と別れてからの四年間を、誰にも頼らずに暮らしているたくましさも持っていた。

当時はそれが、好もしい気性に見えた。わたしには真似ができないと、感心して眺めてもいた。

が、お直の気性は、末吉にとってほんとうに好もしいものだったのか。

島屋から暇を出される予感はあった。売掛より買掛の方が多い月がつづいていたし、その話がほんとうであれば、古株の番頭と親類筋の新しい番頭をやめさせるわけはなし、中途半端な年齢で奉公した自分が追い出される筈と思っていたのだった。

追い出された時は――と、末吉は考えた。

追い出された時は、どこへ行こう。

伯父の家へは帰れなかった。伯父が隠居をして、いとこが跡を継いでいたこともその理由だったが、もう一つは、「暇を出された」と帰って行けば、伯父夫婦もいとこも、「やっぱり」と妙なうなずき方をするにちがいないからだった。伯父やいとこは、末吉がどれほど懸命に働いても、「よくやった」「お蔭で助かった」などと言ってくれたことがなく、いつも「ま、そこまでだろうな」と、曖昧な笑みを口許に浮かべていたのである。

いずれ所帯を持とうと言っていたお直を頼るほかはなかった。お直なら、「遠慮せずにおいでなさいな」と言ってくれる筈だった。実際、お直はそう言って、夜具やら茶碗やら浴衣やらを用意して待っていてくれたのである。

だが、それらの品を見たとたん、末吉の気持は重くなった。夜具やら茶碗やらを用意して待っていてくれたということは、お直にそれだけの甲斐性があるということだった。末吉の懐にもいくらかの金はあったが、遣ってしまえば入ってくるあてはなかった。

それが、お直にはある。腕がよいのか、仕立物の内職は次から次へとお直にきて、

お直は疲れた疲れたと言いながら、末吉と暮らす金を稼ぎ出していた。

しかも、お直は、末吉の仕事まで見つけていた。末吉が、あまり多くはない知り合いに頭を下げ、仕事を見つけてくれと頼んだにもかかわらず、一つもよい返事がなかったというのにである。

今のうちはいい――と、末吉は思った。やがてお直も、「お前さんなら、そこまでだろうね」と言い出すにちがいない。実際、一緒に暮らしはじめて三月とたたぬうちに、お直は時折、伯父やいとこと同じ目つきで末吉を見るようになったのである。

お直は好きだ。自分の胸のうちを探ってみて、末吉はそう思う。

が、お直の見つけてきた質屋の帳付けという仕事を黙って引きうけていたならば、一生、「あれはわたしが見つけた」と言われつづけたことだろう。そんな働き口に行けるわけがない。融通も気転もきかぬ末吉だったが、勤勉ではあった。毎日転寝（ごろね）をしているのはつらい。つらいが、お直に伯父と同じ目をされるよりはよかった。転寝を咎（とが）めていれば、「わたしに男を見る目がなかった」とお直は自分を責め、末吉を咎めるような目つきはしなかったのである。

「何をしてるんだよ。早く手を洗ってきねえな。こう見えても、俺だっていそがしいんだよ」

慶次郎の声が聞えて、末吉は我に返った。

慶次郎は、尻端折りをして手拭いの鉢巻をしめていた。湯呑みのかけらはきれいに掃き寄せられ、薪も一つにまとめられている。

「この七輪は、台所へ入れておけばいいのかえ」

「ご迷惑をおかけいたしまして」

「なあに、今はこれが商売だ」

慶次郎は、屈託なく笑った。

「お前さんにこんな商売をする気があるなら、俺は、寮番が二人になってもかまわねえんだぜ」

「いえ……」

「そのかわり、お直さんと夫婦で寮番ってのは、ちょいとの間、おあずけだぜ。俺も、もうしばらく飯炊きの爺さんと一緒に暮らしてえ」

「有難うございます」

末吉は、深々と頭を下げた。頭を下げながら、舌を出した。

この男も、かつての島屋の手代に仕事をゆずってやったと吹聴する気だろう。男の話は、山口屋から島屋へ、島屋から霊岸島中へたちまちのうちにひろまる。

やっぱり——と、島屋だけではなく、霊岸島中の人間が、末吉の伯父と同じ目つき
になって末吉の噂をし、声をたてずに笑う筈だ。

「が、先に、質屋の帳付けの話がどうなったか、お直に聞いてもらいます。一月以上
も前の話で、もう働いている人がいるかもしれませんが」

「むりにそこへ行くこたあねえよ。夫婦で寮番はおあずけと言ったって、ほんのわず
かの間だ。飯炊きの爺さんを説得する間だけだよ」

「いえ、せっかく女房が見つけてきた仕事ですから」

末吉は、頑固に言い張った。お直の見つけてきた仕事だったからいやだったのでは
ないかと思ったが、今は、この男の情けにすがる方がいやだった。この男の情けにす
がって寮番となるくらいなら、毎日転寝のつらさに耐えていた方がいい。

「とにかく、寮番のお話はお断りいたします」

強情だなあと、慶次郎が笑った。

「ま、今日はここで引き上げるよ。気が変わったら、いつでも寮へおいで」

うなずいたが、誰が行くものかと思った。が、箒をたてかけている慶次郎を見て、
せっかく根岸からきてくれたのにと、申訳ないような気持にもなった。

慶次郎の薪割りを、佐七がそばに蹲って眺めている。もう一人、寮番がふえるかもしれないという話が、気になって仕方がないようだった。

「で、その末吉ってえ男は、どこから通ってくるのだえ」

「まだきまったわけではねえのさ。くるかもしれねえって話だ」

「だが、気がきかねえってんだろう？　旦那のほかにそんな男がくるのじゃあ、俺の苦労がふえるばっかりだ」

慶次郎の振りおろした斧が太い薪を二つに割り、その一つが佐七の足許へ飛んだ。

「ほら、あぶねえよ。つまらねえ心配をしていねえで、早く風呂を沸かしてくんな。俺ぁ、この暑い中で薪を割っているんだぜ」

「旦那は、薪割りのほかに能がねえ」

「言うと思ったよ」

慶次郎は、斧を置いて汗を拭った。

日照りつづきだが、今日は夕立がくるかもしれない。空のはじっこに、黒い雲がひろがってきた。

静かなこのあたりにはめずらしい、賑やかな声が聞えたのはその時だった。

「何を言ってるんですよ。お前さんは、酒問屋の手代をつとめていなすったんじゃあ
りませんか。この辺にだって、幾度もきなすったでしょうに」

男の声は聞えない。が、もっと小さな声で話せと言ったのかもしれなかった。

「じれったいんだもの、大きな声にもなりますわね。そりゃ、わたしは大工の女房で
したけど、金槌を持って門をつくったわけじゃありませんからね。柿の木でつくったっ
てのがどんなものか、お前さんの方が知ってると思ったんですよ」

男が何か言っているらしい。少し間があいて、また女の声が喋りはじめた。

「ねえ、ここでいいんですよね」

男が返事をしているのだろう。また少し間があいた。

「だから、じれったいってんですよ。わかりましたよ、わたしが入っ
て行きますよ。お前さんに質屋の帳付けじゃない仕事が見つかったってだけの話なの
に、何だってわたしが先にご挨拶をしなければならないんだろうね、まったく」

慶次郎は笑いをこらえて、双肌を脱いでいた袖に手を入れた。

お直と末吉も、「だからお前さんは頼りない」「お前は出しゃばり過ぎる」と文句を
言いあいながら共白髪まで添いとげる、どこにでもいる夫婦となるにちがいなかった。

やがてくる日

ざるにかけられていた布巾をとると、濃紫の色もあざやかな、みずみずしい茄子が
あらわれた。

「きれいーーー」

と、おはまは、茄子を持ってきてくれたおまきを見上げて言った。

「食べるのが、もったいないくらい」

「うちで絹紅梅を染めた人がね、こういうのが欲しかったんだって気に入ってくれて、
さっきお礼に届けてくれたんだよ。　気持ばかりのお裾分け」

「有難いこと。　ちょっと待ってね」

手近にあった米揚げざるに茄子を移して、おはまは、茶の間から踏台を持ってきた。
台所の一番上の棚に、先日買った昆布があった筈だった。

「何にもいらないよ。　ざるは空のまんま、返しておくれな」

と言いながら、おまきは、台所の上がり口に腰をおろす。　おはまは、昆布の束を持っ
て踏台から降りた。

「ねえ、おつやさんの伜がさ、親方んとこから帰ってきちまったって話、知ってる?」

おまきは、それを話したかったらしい。三年も前のことじゃないかと答えながら、

おはまは昆布の束を半分にして、一つをおまきが持ってきたざるへ入れた。

「うちの昆布はきれいじゃないけど」

「おいしそうじゃないか。かえってすまなかったね。──で、おつやさんの伜だけど

さ、はじめは堅大工町の棟梁んとこへあずけられたんだよ。だけど、怠け者でしょう

がないってんで帰されてきた。それは知ってるだろ?」

思い出した。働き者のおつやに、なぜあんな伜が生れたのかと、一しきり町内の噂

になったものだった。

「そのあとで、左官になるというんで白壁町の親方んとこへやったんだよ。ところが、

今度は左官の仕事が性に合わないと言って、戻ってきちまった」

「根気がないのかねえ。おつやさん、泣いてるだろう」

「亭主のお通夜でも涙を見せなかった人が、わたしの育て方がわるかったと、大家さ

んの前で泣きじゃくったそうだよ」

おつやもおまきも、そしておはまも、この神田紺屋町で生れ、藍染川の流れる音を

聞きながら大きくなった。おはまより五つ年上のおつやは、十七で堅大工町に住んで

いた大工に嫁ぎ、これからという時に亭主に死なれ、子供をかかえて紺屋町へ戻ってきた。

今年十六になるその伜は当時三つ、両親を早く亡くしていたおつやは、自分の食事を二度に減らしてまで、伜を手跡指南に通わせた。大変だとよく愚痴をこぼしていたが、大変な思いをしたくなる相手がいるだけ幸せではないかと、おはまは、その頃から羨ましく感じていたものだった。実際、十一になった伜が父親と同じ道を歩むことになった時、おつやは、苦労の甲斐があったと、それとなく自慢をしにきたのである。

「ない子に泣きをみないって、ほんとだね」

と、おまきが言った。おまきの言うことではないと思ったが、おはまは黙っていた。

おまきは、この町に多い紺屋の一人娘だった。腕のよい職人を壻にして、九つの男の子を頭に三人の子供がいる。両親も健在で商売は順調とくれば、不平を言うところなどないように思える。

が、おまきは時折、おはまが羨ましいと言う。亭主もいず、子供もいず、別れた亭主の父親がくれたお金で、勝手気儘に生きていられるのだから幸せだというのである。

おはまはおまきより一つ年下だが、所帯をもったのは一年早かった。おはまに一目惚れした羽根問屋の息子のもとへ、十六になったばかりの春に嫁いでいったのだった。

手跡指南へも長唄の稽古へも一緒に通ったおまきは、「先におはまちゃんがお嫁に

いった」と泣いたそうだが、おはまは、それから五年後に辛抱の糸が切れ、隅田川へ

飛び込もうか、鎌倉の縁切寺へ逃げ込もうかと迷いながら家を出た。亭主の浮気がや

まず、別れたと言った女との間に、二人も子供がいたのである。相手は、羽根づくり

の内職をしていた御家人の娘であった。

建具職人だった父が他界した翌年のことだった。おまきが、嫌いだと言っていた職

人と所帯を持ち、男の子を生んで、「うちの人はやさしいの」としきりに惚気を言っ

ていた頃でもあった。

偶然番頭に出会ったおはまは家に連れ戻され、その胸のうちを聞かされた舅は、両

手をついて詫びた。その上で、このままこの家にいるもよし、この家を出てやり直す

もよしと言ってくれた。おはまが前者を選んだ時は、御家人の娘に相応の金を渡して

別れさせた上、おはまが居づらい思いをしないよう、倅のかたをもっていた姑はし

ばらく湯治にやると言ってくれた。

が、おはまはあとの方を選んだ。舅は、十年は遊んで暮らせるほどの金を黙って渡

してくれた。ここまでは、おまきが羨ましがるのもむりのない話だったのである。

「おつやさんの兄さんがね、甥っ子——おつやさんの倅のことだよ、その甥っ子を呼

んで、親一人子一人、お前が親孝行をしないで誰がするってお説教したんだって。そ
うしたら、何て言ったと思う？」

おまきがおはまの顔をのぞき込んだ。

「性に合わない仕事も、親孝行のためにつづけなけりゃいけないのかって、そう言っ
たんだってさ」

「おつやさんの兄さんも、二の句がつげなかっただろうね」

「年上の女といい仲になっているらしいよ。どうも、その亭主におさまるつもりらし
い」

「おつやさんを放り出して？」

「だからさ」

と、おまきは、昆布の入ったざるを膝の上に置きながら言った。

「わたしがいつも言ってるじゃないか。おはまちゃんは、二言めにゃわたしやおつや
さんは子供がいるって羨ましがるけど、こんなものなんだよ。わたしだって、いつ倅
に見放されるか知れたものじゃない」

さ、帰ろ──と、おまきは、ざるを目の高さにまで上げ、礼を言いながら裏口を出
て行った。

おはまは意味もなく深い息を吐いて、昆布の束を棚へ戻した。が、それは、叔父のもとで働いていた弟が、一人前の建具職人となって戻ってくるまでのことだった。

踏台を片付けて、茄子を深いざるへ移す。

離縁を望んだおはまの選択は、間違っていなかったように見えた。この女とおはまの反りが合わなかったのである。おはまは、家を出た。義理の妹と喧嘩をしたわけでも、彼女に追い出されたわけでもなかった。

弟は、かねてから言い交わしていた女と所帯を持ったが、この女とおはまの反りが合わなかったのである。

母もあまり折合いがよくなかったのか、しばしばおはまの家へくるようになり、しまいには住みついた。弟も義妹も、帰ってこいとは言わなかった。穏やかな暮らしがつづいたが、母は一昨年の夏に逝った。同じ町内に住んでいながら、弟の女房は、おはまが風邪をひいて寝込んでも見舞いにすらこない。今では往き来もしない間柄になっている。あの女にだけは何も頼みたくないとおはまが思っているのだから、弟の女房が顔を見せぬのは、おはまの自業自得といえないこともなかった。

だが、来年はおはまも三十歳になる。なってみれば何ということもないとおまきは言うが、それは、亭主がいて子供がいて親もいて、幾人かの職人を使って商売が繁昌している女の言うことだろう。見たこともない大金を手にして気がゆるみ、ついの

んびりと暮らしたあとで、あわてて母と内職に精を出すようになった女は、三十五に
なっても一人で暮らしていたらどうしようと、心細くなってしまうのだ。

もらった茄子のうち、二本は今夜の鴫焼きに、一本は明日の味噌汁に、残りの四本
は漬物にと分けながら、おはまはふと、おまきの家ではこれくらいの分量を一度に食
べてしまうのだろうなと思った。

その翌日、内職の仕立直しを多町の易者の家へ届けに行った時のことだった。

易者は、神田須田町から日本橋、芝口へかけての大通りなど、人の往来の多いとこ
ろへ店を出す。いつも鍛冶町一丁目の藍染川近く、鍔師の家の横に出ているその易者
は、手間賃を払ったあとで、じっとおはまの顔を見た。

「何かついてます?」

おはまは、両頬を掌でこすった。

「いや……」

易者は曖昧にかぶりを振って、ためらいがちに言葉をつづけた。

「その、何だ、おはまさんは近頃、寝込んだりしなかったかえ」

「いえ」

おはまは怪訝（けげん）な顔をした。あまり丈夫な方ではないが、ここ三月（みつき）くらいは、風邪を

ひいたこともない。

「ごめんよ」

易者は苦笑して、頭をかいた。

「よけいなことを言っちまった。わたしの見立て違いだ、気にしないでおくれ」

が、気にするなと言われれば、なお気にかかる。おはまは、冗談めかして尋ねた。

「重い病いにかかるという相でも、どこかに出ていましたかえ」

「いやいや、窓から入ってくる光の具合（そう）だろう。それが翳（かげ）をつくったのさ」

ということは、一瞬、凶相に見えたということではないか。

「薄っ気味のわるい。はっきり教えておくんなさいよ」

おはまは、仕立て直しの着物を持って立ち上がった易者に言った。

「だから、翳ができていたんだよ。患（わずら）ったりしやしないよ」

「それならいいけど」

陽気な声で笑ったが、霞（かすみ）がかかったようなまま気持は晴れなかった。鍔師の家の横

に出ている易者はよく当るという評判を、おはまも耳にしたことがあったのである。

「なに？　女難の相だ？」

森口慶次郎は、笑いながら相手の顔を見た。相手は、浅草寺雷門の前に出ていた易者であった。

観世音菩薩への参詣をすませて門を出てきた慶次郎を、重苦しい声で呼ぶ者がいる。ふりかえると、この易者が手招きをしていたのだった。

易者は、俯いたまま通りかかる人に顔を向けて声をかけると、たちまち横を向かれてしまうらしい。多くは編笠をかぶっているのだが、それでも通る人に顔を向けて声をかけると、たちまち横を向かれてしまうらしい。

この易者も、不自然なほど下を向いていた。自分の足許を見て声をかけろという先輩の教えを、忠実に守っているのだろうと慶次郎はおかしくなり、足をとめる気になったのだった。

「女難の相とは嬉しいね。この年齢になると、婆あだって寄りつきゃしねえ」

「そのお年齢で何を言いなさるか。まだお盛んとお見受けいたしました。まず、難を避ける方角を占いましょう」

精いっぱい重々しい声を出しているつもりなのだろうが、三十歳にはならぬ男のよ

うだった。算木をならべている手の皮膚が、なめらかで若いのである。干支を尋ねられて慶次郎が答えると、三十六ですかと言った。一まわりも若かったが、わるい気持ではなく、そのままにすることにした。

「剣難の相は出ていないかえ」

「え？」

「実は一人、困ったのがいるんだよ」

「まさか……いや、やはりそうでしたか」

「亭主の浮気がやまない、どうしたらいいのでしょうと、時々相談にくるんだ」

「なるほど」

「わかるだろう？ 世の中にわたしほど不幸せな女はいませんと、こっちの膝に泣きくずれるってえやつだ」

さすがに易者は口を閉じた。

「これが、いい女でねえ。俺が石の地蔵さんのように堅物でなかったら、とうに亭主が刀をふりまわしていたよ」

編笠の中から溜息が聞えてきた。嘘かもしれないと思ったようだった。

「有難うよ。女難の相が出ているというのなら、これから気をつけるよ」

慶次郎は見料を置き、白い布を巻いた台の前から離れようとした。

「あの、難を避ける方角は……」

遠慮がちな声が慶次郎を追ってきた。

「おっと、肝心なことを聞かなかった」

慶次郎は、真顔になって台の前へ戻った。親のかわりをつとめているのかもしれない若い易者をからかった詫びとして、間違いだらけにちがいない易の結果を最後まで聞くのは、当然のことだろう。

「三十か——」

と、おはまは呟いた。羽根問屋の伜に見染められた頃も、舅から離縁状と大金をもらって実家に帰ってきた頃も、自分とは縁がないように思えていた年齢であった。

だが、正月がくれば、おはまは間違いなく三十になる。蝶をあしらった派手な柄も似合わなくはない自分が、三十になるなど信じられないが、やがては四十にも四十五にもなって、四十七で死んだ母のあとを追って行くことになるのだった。

おはまは、指を折ってかぞえてみた。五月生れで、かぞえ年二十九のおはまが生き

てきた年月は二十八年と三月あまり、母と同じ年齢まで生きるとすれば、これからの年月の方が十年も短い。十年も長かったこれまでの年月を、おはまは何をして過ごしてきたのだろう。

物心つくまでの六、七年は別にして、手跡指南へ通い、長唄の稽古に精を出していたとか、望まれて嫁ぐ方が幸せだとか、父や母や親類の十人十色だった意見を聞き、五百蔵の容姿にうっとりしているうちに祝言の日となったのではなかったか。

舅には可愛がられたが、姑には意地のわるい仕打ちをされて、でも亭主の五百蔵がやさしいからと、自分で自分を慰めていたのは、いつの頃までだっただろう。五百蔵の浮気に泣き、女への嫉妬に苦しんだ羽根問屋での月日が五年、実家へ戻ってから八年がたつ。

母と二人で暮らしていた六年間は、二人で芝居を見に行くこともあり、楽しいと思っていたが、それが何だというのだろう。母が逝ってからの一人暮らしももう二年、これから先もこの暮らしが延々とつづくのなら、もう沢山だとさえ思う。

しきりに呼ぶ声で我に返った。隣りの女房の声だった。

「おはまさん、おはまさんったら。いないのかえ、洗濯物が濡れちまうよ」

物干場のてすりから身をのりだして、雨の降ってきたことを知らせてくれているらしい。気がつけば、大粒の雨が廂を叩いていた。

おはまは大声で返事をして、階段を駆け上がった。隣りの女房は、とりこんだ洗濯物を廊下に放り出したまま、雨戸を閉めていた。

「すみません。ちょいと、うたた寝をしていたものだから」

「そんなこったろうと思ったよ」

隣りの女房は、雨戸の間から顔を突き出して言った。

「顔色がわるいよ。内職でくたびれているんだろう」

「そうかもしれない」

「おはまさんなんざ、くたびれるほど働かなくったって食べてゆけるだろうに」

一言よけいなことを言ってから、隣りの女房は、「立秋が過ぎたってのに、いつまでも暑いからね。気をおつけよ」と親身な口調になった。

音を立てて雨戸が閉められるのを横目で見て、おはまも物干場から廊下へ飛び込んだ。隣りの女房を真似て洗濯物を足許に置き、雨が吹き込まぬよう雨戸を閉めようとしたが、今朝は二階の掃除をしなかったことを思い出した。

やむをえず茶の間まで持って降りて、また階段を駆け上がる。かなりの吹き降りで、

もう障子が濡れている。このところ滑りのわるくなった雨戸を戸袋から力まかせに引き出すと、その音に調子を合わせるかのように稲妻が光り、雷が鳴った。

雨戸を閉めて、おはまは廊下に蹲った。易者の言葉を信じているわけではなかったが、昨日から軀がだるい。いつもはへっついに薪をくべながら聞く明六つの鐘を、今朝は寝床の中で聞いた。

が、二階の掃除は明日にのばせても、明日の夜までに必ず——と頼まれた仕立直しを、明後日の夜までのばすことはできない。おはまは、両手を思いきり前へのばし、誰かに引っ張ってもらうような恰好をして立ち上がった。

雨戸を閉めて暗くなった階段を、慎重に降りて行く。

表口の戸も閉めねばならぬかと、重い軀をひきずるようにして取付の部屋へ出て行ったが、風の向きが反対で、三和土はまったく濡れていなかった。茶の間へ戻って洗濯物をたたみはじめると、軒下からふいに男の声が聞えてきた。

「やあ、すっかり濡れちまったな」

「水もしたたるいい男ってのは、このことでさ」

茶の間と取付の部屋の間にある唐紙は、夏が過ぎるまで、はずしておく。取付の部屋の障子は、風が入ってくるように半分ほど開けてあった。おはまは、その隙間から

外をのぞいた。

格子戸の向うの軒下に二人の男が立っていて、濡れ鼠になった頭や肩を手拭いで拭いていた。格子と、格子戸の前に置いてある鉢植えの八手が邪魔をしてよく見えないが、男の一人は黒の巻羽織、もう一人はじんじん端折りをして、御用箱を背負っているようだった。定町廻り同心と小者であった。

「行こうか」

と、定町廻り同心が言った。若い声だった。

「ええ?」

御用箱を背負っている小者は、不服そうな声を出す。そのとたんに稲妻が光り、間髪を入れずに雷鳴が轟いた。

おはまも思わず耳をふさいだ。ふさいでもすさまじい雷鳴は耳の底を突き、雨の音もいっそう激しくなった。

「冗談じゃありませんよ、旦那」

と、小者は、情けなさそうに言っている。

「この雨ですよ」

「大丈夫。人間の軀は、雨で溶けたりしないよ」

「雨で仕事を休むのは大工に左官、悪党は休まないって言いなさるんでしょう。旦那も、昔の森口の旦那に似てきなさいましたね」

「当り前だろう。森口慶次郎は、わたしの義父だよ」

「そのうち、番屋で牡丹餅（ぼたもち）をご馳走（ちそう）になるところまで、似てきなさるかもしれない」

「番屋はすぐそこだ。蓑笠（みのかさ）も、そこに行けばある。一っ走（ひとばし）りしようぜ」

稲妻が光って雷が鳴った。

「ちょっと待っておくんなさいよ。雷様に狙（ねら）われそうだ」

「いい大人が何を言っているんだよ。お前の臍（へそ）なんざ、雷様の方でいらないとさ」

「いやだなあ、ずぶ濡れになっちまう」

おはまは、苦笑して立ち上がった。今の話を聞いていながら知らぬ顔はできなかった。

「もし──」

おはまは外の二人に声をかけて、出入口の壁にかけてあった傘を取った。

「これをお持ち下さいまし」

同心は、頭から羽織をかぶって雷雨の中へ飛び出して行くところだった。が、軒下へ出て行ったおはまを見て踵（きびす）を返し、ずぶぬれの羽織を肩へ戻した。

おはまの心の臓が、ふいに激しい動悸を打ちはじめた。同心は、五百蔵に生き写しと言ってよいくらい、よく似ていたのである。

「かたじけない」

同心の声が聞えた。

「明日、返しにくる」

「いえ――」

自分の声なのだが、遠くに聞えた。

「はまという女に借りたと、番屋に置いていって下されば結構でございます。わたしがあとで取りにまいります」

「そうか。では、遠慮なく」

同心は、軽く頭を下げて傘を受け取った。雨に叩かれて泥沼のようになった道を見て、雪踏を脱ぎ、裸足になっている横顔も、祝言をあげた頃の五百蔵と瓜二つだった。

傘をすぼめて走って行った同心と小者を見送って、おはまは家の中へ戻った。

一瞬、忘れていただるさがまた軀中にひろがって、上がり口に腰をおろす。

何気なく額に手をやると、髪がほつれていた。洗濯物をとりこんだ時に、乱れたのかもしれなかった。まだそこに同心が立っているかのように、あわてて髪をかきあげ

ながら、おはまは、ふと気がついた。

祝言をあげた時、五百蔵は二十一だった。あの同心は二十三か四か、それ以上には なっていないだろう。

だが、おはまは二十九だった。二十一の五百蔵のそばには十六のおはまがいて、五 百蔵の手が肩に触れただけで震えていたが、あの同心が仮に傘を返しにきてくれたと しても、受け取るのは内職で疲れきった、二十九のおはまなのだった。

戸棚から行李を引き出して、袷や綿入れの着物を取り出した。

父のどてらを仕立直した、袖なし羽織があらわれた。羽根問屋の舅からもらった金 の一部は、その中に縫い込んであった。

おはまは、袖なし羽織を両手で持った。綿のたっぷり入った袖なしで、他の衣類に くらべると格段の厚みがあるが、それだけではない重さが手につたわってくる。

ためらったものの、おはまは、袖なしを膝の上に置いて針箱を引き寄せた。

針箱の蓋を開ければ、鋏がある。鋏で脇を綴じている糸を切れば、綿の中に入って いる小判は簡単に取り出せる。

母はこの中に、十五枚の小判を縫い込んだ筈だった。

よそう――と思った。

十五両は、建具職人であった父が七ヶ月働いて稼ぐ金であった。一日の手間賃が銀四匁一分、それに飯代の一匁二分がついて五匁三分、一月のうち二十五日働いて、七ヶ月の間その金をそっくりためなければ十五両にはならないのである。

それも、一月百三十二匁あまりの収入は、決して少ない方ではない。父は、腕のよい職人だった。火事のあとなどは手間賃が跳ね上がり、飯代を二匁にするから、ぜひと頼まれたこともあるという。

だが、十五両を、一日で遣ってしまおうというのではなかった。おはまが袖なしから出そうとしているのは、そのうちの五両だけだった。

苦労をさせられた代償として、手に入れた金である。考えようによっては、今の一人暮らしもその苦労の延長であるといえるのだ。五両くらい遣ったところで、どこから文句が出るというのだろう。

母は、四十七で逝った。おはまも、やがてその年齢になる。母は、芝居にちなんだ着物と帯を誂えて中村座へ行ってみたいと言い、弟にくだらないと嗤われて、その夢を叶えられずに他界したが、その二の舞いにはなりたくない。楽しんでみたいことは楽しんでから、あの世へ行きたかった。

　芝居にちなんだ着物はいらないが、先日、越後屋です
から贅沢で名高いいさご鮨だろうと屋台へ行って、もう一度、あの鮨を食べてみたい。すめられた紬（つむぎ）は欲しい。それ

　いさご鮨だろうと屋台へ行って、もう一度、あの鮨を食べてみたい。おまきやお
つやも、もったいないと顔をしかめるかもしれなかった。が、四十七になって明日を
も知れぬ病いの床につき、五両の金を枕許（まくらもと）に置いて、いさごの鮨をげっぷの出るほど
食べたかったと後悔してもはじまらぬ。

　第一、明日をも知れぬ病いの床につくのは、四十七ときまっていないではないか。
四十五かもしれず三十五かもしれず、来年かもしれないのである。
　まして、おはまは子供がいなかった。母は、「お前が年齢（とし）をとった時、お金に困る
といけないから」と心配して、芝居にちなんだ着物を諦（あきら）めたが、おはまにその心配は
ないのだった。

　おはまは針箱の蓋を開け、鋏を持った。
脇の縫い目をひろげ、糸に鋏を当てる。
　そこでまた迷った。

　実家へ戻ってきた直後のおはまは、なかば捨鉢のように遊び歩いた。無論、堅気（かたぎ）の
家に生れて十六の春に嫁いだ女の遊びである。
深川八幡（はちまん）へ参詣（さんけい）に行って昼食を料理屋

でとるとか、芝居を見に行って駕籠で帰るとか、そんな程度のものでしかなかったが、それでも舅からもらった金は、みるまに減っていった。父の残した金を持っていた母が、料理屋や芝居の代金を払ってくれても、減り方の早さは驚くほどだった。いつの間にか、三分の一ほどになっていたのを見て、おはまは背筋が寒くなったのを覚えている。

「いつ死んだっていいの、亭主にゃ縁を切られるし、子供はいないし」

と、おまきやおつやには言っていたが、実は死んでもいいなどと思ったことはない。ことに五百蔵の生きている間には、決してみじめな死に方をしたくなかった。

浮気に抗議して大川へ身を投げたのなら、五百蔵はおはまを抱き、「勘弁しておくれ」と泣くかもしれないが、暮らしに疲れて大川へ飛び込んだと聞いたなら、いったい何と思うだろう。皺だらけの顔にそそけ髪の醜いおはまを想像し、哀れだと思う一方で、離縁してよかったと胸を撫でおろすのではあるまいか。

おはまは、鋏を針箱へ入れた。

母ほど裁縫が達者ではないおはまの内職だけでは、この仕舞屋を借りての暮らしは支えきれない。ここ四、五年は、「お父つぁんが残してくれたんだよ」と母が渡してくれた金で間に合いそうだが、いずれ舅からもらった金に手をつけることになる。

おはまも、やがて老いる。恐ろしいのは、おはまが考えている以上の長生きをすることだった。六十を過ぎても内職ができるとは思えず、その頃は多分、居食いで暮らしていることだろう。

それも、居食いができればよい。病いは、明日おはまに襲いかかるかもしれぬが、おはまが六十を過ぎても知らぬ顔をしているかもしれないのである。

金は、床下の甕にも隠してある。が、その金を遣いはたして、まだ生きている自分を想像すると背に悪寒が走る。そんなことのないように、道連れとなってくれる男を見つけたいのだが、これもむずかしい話だった。江戸は、確かに男の数が多い。多いのだが、浮気者でも偏屈でもなくて、こざっぱりとした家で暮らせるくらいの稼ぎのある男には、必ず女房も子供もいるのである。

「やめようっと」

おはまは、針箱の蓋を閉めた。

仕立直しの着物を引き寄せて、針に糸を通したが、その糸を切るには鋏がいる。針箱の蓋を開け、握りの部分に赤い糸を巻きつけたそれを取り出して、ふっと思った。

大事に大事に金を遣って、もし、五十両も残して死んだとしたら、それはいったい誰の手に渡るのか。

もし、弟の女房が遣うとしたら、こんな癪な話はない。
おはまは仕立直しを放り出し、綿入れの袖なしへ手を伸ばした。

越後屋は、あいかわらず混んでいた。越後屋の天井には、手代の名を書いた大きな紙が吊り下げられているのだが、どこの紙の下でも、手代が反物をひろげたり、客の肩にかけて見せたりしていた。

目当ての紬は売れてしまったかもしれないと思ったが、柄を説明すると、小僧が蔵から出してきた。

「紬の格子縞は人を選ぶのでございますが、お客様はお似合いでございます。これほどお似合いになる方は、はじめてでございますよ」

おはまは反物を肩からかけ、鏡に映った自分を見て微笑した。手代の世辞も、満更嘘ではなさそうだった。

嬉しかった。これほど似合って、これほど自分が美しく見えるなら、三両の金も惜しくなかった。おはまは、仕立てを急いでくれるように頼み、思いきって新しい着物を買った興奮に頬を赤く染めて店を出た。

懐には、まだ二両ある。その金でいさごの鮨を食べ、帰りに下駄と足袋を買ってくるつもりだった。

だが、深川へ向って歩き出すとすぐ、やはりおまきを誘ってくればよかったと思った。

松ヶ鮨ともいういさご鮨には、実家へ戻ってきてまもない頃、一度だけ母と行ったことがある。評判通り、贅沢でうまい鮨を食べさせてくれる店だが、おはま母子を見た鮨職人は、不思議そうな顔をした。高価で有名な鮨を、母子連れが食べにくるとは思わなかったのだろう。

おはま一人で暖簾をくぐれば、鮨職人はなお、怪訝な顔をするにちがいない。女一人では食べさせぬ——とは言うまいが、呆れ返った顔で鮨を出し、どんな素性の女か尋ねてこいと女中に言いつけるかもしれなかった。

「でも、おまきちゃんは、亭主や子供を置きっ放しにして食べには行かれないと言ったろうな」

おはまちゃん一人で行っといで。藍玉問屋への支払いに困ってる紺屋の女房が、そんな贅沢なとこへ行けやしないよ——などとも言うだろうが、家へ帰ったおまきは、亭主の背を突いて拗ねてみせる。

ねえ、おはまちゃんはまた、いさご鮨へ行くんだって。わたしだって、一生に一度くらいは食べに行きたいよ。

「うるせえな」と叱りながら、しまいには亭主も「俺達もそのうちに行ってみようか」と言い出すだろう。おまきは、手を叩いて喜ぶ筈だ。

「おまきちゃんじゃなくって、おつやさんなら、つきあってくれたかな」

自分の呟きに、おはまはかぶりを振った。

おつやは、鮨どころではないと断るにちがいなかった。憂さ晴らしに──と誘うおはまを、「俺があんな風なのに、お鮨を食べる気にもなれないよ」と遮るのが目に見えるようだった。

おつやの気持は、わからぬでもない。亭主に死なれ、頼みの俸が定職につかぬので、確かに鮨を食べる気になれぬだろう。「おはまちゃんは気楽でいいねえ」と、恨めしそうに言われるかもしれなかった。

が、その俸にも、性に合う仕事はある筈だった。働いてはやめ、やめては別の仕事についているうちに好きな仕事が見つかって、おつやをいさご鮨に連れて行くように、ならともかぎらぬのである。そんなことにでもなれば、おつやはいそいそと俸につ

いて行き、有頂天になって、「苦労の甲斐があった、いさごのお鮨くらい、いくらで

もわたしがおごってあげるよ」と、おはまの家へ言いにくる筈だった。

「みんな、一緒に行く人がいるんだ」

一人で鮨を食べに行くのは、おはまだけではないか。

格子縞の紬も、その紬の似合う自分の姿も、急に色褪せたように思えた。いさご鮨の、あの酸味の強い味も嫌いになったような気がした。おはまは、泣き出しそうな顔になって踵を返した。

「何だって、わたしだけこんなに淋しいのさ。わたしは何もわるいことをしちゃいない。浮気者の亭主と意地のわるい姑がいやで、羽根問屋を飛び出しただけなのに」

すぐ目の前を歩いているおはまと同じ年恰好の女は、十歳くらいの女の子を連れていたし、その先にいる女は、わざと不機嫌な顔をしているらしい亭主から少し離れて歩いていた。

「わたしの方が縹緻はいいのに。あの女達が、あの紬を着たって似合わないのに」

だが、あの紬を着たおはまを、誰が見てくれるのだろう。あの紬が着物となって届けられたところで、おまきの家へ着て行くのはもったいないし、おつやに見せても仕方がないと、着て行く機会がないまま、おはまは年老いてゆくのではあるまいか。

「冗談じゃない。わたしゃあの紬を着て、若い男をひっかけてやる」

誰もいない家へ帰る気にはなれなかった。室町からの目抜き通りを足早に歩いてきたおはまは、今川橋を渡って神田に入ったところで横丁を曲がり、目についた蕎麦屋へ飛び込んだ。

蕎麦抜きのてんぷらで酒を飲む。強い方ではないのだが、二合半の酒を飲んでも酔いはまわってこない。それでも勘定を払って店の外へ出ようとすると、足がふらついた。

「転んだって知るかってんだ」

おはまを見ていてくれる人がいないのだから、額をすりむいてもかまわない。真直ぐに歩いているつもりだったが、人がおはまを避けて行く。斜めに歩いているようだった。

それでも表通りへ戻って、おはまは、鍛冶町へ向って歩き出した。いや、歩き出したつもりだったが、気がつくと、薬問屋の立看板に寄りかかっていた。霞がかかっているような頭をはっきりさせようとして、おはまは、一度目をつむった。思いきり頭を振って、目を開ける。

息をのんだ。頭の霞が晴れたどころか、足許をあやうくさせていた酔いも醒めたような気がした。向いの路地の入口に見覚えのある小者が立っていて、路地の中には、

五百蔵によく似たあの定町廻り同心がいたのである。

同心は、誰かに話しかけられているようだった。小者が苛立たしそうに同心を見て、同心も話の途中で背を向けたが、相手がその袖をつかまえた。

おはまの胸に痛みが走った。

同心の袖をつかんだのは、十七、八の町娘だった。同心は娘の手をふりはらったが、娘の衿首には、その年頃に特有の、匂いたつような色香があった。

「やんだい、わたしだって昔は、すれちがう男が皆ふりかえるほど、綺麗だったんだよ。──」

が、おはまはもう二十九だった。来年になれば三十、地団太を踏もうが泣き叫ぼうが、あの頃の色香は戻ってこない。桃の香がするような娘の誘いに負けて、同心が、今はふりはらっている手を握り返すようなことがあっても、しなだれかかるおはまには、「年齢を考えろ」と言いつづけるかもしれないのである。

「ばかやろう──」

男の声が聞えた。

おはまは、自分が何をしたのかわからなかった。我に返った時は、小者に腕を捻じ上げられていた。娘につかみかかったのだった。

「それでどうした」

と、慶次郎は言った。ひさしぶりに晃之助と皐月が根岸へきてくれて、佐七までが浮き浮きと茶をいれかえている。

「どうもこうもありませんよ。わたしを女難から救ってくれた女じゃありませんか。礼を言って、帰しましたよ」

と、晃之助は笑う。

「浮気者のもと亭主によく似ているってのが、気に入りませんでしたが」

「なるほどね」

と、慶次郎は言った。

「女難の相ってのは、晃之助だったか」

「何ですか、それは」

「こっちのことだ」

「こっちの旦那とちがって、晃之助旦那は女に好かれるってことですよ」

佐七が割り込んできて、憎まれ口をきく。

「いや、どうしてどうして、養父上も隅におけませんよ」

と、晃之助が皐月と顔を見合わせて笑う。慶次郎は、あごを撫でながら庭へ目をやった。

「いつまでももてると思っておられると、いつか、大怪我をなさいますよ」

くせ自分の年齢をかぞえ、晃之助もやがてこうなると思ったりするのである。

俺はもてるという自惚れがあるのは、自分の年齢を認めたくないせいだろうか。その

どちらが女に好かれるかと言われれば、慶次郎に勝ち目はない。が、それでもまだ、

あいかわらず、憎らしいことを言う倅であった。

お見舞い

こんな色の着物を誂えたいと思いながら、お登世は、おすみの買ってきた栗の籠を引き寄せた。

つややかで大きなのを一つ、てのひらにのせて、栗のいがの小紋も面白いかもしれないと思う。金物屋に嫁いだ妹は、「着物ばっかり拵えて。少しはためることを考えたら？」と、眉を吊り上げるにちがいないが、うるさい後見人の意見をはねのけながら料理屋をつづけているお登世にとって、今のところ、気晴らしは着物をつくることだけだった。

だが、お登世は、眉間に皺を寄せて籠をかかえあげた。どう見ても、栗が少ないのである。

見事な栗だが、おすみに渡した金額なら、もう少し買える筈だ。お登世は、手を叩いておすみを呼んだ。拭き掃除をはじめたらしいおすみの声が、二階から聞え、つづいて階段を駆け降りてくる足音がした。

「森口の旦那にも差し上げると言ったじゃないか。これしかなかったのかえ」

「いえ、それきり買えなかったんです」

「そんなばかな」

と、思わずお登世は言った。

「いくら大粒と言ったって、栗は栗だよ。一粒が百文もするわけがないだろう」

「でも、それきり買えなかったんです。嘘だとお思いなさるなら、八百久さんで聞きなすっておくんなさいまし」

お登世は苦笑した。おすみは、お登世が八百屋へ行って、栗の値段を確かめるような人間ではないことを、承知して言っているのだった。

「わかったよ。今日は、紙問屋さんの寄り合いが日暮れからはじまるから、早いとこ、掃除をすませておくれ」

おすみは、素直にうなずいて帳場を出て行った。

いい子なのだけどねえ――。

お登世は、雑巾をしぼる音が聞えてくる階段を見上げた。

いったい、どうしちまったのだろう。

近頃、おすみに買い物を頼むと、薄紅梅という煙草が一山八文くらいの安煙草に化けてきたり、十本と頼んだ団子が九本しかなかったりするのである。

相談してみようかと思った。

おすみは、南の定町廻り同心、森口晃之助が世話をしてくれた娘だった。二年前に母親を亡くし、天涯孤独といってもよい身の上となった娘だが、気立てのよさも働き者であることも請け合うと言って、晃之助は『花ごろも』へおすみを連れてきた。実際、当時は、正直でよく働く娘だった。

花ごろもは、三年前に、お登世が後見人の反対を押し切って開いた料理屋である。嫁ぎ先の唐物問屋を、亭主の死後に飛び出したようなかたちになっていて、気心の知れた女中を連れてくることができず、気立てのよい働き者なら、もう二、三人欲しいくらいだった。晃之助も、そのあたりを察して、おすみを連れてきてくれたのだろう。いい子を連れてきてくれたと、お登世はずっと晃之助に感謝していた。帰る家がないというのに陰気な顔は見せないし、板前に叱言を言われても口答えをしない。客の忘れていった財布を持って、下谷広小路あたりまで走って行ったこともある。それに、何よりほんとうによく働いてくれたのだ。

ところが、その娘が、買い物の金をごまかすようになった。

何があったというのだろうか。帳場格子の中の机に置き忘れた小銭へ手を出すわけではない。長火鉢の引出しに入っている金をくすねたりするわけでもない。女中達の行

李の底から、大事にためている金がなくなったという騒動が起こったこともなかった。

ただ、買い物の金をごまかすのである。ほかの女中に買い物を頼むと、必ずおすみが、「わたし、行ったげる」となのりをあげる。お登世がおすみに頼まぬわけを知らぬ女中達は、喜んでおすみに買い物の金を渡す。この栗もそうだった。

こんな安物を買ってこいと言った筈はないと叱ったこともある。安物ばかり買ってきたり、数をごまかしたりする理由を聞き出そうとしたこともある。が、おすみは泣き出しそうな目でお登世を見て、「これしか買えないんですもの」と繰り返すばかりなのだ。

性格のよい娘であるだけに、長火鉢の引出や朋輩の行李を開けるようになる前に、手をうってやりたい。晃之助は、おすみの身許引受人にもなっている筈で、相談をするなら八丁堀へ行くのが筋だろうが、自分より年下の男に相談をするのもどうかと思った。

お登世は栗の籠へ目をやって、膝を叩いた。茹栗のざるに、目を細めて手をのばすにちがいない男の顔が脳裏に浮かんだのだ。栗色に染めたいがの小紋を見せれば、「お前さんにさわると、棘がささるってのかえ」と、笑うにちがいない男、晃之助の養父

の森口慶次郎であった。

　盆の上の皿には、皮のむいてある茹栗が三つのっている。慶次郎があまりに不器用なのに驚いて、お登世が庖丁でむいてくれたのだった。

　その一つを口へ入れ、うまいなあ――としみじみ思う。嚙めば、ねっとりした甘さが口の中へひろがって、その甘さを少々苦い茶で胃の腑へ流し込むと、次の一つへ手がのびる。

　きりがなかった。隣りに坐って、皮に爪をたてては器用にむいている佐七に、「あとで胸やけしても知らないよ」と言われても仕方がなかった。

　またお登世がむいてくれたのへ手を出そうとして、慶次郎は苦笑いをした。お登世は、晃之助が世話をしたおすみという娘のことで相談にきたのだった。手土産の栗に大喜びをしている慶次郎を見て、相談にのっている間に茹でておこうと佐七がいつになく気をきかせ、お登世がおすみの行状を話し終えたところへ、ざるに山盛りの茹栗を持ってきたのである。そこへ手をのばすのは当然だろうが、お登世に皮をむいてもらって、すみのすの字も口にせずに、もう七、八個も食べたかもしれない。

「で、そのおすみってえ娘だが、二、三度会ったような気がするな」

お登世がうなずいた。慶次郎には、よくおあきという年増の女中がつくのだが、お

すみが「お待たせしました」と威勢のよい声で料理をはこんできたこともある。

慶次郎は、急須に湯をそそいだ。佐七と先を争うように茶を飲んだので、でがらし

になっていた。

「晃之助がいい娘だと言うのだから間違えねえと思うが、生れや育ちはわかっている

のかえ」

それはもう——と、お登世がうなずいた。

父親は煙草入れなどの袋物をつくる職人で、上野池ノ端にある有名な袋物問屋、越

川からの注文がほとんどであったという。その父親が他界したあとは、母親が通いの

女中となって越川で働いたり、おすみが子守をひきうけたりして暮らしていたらしい。

「父親は、気に入った仕事ができなければ、お客がいいと言っても渡さないといった

名人かたぎの人だったそうで、貧乏とは縁が切れずに育ったようですけれど」

だが、花ごろもへきた当座のおすみは、先輩の女中達に小銭を貸し、返してもらう

のを忘れているほど鷹揚な娘だった。

「その娘が、買い物の銭をごまかすようになっちまったのか——」

「はい。ほんとうに、何があったのか──」

お登世が慶次郎を見た。黒目がちの、今にも泣き出しそうな目をしているのに、不思議に明るい感じがする。花ごろもへ通いはじめて半年あまりになるが、慶次郎はこの目の色に惹かれたのかもしれない。

「女将さん」

そろそろ名前を呼びたいのだが、慶次郎はそうお登世を呼んだ。

「その娘、ちょいとの間、俺が尾けまわしてもかまわないかえ」

「とんでもない」

お登世は庖丁を持った手を左右に振り、あわててそれを盆の上へ置いて、もう一度手を振った。

「わたしは、どうすればよいか伺いたかっただけなんです。旦那にそんなことをお願いしたら、若い旦那に叱られます」

「なに、俺の道楽だ」

半年前まで、お登世の相談相手は晃之助だった。花ごろもへも、どうぞご贔屓（ひいき）にと晃之助が言ってきたので足を向けたのである。

が、近頃、お登世は慶次郎を頼るようになった。若い旦那は、十近くもお年が下で

――と苦笑いしたところをみると、若い晃之助には話しにくいことがあったのかもしれなかった。「養父上は、一まわり以上もお年上ですからねえ」と、養子は、いつも胸のうちとはうらはらな憎まれ口を叩く。

その晃之助によると、お登世の父親は、上山定蔵という御家人くずれであるらしい。晃之助の祖父が定蔵の父親の知り合いで、晃之助は、幼い頃からお登世を知っていたという。もっとも、三男坊であった定蔵は、博奕、喧嘩から勘当という定まりの道を歩み、その頃すでに屋敷を飛び出していたそうだ。

その間に生れたのが、お登世と妹のお里久であった。

だから貧乏の味はいやというほど知っておりますと、お登世は笑ったことがある。隣り所帯をもっても父親の遊び癖は直らず、米を買う銭の都合すらつかなくなって、からもらったたたくあんと井戸水だけで昼夜を過ごしたことも、一度や二度ではないのだそうだ。

が、父親の死後、お登世は、日本橋通町の唐物問屋、鎌倉屋に望まれて嫁いだ。仲人の荘兵衛が、近くの料理屋で働いていたお登世に一目惚れをしたのである。現在の後見人である荘兵衛の叔父は、貧乏人の娘などとんでもないと言って猛反対

をしたそうだが、荘兵衛の父が武家の出で、お登世も御家人の孫ではないかと押し切っ
た。お登世は十九だった。

裕福な暮らしに慣れていなかったお登世には戸惑うことも多かったが、荘兵衛はや
さしく、舅も実の娘のように可愛がってくれたという。

だが、その幸せが長つづきしない。三年後に舅が他界、その翌々年には、荘兵衛が
二十九の若さで逝ってしまうのである。

子供はいなかった。お登世の後見人には、お登世を嫁とすることに最後まで反対し
ていた荘兵衛の叔父、安右衛門が選ばれて、その次男の敏次郎が鎌倉屋の養子となっ
た。

どれほどの苦労があったのか、慶次郎は、当時のことを知らない。お登世も、「後
見人が毎日のようにきておりました」と言うだけで、詳しいことは話そうとしなかっ
たが、十二歳から三十年も勤めた番頭が難癖をつけられて、暇をとる破目になったと
いうのを聞けば、おおよそのことは察しがつく。

もう一軒、店を出すとお登世が言い出したのは、その番頭が故郷へ帰った直後のこ
とだった。荘兵衛の七回忌から、半年が過ぎていた。後見人はじめ、鎌倉屋の親戚は、わたしが店を出すことを喜
「ずいぶん考えました。

ぶ筈がございませんし、妹の嫁ぎ先は金物屋ですが、一文、二文の利で暮らしているような店でございます。商売のことをたずねに行くところがございません」

しかも、お登世が出すと言ったのは料理屋だった。老舗の鎌倉屋がなぜ奉公人達の非さねばならぬ、唐物問屋の何が不足なのだと、お登世は、親戚どころか奉公人達の非難まで浴びた。相談相手の晃之助までが、「とんでもないことをするという、言葉さえ出ない」と呆れ顔だった。

それでも、お登世は料理屋を出した。料理屋とのかかわりはそこで働いたことがあるだけ、もとではほとんどが借金という無鉄砲さだった。

「そりゃわたしだって、鎌倉屋を出たくはございませんでしたけれど。わたしの養子となった敏次郎の嫁には、後見人の女将さんのいとこの娘って人がきまりましたし。舅の店でも、荘兵衛の店でもなくなっちまったんですもの」

幸いに、花ごろもは繁昌した。が、借金が半分くらいに減ったところで、また騒動が起こった。花ごろもは鎌倉屋が出した店、それならばわたしが後見人だと、安右衛門が言い出したのである。慶次郎が、花ごろもの常連となった頃だった。

あの一件は、晃之助が長びいたかもしれないと思う。安右衛門は、公事師を間に立てて、花ごろもの収益の三分の一を、鎌倉屋へ入れるように言ってきたので

ある。万一の時にと舅にあたえられた金を、お登世が花ごろもへつぎ込んだことを、安右衛門はかぎつけたのだった。

慶次郎は、吉次を使った。安右衛門の、叩けば出てくるにちがいない埃を探したのである。

埃は、いくらでもあった。安右衛門は口をつぐみ、花ごろもは、お登世が一人で出した店ということになった。が、難癖はつけられるものだった。花ごろもへ移ることになっていた鎌倉屋の女中が、鎌倉屋とかかわりのない店に行くことは許さぬと、暇を出してもらえなくなったのである。晃之助がおすみを連れて行ったのは、この時だった。

安右衛門は、いまだに花ごろもへきては、客の質を選べとか、座敷の造りに品がないなどと咎言を言うらしい。晃之助の話では、敏次郎の代になってから商売が思うようにゆかず、内々では、お登世を鎌倉屋へ戻せという話が出ているようだった。これでは気晴らしに着物もつくりたくなるだろう。

「面白い柄だね」

と、慶次郎は、お登世の小紋を褒めた。

お登世は、嬉しそうに顔を赤くする。お登世は、十人ずつの男女が背を向けている

凝った図柄の小紋を着ていて、自分が考えた紋様だと言った。十人の背で、十背とい

うしゃれなのだという。

「よく似合うよ」と慶次郎は言い、お登世は、さらに顔を赤くした。

　花ごろもは、仁王門前町にある。上野の山近く、不忍池のほとりという場所のせい

か、この町は、表通りにも裏通りにも料理屋の掛行燈がならんでいた。

　昼の八つ半という半端な時刻のせいで、人影はまばらだが、三味線の音の洩れてく

る料理屋もある。昨夜は芸者と舟遊び、今日は芸者に三味線をひかせて料理屋でごろ

寝と、罰当りなのらくら者もいるのだろう。

　花ごろもの掛行燈が見えた。

　例の一件のあと、花の季節にきてくれとお登世は言っていたが、なるほどよい場所

だった。仁王門前町の町はずれで、店の前は不忍池、二階の障子を開け放つと山がよ

く見える。上野の花盛りを二階の座敷から楽しめそうで、この店が空くと聞いて、お

登世があとさきも考えずに手つけの金をうったというのものむりのない話だった。

　池を眺めている風をよそおって、店の前に足をとめた。店の中から、「わたし、行っ

たげる」という声が聞えてきたのだ。

下駄の鳴る音がして、十七、八の小柄な娘が手桶を持って飛び出してきた。お登世からもらったにちがいない黄八丈に薄桃色のたすきをかけ、裾を高々とからげて、白い二の腕とふくらはぎをのぞかせている。おすみだった。雑巾がけの水を捨てに出てきたらしい。

「いいよ、撒いても」

慶次郎は、困ったような表情を浮かべているおすみを見て、道の端に寄ってやった。

「有難うございます」

娘は、鼻に皺を寄せて笑った。可愛い顔だった。まるで白粉気がなく、髪にも簪一つさしていないが、口紅を塗っただけで、若い男がふりかえるようになるだろう。

手早く水を撒くと、娘は「女将さんをお呼びします?」と慶次郎に声をかけた。

「呼ばねえでくんな。花を眺めているんだ」

店の中では、しわがれた女の声が、「それじゃ頼むよ」と言っている。おすみは、たすきをはずしながら駆け込んで行った。

待つほどのこともなく、たすきをはずし、着物の裾をおろして、手早く髪を撫でつけたらしいおすみが飛び出してきた。下駄の音を響かせて、すぐ先の路地を曲がって

行く。

それを帳場から見ていたのだろう、石垣模様の裾へ、肩から花が降りかかる面白い図柄の着物を着たお登世が、暖簾から顔を出した。出入口へ背を向けていた慶次郎がふりかえると、驚いたように目を見張ったが、昨日の話を思い出したのだろう、申訳なさそうに手を合わせて、「元黒門町のお団子屋です」と早口に言った。

慶次郎は、おすみのあとを追った。

路地から広小路へ出ると、おすみは、小走りに三橋を渡って行くところだった。それが、はじめて使いを頼まれた子供のような、はずんだ足取りのようにも見える。慶次郎も急ぎ足になった。おすみは、橋を渡り終えて駆足になった。

団子屋は、元黒門町の裏通りにあった。三、四人の行列ができているところをみると、うまいと評判の店なのだろう。慶次郎は、隣りの煙草屋で足をとめ、看板でたくみに姿をかくしながら、どの銘柄を選ぶか迷うふりをした。

おや、おすみちゃんじゃないか――という声がした。団子屋の女房のようだった。

「頼まれものは、届けておいてあげたよ」

「どうも有難う。とんだご面倒をかけちまって」

「なに、ついでがあったのだから、面倒でも何でもないのさ。で、今日は、何本お買

「い上げだぇ」

十四本と答える声が聞こえた。十四本？——と団子屋の女房が聞き返す。慶次郎は、館という上州産の煙草を頼んだ。

「このところ、妙に半端な数を買いにくるねぇ。いえ、うちはかまわないんだけどさ」

「だってさ——と、おすみはよどみなく答える。

「おあきさんは一本でいいとか、おちよさんは三本食べたいとか、みんな勝手なことを言うんだもの。この間なんか、勘定を間違えて買って行っちまったものだから、わたしの分をおちよさんに上げることになっちまったの」

「そりゃ気の毒だったねぇ」

面倒な使いを頼まれているおすみに、団子屋の女房は同情したようだった。

「はい、一本おまけしておくよ。おすみちゃんがおあがり」

「ご馳走様——と、おすみははしゃいだ声で言って、あずかってきた銭を出した。団子は一串四文、五十六文をかぞえているらしい。

慶次郎が釣銭を受け取っている間に、おすみは団子屋の店を出た。来た時と同じ、はずむような足取りだった。袂へ煙草を入れて、たくみに顔を隠した慶次郎の前を通り過ぎた時には、低声で流行り唄さえくちずさんでいた。

三橋の上で足をとめ、すれちがう人がいるにもかかわらず、懐から財布を出す。払わなかった四文を入れているのだろう。

財布を押し込んだ胸を叩き、早足になって先刻と同じ路地を曲がった。もと定町廻り同心に尾けられているなど夢にも思っていない筈で、ふりかえりもせずに花ごろもへ駆け込むと、「今帰りました、十五本」と言った。

「お団子買ってきました、十五本」

屈託のない声だった。

お茶請けがきたよと言うお登世の声も聞え、奥の座敷や二階にいた女中達が帳場に集まってくる気配も伝わってきた。

慶次郎は、池のほとりに植えられた柳の陰に立って、お登世の出てくるのを待った。お登世は、女中達に一休みしたあとの指図をしながら暖簾から顔を出した。指さししている方角を見ると、汁粉屋の看板がある。そこで待っていてくれというつもりらしい。

慶次郎は、足早に歩き出した。安右衛門がきたら留守だと言ってくれと、女中達に頼んでいるお登世の声が聞えた。安右衛門は、執拗にお登世にまつわりついているらしい。

待つほどのこともなく、お登世が汁粉屋へ入ってきた。お登世を見た汁粉屋の主人は、万事承知と言いたげにうなずいて、密会にも使われる奥の座敷の唐紙を開けた。安右衛門を避けるために、時折使わせてもらっているのだという。

慶次郎は尻込みをしたが、お登世は笑っていた。

「で、如何でございました？」　店を出てくる時、旦那にお目にかかるのですかと、おすみが言っておりましたけど」

と、座敷に坐るなり、お登世は尋ねた。

「尾けられたとは、知っちゃいねえさ」

「今日のお団子は、十五本ありましたけど」

「あれは、おまけだよ」

低い声で喋っているせいか、お登世との距離をあけようと、ぎごちなく壁へ寄りかかった。お登世は次第に躯を寄せてくる。無意識の動作なのだろうが、慶次郎は、

「おすみは十四本買って、四文を財布へ入れたよ」

「やっぱり——」

「だが、腑に落ちねえことがある」

「こそこそしないのでしょう？」

「その通りさ。銭をくすねたのなら、そっとしまい込みそうなものだが、人目のあるところで財布を出している。四文がどういう銭か、通りすがりの者にわかる筈がねえと言えばそれまでだが」

「やっぱり——」

お登世は、先刻と同じ言葉を繰り返した。

「それで、ちょいと試してもれえてえのだが」

と、慶次郎は言った。

「何でございましょう？　あの子が昔のおすみに戻ってくれるのなら、何でもいたしますけれど」

お登世は、嬉しそうににじり寄ってきた。袂にしのばせているらしい匂袋（においぶくろ）の香りが、ふっと座敷にひろがった。

帳場をのぞき込んだ客が、煙草はあるかと言った。お登世は、うなずいて長火鉢の引出を開けた。そう言われた時のために、上等の国分（こくぶ）という煙草が買ってあった。

が、客は、苦笑いをしてかぶりを振った。

「お嫌いでございますか」

「人間が古くさくできているのでね」

舞という、強い煙草が好きなのだという。

「近くの煙草屋にあった筈でございます。買いにやらせましょう」

　と、客はほっとしたような顔で二階へ上がって行ったが、昼下がりの客がたてこんでいる時だった。おあきとおちょ、それにおかつの三人は、それぞれ客の相手をしていたり料理をはこんでいたりして手が離せない。といって、いそがしい盛りに板場の若い者を使いに出すわけにもゆかず、お登世が帳場を離れるわけには、なおゆかなかった。使いを頼めるのは、おすみだけだった。

　買ってくるものが客の煙草であるのが少々気がかりだったが、やむをえなかった。お登世は、おすみを呼んだ。おちよを手伝って、塗物の膳に料理をならべていたおすみが可愛い声で返事をして、敷居の向う側に膝をついた。

「すまないね」

　お登世は、今はあまり喫まれなくなった煙草も売っている店をおすみに教え、銭箱の蓋を開けた。

「めずらしくなった煙草だから、少し余分に買ってきておおあげ」

二朱銀を二枚出す。　半斤の舞を買っても、かなりの釣銭がある筈であった。

「お釣はお駄賃だよ」

おすみがお登世を見た。　知らぬふりをしようかと思ったが、おすみを試すうしろめたさに黙っていられず、「いつもよく働いてくれるからさ」などと、とってつけたようなことを言った。

おすみは、しばらくの間、渡された二朱銀を眺めていたが、「行ってまいります」と小さな声で言って立ち上がった。気のせいか、土間へ降りて行く後姿に生気が失せていた。

追いかけて行こうかと思ったが、奥の座敷で、客のとめどもなくつづいていたらしい世間話の相手をしていたおあきが戻ってきた。　腰を上げる気になったようで、勘定をしてくれと言っているという。

それを紙に書いて知らせてやり、昼間だというのに酒を飲み過ぎて気分がわるくなったという客の背をさすって、女将の顔を見たいという客の座敷へ挨拶に行っているうちに、おすみが帰ってきた。　安物を買ってきたのではなさそうだった。

買ってきた煙草を受け取って、そっと確かめてみると、においの強いそれが二十匁ずつくるまれている。

客に煙草を届けて、お登世は帳場へ戻ってきた。

おすみは、奥の座敷の膳を下げている。お登世と視線が合うと、いつものように笑うかわり、目をしばたたいて横を向いた。試されたことに気づいたのかもしれなかった。

昨日、森口慶次郎は、駄賃を少し多めにあたえてみろと言った。今までの駄賃が少ないというのではないとつけくわえていたが、今日の駄賃は一朱である。これまでの駄賃も、少ないとは思わない。万事金の世の中とはいえ、それほどの駄賃を渡さなければ気持よく働いてくれぬのかと思うと、お登世の方が顔をそむけたくなった。

それにしても、慶次郎はなぜ駄賃を多めにと言ったのだろう。板場の者達にも女中達にもずいぶん気を遣っているつもりだし、他の店にくらべて、人使いが荒いとも思えない。

帳場格子の中の文机に肘をつき、指先でこめかみのあたりを押していると、おあきが階段を駆け降りてきた。

「静かに」と叱る前にそのままの勢いで帳場へ入ってきて、お登世の横に坐る。顔色が変わっていた。

「どうしたのさ」

おあきは、階段のようすを窺ってから口を開いた。

「さっき上がった二階のお客、どこの誰だと思います?」

「さあ。はじめて見る顔だったけれど」

松島屋さんが――と、おあきは、近くにある料理屋の名前を言った。

「松島屋さんが寄越したお人なんですよ」

「へえ」

「そういう風に、女将さんはのんきなんだから」

おあきは、自分と一緒にお登世がうろたえないことが不満そうだった。

「ま、あの人達が、この値段でこの料理を出されたのじゃ、花ごろもばかり繁昌して

もしょうがないって、妙に納得していましたからいいですけど」

「放っておおきよ」

と言ったが、同業の者のいやがらせは、これまでにもあった。今度もまた、花ごろ

もは腐った料理を出したというような噂がたつかもしれなかった。

お登世はこめかみを強く押えた。頭が痛くなってきた。そこへ、横柄な口調で案内

をこう、しわがれた声が聞えてきた。

お登世はあわてて立ち上がり、板場から外へ出ようとした。

が、　間に合わなかった。声の主は、下足番の案内で板の間へ上がり、帳場をのぞき込んでいた。安右衛門だった。

おすみがいなくなったあと、おちよに二階の掃除がすんでいないと言われて気がついたのだった。

女中達が寝起きしている部屋の隅には、その翌日だった。いがの小紋の注文をうけた呉服問屋の手代が帰ったあと、おちよに二階の掃除がすんでいないと言われて気がついたのだった。

女中達が寝起きしている部屋の隅には、おすみの行李（こうり）も置かれていたが、中をあらためると、花ごろもで働くことになった当時の持物だけが消えていた。着替えが一枚と下駄一足ほどの持物だった筈で、それだけを風呂敷（ふろしき）にくるんで出て行ったらしい。小さな風呂敷包をかかえているのでは、おすみを見かけた人がいても、いつものお使いとしか思わなかっただろう。

お登世は、半狂乱となって根岸へ走った。

お登世が下手な試し方をして、おすみは深く傷ついたにちがいなかった。お登世が渡してやった着物を、すべて置いて行ったことでも、それはよくわかる。行先のないおすみは、口入屋の薄暗い部屋で、食事代を払いながら働き口の見つかるのを待つ

もりにちがいない。すぐに働き口があればよいが、二月も三月もなかった時は、どう

するつもりなのか。梅雨寒の頃を、着替え一枚でどんな風にしのごうというのだろう。

山口屋の寮に慶次郎はいなかった。お登世は、出入口に蹲った。

が、おすみを探さねばならなかった。お登世は、少し休んでゆけという佐七に礼を

言って歩き出した。桐の下駄までが重かった。

仁王門前町の路地を抜け、池のほとりへ出ると、店の前を行きつ戻りつしているお

あきの姿が見えた。何も言わずに店を飛び出したお登世を探しているのかもしれなかっ

た。お登世は、力ない声でおあきを呼んだ。おあきは、はじかれたように駆けてき

た。

「どこへ行ってなすったんですよ。源さんが根岸まで追いかけて行ったのだけど、たっ

た今帰りなすったと言われて」

迎えに行った若い板前に、どこかで追い抜かれてしまったようだった。

「さ、早く。森口の旦那がおみえですよ。ええ、おすみちゃんも一緒です」

お登世はおあきを押しのけて店へ飛び込んだ。土間の隅に、雪踏と歯のすり減った

下駄がならんでいた。

おちよが、二階を指さした。お登世は、ものも言わずに階段を駆け上がった。

その足音が聞えたのだろう。突き当りの座敷の唐紙が開いて、慶次郎が顔を出した。

「よう。お帰りかえ」

「旦那——」

お登世は、階段のてすりに寄りかかった。

「おすみは、無事でしたかえ。おすみが見つからなかったら、わたしゃ、旦那をお恨みするところでした」

「わかってるよ」

慶次郎は苦笑して、ほら、みねえな——と言った。こらえきれなくなったらしい泣声が聞えてきた。

「な、わかっただろう？　ろくでなしは、お前のようなやさしい娘を試してみろと言った俺の方だ」

「いえ、わたしです。わたしが、一番のろくでなしだったんです。一人前の働きもできないくせに、あのお婆さんのお見舞いをしてあげようなんて思うから……」

「女将さんに、ゆっくりその話をするんだな」

もういい加減泣きじゃくったのだろう。おすみは、赤く腫れ上がった目をまた袂で押えてうなずいた。

お登世は、おそるおそる座敷へ入った。

「時雨ヶ岡のよろず屋で桜餅を買っていたら、おすみちゃんが泣きながら走って行く

じゃねえか。店の婆さんも、びっくりしたんだろう。俺がおすみちゃんを呼びとめる

と、ゆっくり話を聞けと言って、部屋を貸してくれたんだ」

お登世が行き違いになる筈だった。

「ごめんよ、おすみちゃん、もう一度、あやまるよ。女将さんが途方もねえお駄賃を

渡しゃ、きっとその金をお前が遣うと思ったのさ。そうすりゃ、遣い道がわかるだろ

う?」

おすみが、袂でおおった顔を横に振った。

「わたしも、もう一度あやまります。わたしのためにお金をくすねているのじゃないっ

て、旦那が信じていておくんなすったなんて、夢にも思わなかった」

「女将さんだって、お前がただ金をくすねているなんざ、少しも思っちゃいなかった

よ。が、いくら人のために遣うといっても、女将さんの金は女将さんの金だ」

あとは女将さんとよく話し合うことだ、そう言って慶次郎は立ち上がった。ひきと

めたが、佐七に「ちょいとそこまで」と言って出てきたままなのだという。「またあ

とでくるよ」と言って、階段を降りて行った。

階下から、もうお帰りでございますかと女中達の騒ぐ声が聞えてきた。昼飯の用意

をしていたのかもしれなかった。

お登世は、泣きじゃくっているおすみの背を軽く叩いた。

「ごめんなさい」

おすみはお登世にすがりつこうとして、身をひいた。お登世は、手をのばしてお
みを引き寄せた。が、おすみは、お登世から離れようとしてもがいた。

「放しておくんなさい、女将さん。涙で女将さんの大事な着物が汚れちまうから」

「いいんだよ、こんなもの。おすみちゃんが無事に帰ってくれりゃ、こんなものの一
枚や二枚、汚れたってかまやしない」

だが、お登世の脳裡に、かつての自分の姿が浮かんだ。子供の頃のお登世は、三度
のご飯も満足に食べられず、料理屋で働きはじめてからも、古着を一枚買うにも苦労
したではないか。あの頃は、せめて季節がかわるごとに古着を買えるようになりたい
とお稲荷さんに祈っていたものだ。

「おすみちゃん。お前、さっき妙なことを言っていたね。一人前の働きもできないの
に、どこかのお婆さんのお見舞いをしたかったとか」

「ごめんなさい」

おすみは、お登世の軀を押しのけて畳に両手をついた。

「半年前に、わたし、不忍池の中島へ行く鳥居の前で、六十になるお婆さんに会っちまったんです」

ようすがおかしいので声をかけると、「大丈夫ですよ」という素気ない答えが返ってきた。いったんは別れたのだが、やはり気がかりで、おすみは、住まいまで送ることにした。その間に、老女は重い口を開いた。

「車坂町で一人暮らしをしている、おしげというお婆さんでした」

と、おすみは言った。

一人息子を先にあの世へやって、おしげに身寄りはなかった。隣りの女房が、水を汲んできてくれたり買い物に行ってくれたり、親切に面倒はみてくれるが、その家にひきとってもらうわけにはゆかない。淋しい、早く死にたいと思っているうちに、蓄えがつきた。

「それなのに何で寿命ばかり残っているんだろうって、お婆さん、泣いていました。わたし、その時、お婆さんの孫になってあげてもいいと思ったんです」

去年の給金で、おしげがためていた店賃を払ってやり、米を買ってやった。燈油も鼻紙も、すりきれていた藁草履も届けてやった。

が、おしげの一番喜ぶことは、おすみとの世間話だった。おすみは、暇を見つけて

は車坂町へ出かけた。手土産には、おしげの好きな団子を買って行った。座敷の掃除、洗濯が主な仕事で、座敷へ顔を出すことは少ないおすみには、客からの祝儀という収入がない。給金とお登世が渡してやる小遣いで、おしげの暮らしをみてやるのはむりな相談だった。

「でも、わたしはお婆さんのお見舞いに行きたかったんです。わたしにもお婆さんがいると思うと、嬉しかったんです」

「何だって、早くその話をしてくれなかったのさ」

と、お登世は言った。おすみがその話をしてくれれば、おしげの店賃や米代はお登世が払い、おすみが金をくすねることもなかったのだ。

「話をすれば、女将さんがそう言ってくれなさるとはわかっていました」

おすみは、ちらとお登世を見た。今日もお登世は、石垣に落花の紋様のある着物を身にまとっていた。

「女将さんは、そうやって高い着物を何枚もつくりなさる。お婆さんの店賃やお米代くらい、何ということもないじゃありませんか。わたし、何だかそれが、とってもいやだったんです。花ごろもの台所が苦しくって、女将さんがお客様の前へ出るために、いやじゃなかったのかもしれませんむりをして着物をつくっていなさるのだったら、

　けど」

　お登世は口を閉じた。

「でも、ごめんなさい」

　おすみは、ふたたび畳へ額をすりつけた。

「ほんとうに、ごめんなさい。わたしにお金がない時はお粥も食べられないお婆さんがいるというのに、女将さんは、鎌倉屋さんのご親戚が鬱陶しいと言っては贅沢な着物をつくりなさる。女将さんだって昔は貧乏だったじゃないかと思うと、どういうわけか、女将さんが憎らしくなって……」

　そういうことになるのかもしれないと、お登世は思った。

「でも、小さなお金ですんでいるうちはいいって、女将さんがわたしのことを心配してくれなすったと聞いて、目が覚めました。勘弁しておくんなさい」

「いいよ、そんなにあやまらなくっても」

　お登世は、帯の間へ指を入れた。呉服問屋へ先月分を払った釣銭の二朱銀が、懐紙にくるんではさんである筈だった。

「おしげさんに──いや、お前へのお見舞いだよ」

「そんな……」

「黙ってお取り。栗のいがの着物は頼んじまったからしょうがないけれど、この次に拵えたかった雪持ちの松の着物は、やめにするよ。松島屋の松を染めるのも、気色のわるい話だし」

おすみが顔を上げて、お登世を見た。

「取っておおき。言っておくけど、わたしがたった一つの道楽を辛抱したんだ、この次もぐずぐず言わずにお金を受け取るんだよ」

ほんとうは、もう一枚よけいに着物をつくりたいところなのだけど――と思った。が、当分の間、この道楽は封印しなければならないだろう。安右衛門がたずねてこず、松島屋がいやがらせをしないよう祈るばかりだった。

晩
秋

階段を降りて行くと、足音が聞えたのか、
妹夫婦は蕎麦屋をいとなんでいて、店にはもう客がいる。うまいと評判の店で、あ
の蕎麦を食いたいと腹の虫が鳴くなどと言って、通ってくる者も多いらしい。

が、吉次は「ご苦労なこった」と呟いて、舌打ちをした。蕎麦を食べにわざわざ大
根河岸まで足をはこんでくる者にも、そんな奴等のために朝早くから起き出して蕎麦
をうっている妹夫婦にも、腹が立つのである。なぜ腹が立つのかはわからない。朝っ
ぱらから蕎麦なんざ食うなとわめいてやりたいのだが、まだそれをはたせずにいるの
だった。

妹は、一張羅の紬に汚れてはいるが博多の帯をしめている吉次を見て、ほっとした
ような顔をした。

出かければ、吉次は日が暮れるまで帰ってこない。慶次郎に「蛆がわきそうだ」と
言われた二階の部屋を、心ゆくまで掃除することができると思ったのだろう。

吉次は、黙って草履を突っかけて、風が急につめたくなった京橋川沿いの道へ出た。

ここ四日ほど家にひきこもって、文字通り一歩も外へ出ず、妹のはこんでくる蕎麦を食べては万年床に寝転んでいたのだが、やっと昨日、下っ引の一人が待ち望んでいた知らせを持ってきた。

思わず口許をゆるませた吉次を見て、下っ引は、「お手柄になるんですよね？」と確かめるような顔をした。あわてて眉間に皺を寄せ、「まだわからねえ」と不機嫌そうな声で答えたが、その男の所在がわかったところで、手柄になりはしない。吉次を使っている北町奉行所の定町廻り同心から、その男を探せと言われているわけではないのである。

定町廻り同心に命じられて一人の男を探すような、そんな七面倒くさい仕事は、できればしたくない。江戸の町はただでさえ男の数が多いのに、この時期になると出稼ぎの者がふえる。たった一人を探し出すなど、芝の浜で子供の捨てた小石を見つけてやるにひとしいのだ。

吉次は岡っ引であった。同心に探せと命じられれば、砂の中の米粒でも見つけるつもりだし、探す以上は熱心に歩きまわって、同心の機嫌を損じぬようにもする。が、自分の本職はこちらだと吉次は思っていた。事件にかかわった者が町方に目をつけられぬうちに、手をうってやるのである。

仏の慶次郎こと森口慶次郎は、定町廻りの仕事は下手人を捕えることではない、人に罪を犯させぬことだと言っているが、吉次も、下手人を牢獄へ送らぬようにしているのである。それなりの報酬をもらうのは、当然のことだろう。

たいていの人間は、牢獄へ送られて流罪を言い渡されるより、そっと江戸市中で暮らす方を選ぶ。礼さえきちんとしてくれれば望みを叶えてやるのだから、吉次を見かけた時には、両手を合わせて拝んでもらいたいくらいだった。

だが、慶次郎は仏と呼ばれ、吉次には蝮という渾名がつく。

妹夫婦の蕎麦屋から、はじけるような笑い声が聞えてきて、吉次は思わずふりかえった。客には難癖をつけぬことにしていて、常連もそのことを知っているのだが、やはり、岡っ引は鬱陶しいのだろう。吉次がいるとわかっている時に、大声で笑う客はいない。第一、客が少なかった。

吹いてこなくてもよい川風が吹いてきて、吉次は首をすくめた。その横を、去年の凩を持ち出したらしい子供達が、「上がれ、上がれ」と叫びながら駆けて行った。

長屋の子供達の声で目が覚めた。

泣いているのは、向いの甘ったれらしい。亭主は気のいい下駄職人、女房も油揚と大根の煮付けを持ってきてくれたりする愛想のよい女なのだが、子供の躾だけは間違っていると幸助は思った。亭主が四十を過ぎてから生れた一人息子で、甘やかし放題にしているのである。

そのうちに子供の方が苦労すると、幸助は、他人事ながら気にかかっている。が、宿酔いの頭に泣声が響いてくる今は、子供の苦労などどうでもよかった。頭は、ひび割れるように痛い。お前の子供のせいで他人もこれほど苦労するのだと、ひたすら下駄職人夫婦がうらめしかった。

痛た——とかかえた頭へ、さらに隣りの腕白の金切り声が突き刺さった。

「もう泣いちゃだめ。泣きやまないと、おいてくよ」

甘ったれを泣かせた子供が詫びているらしいのだが、甘ったれは、買ってもらったばかりのおもちゃがこわれたとか何とか、しゃくりあげながら不平を言っている。腕白は、じれったくなって声を張り上げたらしい。

ふいに、別の泣声が路地に響き渡った。おもちゃを踏んでしまったらしい女の子を、甘ったれが叩いたようだった。

「何で、おみっちゃんを殴るんだよ」

と、腕白がなじる。女の子の泣声はますます高くなり、「痛くないよ、大丈夫だよ」と女の子をなぐさめる声や、「お前がおもちゃを落っことしたんじゃないか」と、甘ったれをなじる声も聞えてきた。

そういうことになるんだよな。

幸助は、寝床の中で呟いた。一人っ子で甘やかされて育つと、我儘になる。我儘な人間は、我儘が通らないと腹を立てる。人に好かれるわけがなかった。しかも、自分は我儘ではないと思っているから始末にわるい。

「だって、おみっちゃんがぶつかったから落としたんだよ」

「しっかり持っていればいいじゃないか」

「むりだい。ぶつかってくるんだもの、落としちまわい」

「そんなら、一緒にくるなよ」

腕白にこづかれたのかもしれない。今度は甘ったれの泣声が大きくなった。さらに頭へひびが入ったような気がして、幸助は布団の中へもぐった。

案の定、向いの腰高障子の開く音がして、甘ったれの母親の、「仲よくしてやってくれよ」と言う声がした。

みんなでお食べと、飴か何かを腕白に渡してやったのだろう。子供達は、「もう泣きっ

「こなし」などと言いながら、どぶ板の上を駆けて行った。甘ったれもその中にいるのだろうが、多分、すぐに自分勝手なことを言い出して、仲間はずれにされる筈だ。

「しょうがねえ、起きるとするか」

床から這い出しようとして、幸助は顔をしかめた。ひびの入っていた頭が、とうとう割れて砕けたような気がした。

宿酔いはひさしぶりだった。この長屋へ越してきて半年になるが、長屋中の人達が、幸助は勤勉な人間だと思っている。烏がカアと鳴く頃には起き出して湯屋へ行き、帰ってくればめしを炊いて味噌汁をつくり、粗末だがあたたかい朝飯を食べて、掃除までして出かけるのである。長屋の人達は、幸助が貸本屋であると信じきっている筈だった。

「痛てて……」

動けば無論のこと、目を開いても砕けた頭が痛む。幸助は、ほとんど目をつむったままで、枕許に脱ぎ捨ててあった着物を着た。

昨日、思いがけず一両二分二朱三十六文という大金が手に入り、半端な三十六文で安酒を飲もうと思ったのがいけなかった。湯豆腐で飲みはじめたのだが、一合八文の酒は水に酒をたらしたようだった。口直しをせずにいられなくなって上等の酒を頼み、

どうせ二朱銀に手をつけなければ足りないのだからと、さらに二合の酒を注文してつい飲み過ぎてしまったのである。

頭痛を癒すてだては、迎え酒のほかにない。幸助は、ゆっくりと腰をおろし、俯かぬようにして布団の下へ手を入れた。

指先に布地が触れた。少々手ざわりがあらいと思ったが引き出して、目を開けて見た。手拭いだった。

いやな予感がした。あわてて布団の下へ手を入れて、幸助は青くなった。指先に触れるのは破れ畳ばかりで、財布がないのである。

一瞬、頭の痛いのを忘れて幸助は夜具を投げ飛ばし、そこに何もないとわかると、投げ飛ばした夜具に駆け寄って一つ一つを振ってみた。幸助は掻巻を振っても、敷布団を振っても、何も落ちてこなかった。

幸助は、枕をかかえて蹲った。酔って帰る途中、よろけた拍子に落としてしまったのかもしれなかった。

幸助は、手をのばして鉄瓶を取った。昨日の朝、茶をいれた湯が残っていた。財布を落としてしまったので頭が割れそうでも、出かけなければならなくなった。迎え酒どころか、明日の米を買うこともできないのである。あれば、一文の金もない。

幸助は、鉄瓶の口から湯ざましを飲んだ。

日本橋は、立ちどまって川の流れを眺めるところではないのかもしれない。欄干へ軀を貼りつけるようにして立っているというのに、三人がもう五兵衛にぶつかって行った。一人は荷車の後押しをしていた男で、もう一人は別の荷車を避けようとした魚屋、もう一人が、たった今下駄を鳴らして駆けて行った女だった。

五兵衛は、欄干から離れて歩き出した。どこへ行くというあてはない。が、いったん高札場前に戻った足はひとりでに川下へ向い、川沿いに蔵屋敷の裏を歩き出した。このまま行けば、江戸橋を本船町側へ渡ることになる筈であった。

橋を渡れば右手に伊勢町堀があり、荒布橋がかかっている。堀の水は流れているのか昨日のままなのか、青黒くよどんでいるが、町はいつも賑やかだった。

五兵衛の足は、やはり江戸橋を渡った。右へ折れて荒布橋を渡ると、照降町と呼ばれる一劃に出る。小船町と小網町にはさまれた横丁で、雪踏屋と下駄屋が軒をならべているところから名付けられたらしい。

雪踏は晴れて陽の照る日に、下駄は雨の降る日にはくというのである。

その照降町の手前を左へ曲がった小船町三丁目に、おとくの家があった。五兵衛の嫁の家だった。

孫のおはなは今年六つ、六月には手習いと踊りの稽古に通い出したそうで、もの覚えがよい、筋がよいと、手習いの師匠からも踊りの師匠からも褒められているらしい。

二月ほど前に会ったのだが、五兵衛の死んだ伜によく似てきて、目鼻立ちのくっきりした子になっていた。

が、荒布橋のたもとで五兵衛の足がとまった。

おはなは何も知らない。五兵衛を、いつもおみやげを持ってきてくれるやさしいお祖父ちゃんとしか思っていないだろう。二月前に母娘二人が暮らしている仕舞屋を訪れた時は、手習いから帰ってきたおはなが出入口で五兵衛の履物を見つけ「お祖父ちゃんがきてる――」と茶の間へ駆け込んできた。うしろから抱きついてきた頬や手の、どれほど可愛かったことか。

五兵衛は、神田鍋町に住んでいる。住まいは裏通りの仕舞屋ながら数寄を凝らした造りで、湯殿もあり、女房のおりゅうが生きていた頃は、親戚が檜の据風呂をめあてに遊びにきたものだった。幼い頃の甥や姪達も、夏になると泊りにきて、狭苦しい庭

の小さな池で遊んで行った。

が、おりゅうの死後は、ほとんど誰もこない。今年の夏、本石町で偶然甥に出会い、たまには顔を見せろと言うと、甥は女房と伜を連れてきた。

甥がそうだったように、四歳になる伜も庭の池を見て、しきりに水遊びをしたがった。濡れてもいいように庭へ出してやれと言ったのだが、甥の女房は、こわい顔をして首を横に振りつづけた。「叔父様の大事なお庭を滅茶苦茶茶にするといけないから」

と言うのである。

いいから出してやれとは、五兵衛も言わなかった。子供が水遊びに夢中になると、長居をする破目になると、甥の女房の顔に書いてあった。

案の定、甥の一家は茶を飲んだだけで帰って行った。それも、半刻あまり五兵衛と向いあっていただけで、女房などは、ろくに笑顔も見せなかった。きたくもない家に、亭主の義理できてやったのだと、これも顔に書いてあった。

以来、五兵衛は、真綿問屋へ嫁いだ姪がようすを見にきてくれても、亭主や子供を連れて遊びにこいとは言わない。義理で遊びにきてくれるのなら、きてくれぬ方がましだと思っている。

幸い、祖父の代から目抜き通りに家作を持っていて、暮らしに困ることはなかった。

飯炊きの男も、身のまわりの世話をしてくれる女中もいた。ただ、時折——というよりしばしば、飯炊きの男も女中も五兵衛の叱言に腹を立て、給金などいらぬからやめさせてくれと出て行ってしまうのである。

そのたびに、五兵衛は口入屋へ足をはこんだ。近頃の奉公人の我儘なこと、躾けのわるいことを嘆き、「もう少し、おとなしいのはいないのかね」と、主人に注文をつけるのである。はじめのうちは、「金を返せば五分と五分、主人も奉公人もあったものじゃないと言う奴がふえてきましたからねえ」と相槌を打っていた口入屋の主人も、次第に顔をしかめるようになってきた。「出替わりの時期じゃありませんからね、おとなしい働き者なんざ、いやしませんよ」と、無愛想に言うようになったのだ。

今、鍋町の家にいる飯炊きは、いくら叱言を言っても粥のようなめしを炊くし、薪の燃えかすを火消壺へ入れるのが面倒なのか、足で踏みつぶしてしまう。消炭は火のつきがよいのだ、もったいないことをするなと言っても、どこ吹く風だった。

女中も、四角な座敷を丸く掃く。五兵衛の好物である近頃の海では烏賊がとれず、鶏がよく、あまり好きではない卵焼が朝も晩も出る。卵をうむのかと言えば、「烏賊は気味がわるくてさわれません。卵焼がお嫌いなら残しておくんなさい、わたしがいただきます」と答えるのである。

前の女中が突然やめ

たあと、次が見つからずに苦労したことを知っていて、暇を出せるわけがないとたか
をくくっているのだった。

「どいつも、こいつも」

まったく腹が立つ。

そして、腹が立てば立つほど会いたくなるのが、おはなだった。いや、おはなの母
であるおとくだった。

五兵衛の一人息子、丈太郎は、おとくがみごもってまもない頃に他界した。だるい
と言って床についてから三日目のことで、病いの名すらわからなかった。

お前の我儘で丈太郎が苦労したせいだと、おとくに妙な八つ当りをしなかったとは
言わない。おとくの言うことがいちいち癇にさわって、声を荒らげたりしなかったと
も言わない。身重であることを気遣ったおりゅうが、しばらく実家へ帰っていた方が
よいと言ったことも知っている。

が、だからといって、そのまま戻ってこないのはどういうわけなのか。そう考える
と、五兵衛の方から足しげくたずねて行く気になれないのである。

「おとくにも言い分はあるだろうが」

確かに、五兵衛は生れた孫の顔を見に行った日に、いつまで実家にいるつもりだと

おとくを叱った。実家にいれば上げ膳据膳だが、うちへ戻れば舅夫婦の面倒を見なければならないからな——と、いやみも言った。言ったが、わるかったと後悔しているのだ。おとくも、五兵衛が丈太郎を失って妙に依怙地になっていたことくらい、わかってくれてもよいではないか。

おとくの父の話によると、おりゅうは、機を見ておとくを呼び戻すと、五兵衛の態度を詫びつづけていたそうだ。ところが、おりゅうもまた、風邪をこじらせてあっさりとあの世へ旅立った。おとくの父に言わせれば、おとくは鍋町へ帰るきっかけを失ってしまったのだった。

五兵衛は、荒布橋を渡りかけてためらった。

「今日はよそう」

そう思って踵を返したが、懐にはおはなへのみやげがある。

「でも——」

一人になって人恋しくなったのだろうと、おとくに思われたくはない。膳にのってくる卵焼を見るたびに、おとくなら葱の味噌汁に香の物、鮭に海苔という朝飯をつくってくれた筈だなどと、なつかしがっているとは悟られたくないのである。

「孫がいるんだ。会いに行ってもおかしくはないさ」

おとくが、おはなに舅の悪口を聞かせていないというのも気に入っている。実家は小船町一丁目の廻船問屋だが、兄夫婦に気兼ねして、三丁目の仕舞屋で暮らしているというのも好もしかった。

「行ってみるか」

鍋町へ戻ってこないかという言葉は、のどもとにある。だが、今日もまた、それは口の外へ出てこぬにちがいなかった。

「いやがった」

と、吉次は呟いた。

下っ引の言っていた通りであった。自分の住まいがある神田佐久間町界隈に奴はあまりいない、日本橋や京橋周辺をうろついていることが多いと下っ引は言ったのだが、その男が歩いているのは、日本橋川沿いの道であった。

時折、立ちどまっているのは、少し前を歩いている年寄りを尾けているからだろう。年寄りが頻繁に足をとめるので、追いつきそうになってしまうのだ。

下っ引は、男が以前、鍋町の五兵衛という年寄りに話しかけているのを見たとも言っ

ていたが、前を歩いているのがその五兵衛だった。

「なるほどね」

吉次は、片頬を歪めて笑った。

五兵衛についても調べたが、頑固で、偏屈で、嫁も実家へ逃げたまま帰ってこない
くらいだと、さんざんな評判の男だった。その嫁は小船町に住んでいるといい、五兵
衛は、気がむくと孫に会いに行くらしい。

鍋町からの道順にしては少しおかしいが、今日は、五兵衛の気がむいた日なのだろ
う。男が五兵衛につづいて江戸橋を渡れば荒布橋があり、荒布橋を渡れば小船町とな
る。

男が、江戸橋を渡ろうとした。

頬かむりをした吉次も、腕組みをしてあとを追おうとした。

だが、男は、あわてて引き返してきた。荒布橋を渡って行くとばかり思った五兵衛
が、ふいに踵を返したのだった。

「ばかやろう。話しかけるにゃ、ちょうどいい機じゃねえか。ここで商売をおっぱじ
めてくれりゃ、あっちこっち歩きまわらずにすむってのに」

胸のうちで毒づいたが、男は、蔵屋敷の間へ駆け込んで行った。蔵屋敷の間には

稲荷（いなり）社があり、おそらく、その木立の中に隠れたのだろう。やむをえなかった。江戸橋を渡った吉次は、五兵衛の前を通り過ぎ、左へ折れて本船町の横丁へ入った。五兵衛に顔を知られていなかったのが幸いであった。

道を間違えたふりをしてもとへ戻ると、男も蔵屋敷の横丁から出てきたところだった。

男とは二、三度顔を合わせたことがある。皺（しわ）の深い吉次の顔を、男は忘れていない筈（はず）だが、頬かむりをして寒そうに背を丸めているのでわからないのだろう。吉次は、道に迷ったふりをしつづけた。行きつ戻りつしてみたり、路地の数をかぞえたりしていると、男が橋を渡ろうとした。五兵衛がまた、江戸橋を渡ったのだった。

今、男に吉次と気づかれては困る。が、近づけば、頬かむりではごまかせない。吉次は、舌打ちをして踵（きびす）を返した。その時に、もし――という声が聞えた。

ふりかえると、荒布橋を渡ろうとしていた五兵衛が足をとめている。男はおそらく、江戸橋を小走りに渡ったのだろう、本船町側のたもとに立っていて、人のよさそうな笑みを口許に浮かべている。

今でこそ佐久間町の長屋住まい（わかまえ）だが、かつては日本橋青物町にあった鰹節問屋（かつおぶし）の一人息子であったという。我儘（わがまま）だが人はわるくなかったらしい当時を、髷髴（ほうふつ）とさせるよ

うな笑顔だった。

「あ、やっぱり鍋町の旦那だ」

と、幸助は言った。

「さっきから、似ているなあとは思っていたのですが。――どちらへおいでです？」

孫に会いたくなったのだろうとは、わかっていた。身内の者に会うのは癖になる。音沙汰なしで暮らしていれば、淋しいことは淋しいが、会いたさにいても立ってもいられなくなるということはない。が、一度身内の家へ行って、親子やら兄弟やらのおいを嗅いでしまうとだめなのだ。食べ物のすえたにおいばかりがこもっているような自分の家へ帰るのがいやになるのである。

両親をあいついで失くし、青物町の店も人手に渡って、南小田原町の裏店で一人暮らしをはじめた頃、幸助は叔父の家へ泊りに行ったことがある。叔父には叱言を百万遍も言われたが、いとこの女房は親切だったし、暖かいめしも焼魚も、縄暖簾のそれとは比較にならぬほどうまかった。

二晩泊めてもらい、三日目の夕暮れに「またくればいい」という叔父の言葉に送ら

れて家へ戻ったのだが、明りのついていない家の暗さがまず、いやになった。「今帰っ
た」と言っても、当然のことながら返事はない。

叔父の家へ行く前に脱ぎ捨てていった着物は、丸められて部屋の真中に置かれたま
まだし、急須の中では茶の葉がひからびていた。

いとこの女房が持たせてくれた菓子を一人で食べるのも気のきかぬ話だと、縄暖簾
へ行くつもりで外へ飛び出せば、味噌汁ではなく、築地の川がはこんでくる潮のにお
いがする。縄暖簾で顔見知りを見つけ、足許もあやうくなるくらいに飲んで、家へ戻
ればまた暗闇だった。明りの入っていない行燈と、ひからびた茶の葉の入っている急
須と、いとこの女房が持たせてくれた菓子が、ぽつねんと幸助を待っていたのである。

縄暖簾で一緒に飲んだ顔見知りにも女房がいる、そう思うと、一人きりでつめたい
布団にもぐり込む自分が情けなくなってきて、つい足が叔父の家へ向った。叔父もい
とこも乾物の商いをしていて暇ではないのだとわかっているのだが、そこが我儘いっ
ぱいに育った者の弱さだった。

まず、いとこは「うちの親父の、たった一人の身内なんだから」と言ってくれた。その
が、叔父が露骨にいやな顔をした。しばらく遠慮をした方がよいかなとも思った
言葉にすがって、「またきちゃったよ」と甘えていたのがいけなかった。

叔父の女房といとこの女房がよそよそしくなって、奉公人の態度もぞんざいになった。頼みの綱のいとこが、「いい加減にしてくれないか」と言い出したのは、それからまもなくだった。

母方の伯父の家でも同じであった。ただ、いやな顔をした順番はちがっていた。まず伯父の女房が不機嫌になり、ついで三人のいとこ、最後に伯父が顔をしかめた。家の中へは上げてくれずに幸助を物陰へ呼び、内緒で小遣いをくれて、「働き口を探せ」と言ったのである。

働き口を探せったって……。

探せるくらいなら、苦労はしない。自慢にはならないが、父親に他人のめしを食えと言われて奉公に行った店から、いくら取引先の一人息子でも我儘が過ぎると帰されたのだ。幸助に見込があると思えば、父親が逝ったあとでも、取引先がつきあいを断ってきたりはしなかっただろう。働き口を探すには、つてを頼るほかはない。が、その

つてが皆、幸助に愛想をつかしているのだ。

そんなわけで泊りに行くところもなくなって、しばらくの間は酒びたりになっていたが、三月たち、半年たちするうちに気持が落着いてきた。なまじ身内のにおいを嗅ぐと、なおさら淋しくなると、気づいたのだった。以来、幸助は、親戚の店がある町

を避けて歩くほど、身内のにおいには注意している。

「おや、甚助さん」

ふりかえった五兵衛は、幸助が偽って教えた名前を言って、救われたような顔をした。今日もまた、話相手欲しさに嫁の家へ行くつもりになったものの、しばしばたずねて行っては沽券にかかわるとか何とか、つまらないことを考えていたらしい。

幸助の商売は、五兵衛のような年寄りがいるお蔭で成り立つ。軀は楽だし、商売をしている間は幸助も淋しさを忘れていて、実によい商売だと思うのだが、欠点は、いい商売だと親戚一同に認めてもらえないことだった。

「こんなところへお出かけで？」

と、五兵衛は、渡りかけていた橋に背を向けた。幸助は、うなずいて眉をひそめた。

「実は、このあたりに幼馴染みがいるんですが」

「ほう。それは初耳ですな」

「ええ、二年ほど前に引っ越したとかで、わたしも知らなかったんです。ところがつい先日、神田でばったり出会いましてね」

「ご縁があるのですよ」

「いえ、男です」

幸助が笑うと、五兵衛も笑った。その笑い声を、日本橋川から吹いてきた風が本船町の路地の奥まで飛ばして行った。

「ひさしぶりだから飲もうということになりまして」

「そそっかしいお人ですねえ。わたしがはじめてお会いした時も、空（から）の財布をお持ちだったじゃありませんか」

「大盤振舞（おおばんぶるまい）——と言ったところで縄暖簾ですが、さんざん飲んだあとで、財布に金を入れてこなかったことに気づきました」

「当然です」

そうだったと、幸助は思った。あの時は破れた財布を見せ、一分金と少々の銭が入っていたのに、落としてしまったと言ったのだった。石につまずいて転んだ五兵衛を、助け起こした時だった。

すぐ目の前を歩いていた五兵衛が、突然転んだのである。よい客になるかもしれぬとは思っていたのだが、どんな風に話をもちかけるか、まだ考えていなかった。咄嗟（とっさ）に助け起こしたものの、幸助は、上の空で五兵衛の礼を聞いていた。

それが、異様に見えたらしい。どうかしたのかと、五兵衛の方が幸助に尋ねた。借りたほかに方法は思いつかなかった。幸助は破れた財布を懐から出して見せた。

ら返せぬと尻込みをする幸助の手に、五兵衛がその金を握らせてくれたことは言うまでもない。

また『空の財布』という手を使い、あやしまれたかと背を冷汗が流れたが、五兵衛は、「そそっかしいことにかけては、わたしも人後に落ちません」と言って笑った。

むりに笑ったようだった。

咎めるような口調になったのを後悔したのかもしれぬと思い、幸助も一緒に笑うことにした。日本橋川の風が、またその笑い声をはこんで行った。

「で、幼馴染みだというお方に、お金を借りてしまったというわけですな」

「ええ、まあ、そんなところです」

「では、そこまでご一緒しましょうか。わたしもね、この近くに知り合いがいるんです」

「へええ──と驚いてみせたあとで、幸助は頭をかいた。

「実は、その幼馴染みの家がどこか、聞いておいた筈なんですが、何分、酔っていたもので。わからなくなっちまったんですよ」

「甚助さんらしい。で、何という町の何丁目です？ このあたりは多少わかりますから、お教えしますよ」

「有難うございます。堀江町の二丁目だというんですが」

　幸助は、いつも懐へ入れている紙きれを出した。

　歯磨粉の引札を破いて書いたもので、大通りをあらわす二本の線に沿って、幾つもの四角がならんでいる。家並だった。家並の間には路地が書かれているが、無論、町名は書いていない。その絵図を見せる人によって、町名がちがってくるからだ。

「どれどれ」

　たいていの年寄りがそうするように、五兵衛も眉間に皺を寄せて紙きれをのぞき込んだ。

「紙は小さいし、文字はかすれているし、よくわからないな。確か、堀江町の二丁目だと言いなすったよねえ」

「ええ。縄暖簾の親爺が、筆も気のきいた紙もないというんでね、硯だけ借りて、楊枝の先で書いたんです」

「道理で読みにくい筈だ。堀江町は、畳表や菅笠の問屋が多いのだが。この丸印がお知り合いの家だとすると、こっちの印は何ですかえ」

「ええっと、何だっけなあ」

　首をかしげる幸助にじれったくなったのか、五兵衛は、紙きれを自分の手に持った。

「何かおかしな絵図だが、これが二丁目だとすると、ここに鰻屋がある筈なのですが
ね」

五兵衛は、紙きれの隅を指さそうとした。

「その隣り、そらここに菅笠問屋があって……ええ、この巾着が邪魔になる。ちょっ
と持っていてもらえませんか」

幸助は、それを待っていたのだった。

五兵衛は、いつも印伝の革でつくった大きめの巾着をさげている。どこに何を置い
たか忘れてしまうことが多くなったので、この袋に、薬や鍵などを入れておくのだと
言っていた。幸助の手に握らせてくれた一分金も、この袋の中から出てきたものだ。

「だが、菅笠問屋の隣りに路地はないのですがねえ」

「向うも酔っていたものですから。これは、わたしに描かせたんですよ。これでいい
のかと、念を押したのですけどねえ」

「困った人達だ。が、路地がなくってもいいのだとすると……」

五兵衛は、紙きれに見入っている。幸助は五兵衛の向い側にまわって、菅笠問屋を
書いたつもりはない絵図をのぞきこんだ。巾着の紐をゆるめている幸助の手は、五兵
衛と幸助の軀の陰になって、道行く人からは見えない筈であった。

「ここが菓子屋で、菓子屋の先に仕舞屋があったと思ったが」

「それです、それです。そう言やあ、菓子屋がどうのこうのと言っていた」

指に財布の紐が触れた。それから先は、わけはなかった。財布をつまんで、自分の懐へ移せばいいのである。たいていの年寄りは、どこかで落としたと思い、場合によっては一緒に探してやる幸助に感謝する。

だが、五兵衛に巾着を渡そうとすると、妙な笑い声が聞えてきた。

「見たぜ」

背筋に悪寒が走った。聞き覚えのある声だった。幸助は、かたまってしまったような首を、懸命に横へ向けた。一寸ほど動かすのに、きしんで鳴ったようだった。

「そこの旦那、ちょいとその巾着を開けてみねえ」

大根河岸の吉次とか、蝮の吉次とかいう岡っ引だった。

幸助は、巾着を放り出して逃げようとした。が、走れなかった。足がすくんでいたこともあるが、五兵衛が、しっかりと袖をつかんでいたのである。

巾着を開けてみろなどとよけいなことを言うのは、岡っ引だろうと五兵衛は思った。

それも、たちのわるい岡っ引にちがいない。目を見れば、すぐにわかる。眠っている
のかと思うほど細いくせに、その視線を浴びると、軀が粘ついてくるような気がする
のである。

五兵衛は、岡っ引のその視線を払いのけるように手を振ってから、甚助に持たせて
いた巾着を受け取った。

「開けてみねえ」

と、岡っ引が催促をする。　五兵衛は、顔をしかめて紐をゆるめた。

「失くなっているだろうが」

「何がでございます?」

「財布だよ」

そんなことは、巾着を開ける前からわかっていた。五兵衛は、甚助が尾けてくるの
も知っていたし、金を欲しがっていることにも気づいていた。だからこそ巾着を渡し
てやったので、五兵衛の向い側にまわって紙きれをのぞき込んだ時は、手際よくやれ
と声をかけてやりたかったくらいだった。

五兵衛は甚助を見た。案の定、歯の根も合わぬほど震えていた。

いくじなし。

　五兵衛は、苦笑いをしながら岡っ引に顔を向けた。

「妙なことを言いなさるお人でございますな。巾着の中には、はじめから財布など入っておりません」

「嘘をつけ」

「嘘をつけなどと言われる筋合いはございません」

「また妙なことを。この巾着は、わたしのものでございますよ。他人のお前様から、嘘をつけなどと言われる筋合いはございません」

「なめるなよ」

　岡っ引は、口許に薄い笑いを浮かべた。

「俺ぁ、この男が巾着の中へ手を入れて、財布をひきずり出すのを見ていたんだ」

「失礼ながら、手拭いとお間違えになったのでございましょう。わたしは、懐と巾着と、二本の手拭いを入れております」

「なぜ、かばう」

　岡っ引の視線がからみついた。五兵衛は、懐から手拭いを出して、胸のあたりをはたいた。

「かかわりあいたくねえなんざ、よくねえ料簡だぜ」

「何がかかわりあいです。巾着の中へ財布を入れてこなけりゃいけない、そういうき

「お前、──俺が気にくわねえってんで、こいつをかばっているのじゃねえだろうな。俺ぁ、この間からこの男に目をつけて動いているんだぜ」

人に好かれたことのない者は、こんな子供じみた言いがかりをつけてくる。この岡っ引は、よくよく嫌われているのだろうと、五兵衛は思った。

「親分には、はじめてお目にかかりました。気にくわないも何も、あったものじゃございません。わたしは、巾着の中になど財布は入れないと申し上げているだけです」

「それじゃあ、どこに持っているのだえ」

「あいにく今日は持たずに出てきました。嫁のところへ行きますのでね、嫁から小遣いをもらえると思ったのですよ」

そうなったら、どんなによいだろう。

「この男の懐を探って、お前の財布が出てきたらどうする」

「財布は出てくるかもしれませんが、甚助さんのものです」

「甚助さんだと？」

岡っ引は、かわいた声で笑った。

「お前、こいつを甚助ってえ男だと思っているのかえ」

まりでもあるんですかえ」

「思っています。いけませんかえ？」

「教えてやらあ。こいつは、迷子の幸助ってえ男だよ。道に迷ったふりをして年寄りに近づき、隙を見て金をかっぱらうってえご立派なお人だ」

「甚助さんです」

五兵衛は、頑固に言い張った。自分が甚助だと思っているのだから、この男は甚助なのだと思った。

「幸助だよ」

「甚助さんです」

「金を盗まれているんだぜ」

「盗まれていません。名前は甚助さんです」

金は甚助にくれてやったのだ。岡っ引が口を出すところではない。先祖が家作を残してくれたお蔭で、紀伊国屋文左衛門のような贅沢はできないが、着るものや食べるものに不自由しないくらいの金は、いつでも懐に入ってくる。

幸せなことに、五兵衛は金で苦労をしたことはない。

が、なぜか人には好かれなかった。同じ屋根の下で暮らしている女中でさえ、五兵衛が階段の途中で足を滑らせた時、噴き出しそうになった顔を袂でおおって、台所へ

駆けて行った。いい気味だと思ったようだった。

甚助は、見ず知らずの年寄りが転んだというのに、駆け寄ってきて抱き起こしてくれたのである。しかも数日後に、具合はどうだと言ってたずねてきてくれた。

金くらい、何だというのだ。

甚助は、五兵衛を嫌っていない。甘やかされて育ったせいで、辛抱とか我慢とかいうものがまるでできず、周囲の人達から愛想をつかされて、店をつぶしてしまったとまで五兵衛に打ち明けたのだ。

五兵衛は、親身になって聞いてやった。できのわるい甥の相談に、のってやっているような気分だった。甥なら小遣いを渡しても不思議はないのだが、妙に遠慮をするので、持ってゆくにまかせておいた。

それのどこがわるい。ご定法など五兵衛の知る由もないが、まさか、年寄りを慰めにくる者に、金をくれてやってはならぬなどと記されてはいまい。

「さ、どうぞ、親分さん。ついでにわたしの懐も探って下すって結構ですよ」

岡っ引は、首をすくめた。

「わたしは、番屋へでもどこへでもまいりますよ。脅すわけじゃないが、親分さんに言いがかりをつけられたと申し上げればいいんですから」

「わかったよ」

岡っ引は、やぞうをつくって背を向けた。

「頑固と我儘、いい組み合わせだよ」

「わたしは、頑固と思っておりませんが」

五兵衛は、一番嫌いな言葉に顔をしかめながら頭を下げた。

頑固とは聞いていたが、あれほどとは思わなかったと、吉次は苦笑いをした。

話のようすでは、幸助の正体にまったく気づいていないわけでもないようだが、多分、ろくに孫の顔も見に行けない淋しさから、幸助のような男でも、いないよりましと思っていたのかもしれない。

幸助は、年寄りに甘ったれながら盗みを働いているような男だった。根っからの悪党ではない。吉次にとっては「罪人をつくりたかあねえが」と脅しやすい相手であった。

が、甚助であると言い張った五兵衛の気持は、幸助も身にしみたことだろう。

そこで幸助がどう出るか。並の男であれば、まともな人間になるまで五兵衛には会

うまいと考える。並の男であれば──の話だ。

幸助は、意地も張りもない男である。臆面もなく五兵衛の家に住みついて、家賃を集める役目をひきうけるのではないか。五兵衛もそれを喜ぶだろう。

くそ。いい金蔓を見つけたと思ったのに。

二人は今夜、飲み明かす。肴は無論、吉次の悪口だ。

「勝手にしやがれってんだ」

ま、二人で暮らすようになっても、すぐに五兵衛は癇癪を起こし、幸助も、雨の日に家賃を集めに行くのはどうのこうのと言い出す筈だ。早く言えば、幸助が飛び出すか、五兵衛が幸助を追い出す。ざまあみろってんだ。

幸運なんてものは、そう簡単にゃこねえんだよ。

吉次は肩をそびやかした。その衿首を、日本橋川からのつめたい風が触れて行った。

あかり

慶次郎は、昼の八つからきていたらしい。晃之助が奉行所から帰ってくると、皐月は注文の品が届かぬのにじれて魚屋へ出かけたといい、慶次郎が一人で茶を飲んでいた。

五日前にきた時は、みごもっている皐月をどういたわればよいのかわからないと言った晃之助を笑っていたのだが、自分も気がかりでならぬのだろう。これまでは、どうかすると一月（ひとつき）以上も顔を見せなかったものだが、近頃は、五日に一度くらいの割合でたずねてくる。

魚屋から帰ってきた皐月は、留守にしてしまったことを詫びるとすぐ、「女っ振りが上がった」と慶次郎に褒められたと言った。鏡を見るたび、目がきつくなって意地のわるそうな顔になったと嘆いていた皐月にとって、慶次郎の一言は、何よりも嬉（うれ）しかったのだろう。

夕食の膳（ぜん）には、当然のことながら慶次郎の好物がならんでいた。蕗薹（ふきのとう）をきざみ込んだ嘗物（なめもの）や、鮑（あわび）のわたあえは晃之助も好物で、それが食べられるのは嬉しいのだが、慶

次郎に点数を稼がれたような気もする。養父上にはかなわないと、素直に思うことにした。

「初孫か――」と言いながら、慶次郎は盃をかさねている。めずらしく酔ったのか、目の縁が赤くなっている。

泊まってゆくつもりだろうと、晃之助は思った。皐月も、客間へ床をとろうとしていたらしい。が、茶漬けを食べ、苦い茶をうまそうに飲んだ慶次郎は、ぼちぼち帰るかと言って腰を上げた。

宵の口、五つの鐘が鳴ったばかりで、根岸まで帰れないことはない。二十五歳の晃之助に勝るとも劣らぬほど、足腰の達者な慶次郎だが、やはり、年齢は年齢である。歩いているうちに酔いがまわるかもしれなかった。

泊ってゆけと、皐月も言った。晃之助は「ひさしぶりに一局」と将棋をさす真似をしたのだが、慶次郎は、礼を言って立ち上がった。寮番が始終泊っているようでは役に立たないと言う。山口屋は、遠慮なく泊りに行ってくれと言っているらしいのだが、慶次郎の気性では、そう言われるとなお、寮を明けられなくなるのかもしれなかった。昼は大分暖かくなったのだが、晃之助は、羽織を着た。途中まで送ることにして、そう言われるとなお、寮を明けられなくなるのかもしれなかった。昼は大分暖かくなったのだが、まだ夜になると冷えてくる。

　町方の組屋敷がならぶ一劃を過ぎたあたりで、慶次郎は、もういいと言った。が、足どりが少しこころもとなかった。晃之助は、慶次郎の酔いが醒めるまで、ついて行くことにした。

　海賊橋を渡り、さすがに人通りの少くなった本材木町を通って、日本橋川にかかっている江戸橋を渡った。左へ曲がると、魚河岸になる。

　右側は伊勢町堀で、堀沿いの道をしばらく歩き、伊勢町の角を曲がろうとした慶次郎の足がふいにとまった。

　角から二軒めは、大工の棟梁の家なのだろう。家の前にも、堀沿いのわずかな空地にも材木がたてかけてあり、濃い闇をつくっている。その中で、人の気配がするのである。

「誰だ」

　と、晃之助が言った。

　返事はない。

　もう一度同じことを尋ねると、返事のかわりに泣声が聞えてきた。若い娘のようだった。

　慶次郎を見たが、慶次郎は横を向いた。若い娘はそちらが得手だろうというところ

かもしれなかった。

晃之助は、苦笑いをしながら材木のつくる闇に近づいた。その足音におびえたのか、泣声はいっそう高くなった。

「怖がらないでいいよ。俺は、定町廻りだ」

それで泣声のやむわけがない。晃之助は闇の前に蹲った。

「どうした。迷子になるような年齢じゃないだろうが。奉公先の旦那かお内儀に、叱られたのかえ」

しばらく待ってみたが、泣声がつづくだけで答えはない。が、目が闇に慣れてきた。

材木の間にいる娘は、地面に坐り込んでいるようだった。

「そんなところで夜通し泣いている気かえ。さ、うちはどこだ。送って行ってやるよ」

晃之助は、着物の袖があるあたりへ手をのばした。ともかく、娘を月明りの下へ出そうと思ったのだった。

闇の中の影が突然動いた。それも、思いがけない動きだった。晃之助に飛びついてきたのである。尻餅をつきそうになったのをこらえ、晃之助は、胸に頬を押しつけてきた娘を引き剝がそうとした。

娘は、晃之助の衿もとを握りしめ、はげしくかぶりを振った。

「いや、いや。死んじまう……」

「死んじまうって、お前……」

「死んでやるから。わたし、ほんとに死んでやるから」

「待ちな。何があったのか、俺に話してみな」

晃之助は、娘を抱きかかえるようにして立ち上がった。

だが、おさきとなのった娘の話は、まるで要領を得なかった。

伊勢町から離れた神田多町の長屋で一人暮らしをしているというのだが、男につれない仕打をされたわけではなさそうなのである。隣りや向いの女房達に、いじめられたというのでもないらしい。

ただ、慶次郎が長屋に住んでいる者の名前を尋ねると、横を向いた。かろうじて女房達の名は知っているのだが、子供の名はあまり知らぬらしい。朝早く仕事に出かけて行く亭主達の名は、ほとんど聞いたことがないようだった。

「越してきたばかりなのですかね」

一緒におさきを多町の長屋へ送って行き、八丁堀へ戻ることになった慶次郎へ、晃

之助は尋ねてみた。越してきたばかりにしては、へっついの上の釜や棚の上のざるなどが妙に家になじんでいたように思えるのだが、長屋暮らしをしていて向う三軒両隣りの住人の名を知らぬ者に、晃之助は会ったことがなかった。

「さあてね」

慶次郎は腕を組んで、晃之助が考えているのと同じことを言った。

「俺は、あの娘の顔つきが気になったね」

お世辞にも、美しいとは言えない容貌だった。色は黒く、鼻のかたちもわるいのだが、何よりも人に不快な感じをあたえるのは、目つきだった。暗く、人を真正面から見ようとしないのである。

世の中には、格別に美しくない娘は大勢いる筈だった。が、美しい顔立ちでなくても、可愛らしく見える娘も多勢いる。可愛らしく見えるのは、彼女達が明るいからだった。母親がわたしをおたふくに生んだと嘆きながら、大福を見れば喜んでかぶりつくような愛嬌があるからだった。

おさきには、それがない。送って行った慶次郎と晃之助に茶をいれてくれても、自分は茶碗すら持たず、相手のしぐさを上目遣いに眺めているので、ゆっくり飲んでいられなくなるのだった。

気が滅入ってくるような娘だと、晃之助は思う。意地のわるい顔つきになったと心配している皐月が、お腹の子供にこの顔つきがうつらぬようにと、鏡を見ては自分自身に笑いかけている気持がわかったような気がした。

「父親が残してくれた金で暮らしていると言っていたな」

お針が達者なわけでもなし、お世辞が言えるわけでもなし、何の取柄もない女なので、倹約をして暮らしてゆこうと、須田町の裏店から多町の長屋へ越してきたという。が、外へ出るのは、魚売りや油売りがきた時だけだというのである。長屋の女房達と顔を合わせても、何を話してよいのかわからず、ていねいに挨拶をして戻ってくるという。

「それで淋しくないのかえ」

と、晃之助は言った。

「淋しいです」

と、おさきは目を伏せて答えた。

「でも、人に会った時、何を話せばよいのかわからなくなってしまうんです。うちの中にいる時は、今度、お隣りのおかみさんに会った時はこんな挨拶をしようとか、お向いには、こういうことを言えばいいって考えているんですけれども」

「話しているじゃないか、そうやって」

おさきは、驚いたように晃之助を見た。そしてそれ以後は、何を尋ねてもうなずくか、かぶりを振るかのしぐさだけになった。

手間はかかったが、幾つかのことはわかった。

母親は如才ない人だったが、父親よりも先に逝いた。父親は、経師屋としての腕も、古道具屋から掘出物を見つけてくる目も持っていたが、愛想はわるかった。

母親の死後は、豆を煮たの、頂戴物のお裾分けのと言って、家の庭へ入ってきてくれる近所の人もいなくなった。それでも何とかつきあってもらおうと、おさきも努力はした。が、どうしても、うまくゆかない。煮豆の礼に、高価な菓子を持って行って、いやな顔をされたこともあるという。

「高価なものをもらったって、嬉しくないこともあるんだよ」

と、晃之助は言ったが、おさきは俯いたままだった。無愛想な顔で、むっつりと菓子を差し出されたならば、受け取る方は、よけいなことをしてくれるから礼をしなければならなくなると、文句を言われているような気がする、そう教えてやったのだが、それにも返事はなかった。そうとわかっていても、明るい顔ができないから苦労しているのだと言いたかったのかもしれなかった。

多町へ越してきたのは、父親が他界したあとの今から三年前、おさきが二十になっ
た時だった。

以来、家にひきこもったままの暮らしをつづけている。身寄りの者に同居させても
らおうにも、兄妹はない。父親は相模、母親は下野の生れで、そこへ行けば伯父やい
とこもいるらしいが、会ったことはない。魚も米も油も買わなかった日は、気がつく
と、一言も喋っていなかったという。

「病いですかねえ、ああなると」

「さあてね。俺にもわからねえ」

頼りない答えが返ってきた。

このまま年齢をとってゆくのかしら。——

おさきは、明りを消した闇を見つめて呟いた。

半刻も前に寝床へ入ったのだが、昨日の夜もその前の夜も、いや、何年も前の夜か

らずっとそうだったように、眠れない。このまま年齢をとってゆくのかとは、幾度呟

いたかわからなかった。

昨日の夕方、油売りは、「きれいになったね、こちらのお客さんは」と言いながら、油をはかりはじめた。木戸の前に荷をおろしていて、そばには順番を待っている長屋の女房達も、蹲って油売りのお喋りを聞いている子供達もいた。

油売りがお喋りも売りものにしていることは、おさきも知っている。だが、客をおだてればよいというものでもあるまい。きれいになったとおさきを褒めたあとで、油売りは、「いい人と、もうじき所帯をもつって顔に書いてあるよ」と言ったのである。

女房達が笑った。おさきは、耳朶まで赤くしてかぶりを振った。

が、油売りは、いつものようにまくしたてた。

「着物の詰まった長持は、重たいだけで音はせず、中味の軽い長持は、入っているぞと音をたてってね。おいらの誘いに、もてない女は思わせぶりを、もてる女は、だめと言う。ええっと、名前はまだ聞いてなかったっけ、それじゃあきれいな娘さんでいいや。きれいな娘さん、おいらのやきもち自棄っぱちで、おまけをしておくよ」

女房達につられたのだろう、子供達も声をあげて笑った。しかも、いつまでも笑いやまなかった。おさきにはそれが、嘘八百をならべたてて喋りまくるのが商売の油売りにしても、よくもそこまで嘘がつけたと言っているように思えた。

みんな、わたしに言い寄る男なんていないと思ってるんだ。このまま来年は二十四

になって、次の年には二十五になって、三十、四十と年齢をとって、死んでゆくと思っ
てるんだ。

泣きたかった。が、大声で泣きわめく度胸もなく、おさきは家を出た。「ばかやろう」
と呟きながら小石を蹴り、目についた稲荷社の鳥居を殴りつけて、どこをどう歩いて
行ったのだろう。気がつくと、あの材木の暗闇の中にいた。

死んでしまいたかった。死んでしまいたかったが、あの暗がりでのどを突いたとし
ても、油売りや長屋の女房達は、「死ぬようには見えなかったがねえ」と言うだけに
ちがいなかった。

油売りの言葉に傷つけられたという遺書を書いても、「俺あ、きれいになったと褒
めたんだぜ。ひねくれるのも、いい加減にしてくれと言いてえや」と油売りは言い、
長屋の人達も差配も、岡っ引も同心も、その通りだとうなずくだろう。長屋の人達は
誰も親しくしてくれなかったと、その淋しさを書きつらねても、長屋の女達は、「そ
れなら、うちへ遊びにくりゃいいのに」と、おさきのくるのを待っていたようなこと
を言う筈だった。

でも、それは、半分以上が嘘だ。油売りは、縹緻のよくないおさきが、男友達さえ
つくれずに年齢をとってゆくのを見てからかったにちがいないし、女達は、「あんな

に陰気な女とつきあうと、百人くらいの貧乏神にとりつかれそうだ」と、話している
にちがいないのである。

いやだ、そんなところへ出て行くのは。わたしなど、生れてこなければよかったの
だ。わたしを生んだおっ母さんでさえ、「どうして陰気な性分だけ、お父つぁんに似
てしまったんだろう」と、悲しそうな顔をしていたではないか。あれは、生れてこな
い方がこの子は幸せだったにちがいないと、生んだことを後悔していたのだ。

死んでやる。

昨日も、そう思って家を出た。一昨日は大川端まで行って、半日、川の水を眺めて
帰ってきた。「死んでやる」というかたい決心をしているつもりなのにまだ、死にた
くないという気持が残っているらしい。命を捨てることがこわいのだ。長屋の人達が
嘲笑（あざわら）うような目を向けるのは、おさきのそんなためらいに気がついているからかもし
れなかった。

いやだ。

みんな嫌いだ。

死んでやる、必ず——。

「およし」

と言う声が聞えたような気がした。おさきは飛び起きてあたりを見廻した。人のいる気配はなかった。　行燈に火を入れても、誰もいなかった。

家の中は静まりかえっていた。声も聞えてはこなかったが、おさきは、その声の主を思い出した。昨夜出会った定町廻り同心だった。

同心は、黙りこくっているおさきに辛抱強く「死んでやらねばならぬ理由」を尋ね、「それで淋しくないのか」と目を見張った。おさきの胸のうちを少しでも察してくれたのは、彼がはじめてだった。

もう一度会って話をしたい。

そう思った。が、どうすればよいのだろう。自身番屋の前に立って、彼が市中見廻りにくるのをたずねて行くなど思いもよらぬ。自身番屋の前に立って、彼が市中見廻りにくるのを待っていたならば、会える前に番屋の人達に怪しまれ、追い払われてしまう。事情を説明するなど、おさきにできるわけがなかった。

やっぱりだめだ、わたしは。──

やっぱり死ぬほかはない。　生れてこなければよかったのだ。

泣き出しそうな顔を両手でおおって夜具の上に倒れた時、おさきの脳裏を稲妻が走った。　会える方法が一つあった。

町方同心は、夕暮七つに帰宅する。

見廻りを終えた晃之助は、先に戻っていた隣屋敷の島中賢吾と、しばらく世間話をしてから奉行所を出た。

賢吾の見廻りも、ここ数日、夫婦喧嘩（げんか）の女房が自身番屋へ飛び込んできたほかは何事もなく、平穏無事に終っているという。無事も疲れると、賢吾は贅沢（ぜいたく）なことを言って、あくびをした。

「こんな時にこそ買いためた書物を読めばよいのだがな」

「かえって書見台（しょけんだい）へ向わなくなるのでしょう」

「晃さんも同じか」

晃之助は苦笑した。三日前に買った漢籍（かんせき）を読みかけて、そのままになっていたのである。

「今日は読みましょう、お互いに」と、晃之助は言ったが、屋敷に着くと、先に天王町へ帰った筈の辰吉が待っていた。神田を通りかかった時に、多町の差配が追いかけてきたのだという。

辰吉は、晃之助を気の毒そうに見て、「おさきという女をご存じですか」と言った。

覚えていた。昨夜、伊勢町で出会った娘だった。

辰吉が知らせにくるということは、娘が事件を起こしたか巻き込まれたか、どちらかだった。晃之助は、娘が「死んでやる」と泣きじゃくったことを思い出した。

脱ぎかけた羽織の紐を結び、十手を懐へ押し込んで、晃之助は、出迎えの皐月に背を向けた。辰吉が、外へ出た晃之助を追いかけてきた。娘が何をしたのかは、神田へ行くまでの間に聞ける筈だった。

「おさきがどうかしたのか」

辰吉が肩をならべてくるのを待って、晃之助は尋ねた。

「まさか、死んだのじゃあるまいな」

「大丈夫です。おさきは、怪我一つしちゃいません」

辰吉は、苦笑して言葉をつづけた。

「ちょいとおかしなところもあるんですが、ま、順に話しやす。あっしを呼びとめた差配が言うには、おさきは八つ過ぎに番屋へ飛び込んできたそうで」

大事な金を盗まれたと、おさきは必死の形相で叫んだという。が、そのあとが大変だった。金を盗まれたと繰返し、涙をこぼすだけで、詳しいことを話そうとしないの

である。

番屋に居合わせた差配達は、むりもないと思ったらしい。虎の子の金を盗まれれば、日頃お喋りで有名な者も、ただ泣くだけで何も言えぬようになってしまうこともある。

ましておさきは、無愛想と無口で、この界隈では知られた娘だった。

が、盗まれたようすを尋ねているうちに、盗まれた金額も時刻も変わってしまう。

十五両が十両になり、今朝と言ったのがたった今になって、金を隠してあった場所も、行李の底、畳の下、塩の甕の中と二転三転した。

「それも、尋ねられなけりゃ、答えねえってありさまで、番屋の連中は往生したらしい。が、たった一つだけ、尋ねられねえことをおさきが言った」

そこで言葉を切って、辰吉は晃之助を見た。辰吉の次の言葉は見当がついていた。

「森口様をお呼びしてくれ、そう言ったんだそうで」

晃之助は黙っていた。

「それでわかりやしたよ。どこでお会いなすったのか知りやせんが、おさきは旦那に一目惚れをした。で、もう一度会いてえってんで、盗まれもしねえ金を盗まれたと言った。よくある話だが、定町廻りの男っ振りがいいってのも困ったものでさ」

「辰吉親分ほどじゃないさ」

「ご冗談で」

「おさきはまだ番屋かえ」

それが――と、辰吉は真顔になった。

「嘘をつくなと番屋の差配達に叱られて、おさきは泣きながら帰って行ったそうですが」

おさきは、七つの鐘が鳴る頃にまた番屋へ顔を出した。

「金を盗んだという男を連れてきたんでさ」

「見てきたのかえ、その男を」

「へえ。一癖ありげな男ですが、手前が金を盗んだことで、もし持主が苦労をすることになったら申訳ないと思ったと、神妙な顔で言っておりやした」

「おさきは？」

「おびえているように見えやした。もっとも、いつもそんな顔をしているそうですが」

「腑に落ちねえ話だな」

多町の町並が見えてきた。霞のような夕闇がおりている。まもなく暮六つの鐘が鳴る筈だった。

べとつくような視線を感じてふりかえった。案の定、増吉となのった男が、おさきを見つめていた。

おさきと視線が出会った増吉は、片頬で笑った。おさきは身震いをして横を向いた。

背に悪寒が走り、身震いがおさまるどころか、手も足も、首までもが震えてきた。

番屋には、おさきの長屋の差配をつとめている六兵衛もいるのだが、六兵衛は、「大丈夫だよ」と言っておさきの肩に手を置いた。これまでにも盗みを働いたことがあると白状しているので遠島か江戸払いにはなる、仕返しを恐れることはないというのだった。

増吉が浮かべる笑いの意味は、六兵衛にはわからない。罰が当ったのだと、おさきは思った。

六兵衛は、増吉が呉服問屋へも盗みに入ったと言っているが、呉服問屋は何事もなかったと言っているそうだ。呉服問屋の言っていることが正しいのだと、おさきは思う。

が、それを、どんな風に六兵衛や他の差配達に伝えればよいのだろう。おさきが言葉につかえているうちに、増吉は立板に水のように喋り出す。喋り馴れないおさきの

言葉は誤解されやすいが、言吉は言葉遣いもていねいで、言いよどむことがない。増吉がとんでもない話をつくり上げ、自分の罪をおさきに押しつけてきたならば、おさきは、ちがう、ちがうとかぶりを振っているうちに小伝馬町の牢舎（ろうしゃ）へ送られて、弁明できずにいるうちに死罪を言い渡されるだろう。

震えはとまらない。

多分、増吉の罪は、おさきの金を盗んだだけになる。自訴をしているので、処分は江戸払いかもしれない。

江戸払いになった増吉は、父母の墓参を口実に舞い戻る。おさきの家を旅籠（はたご）にして、旅姿のまま江戸で暮らすのだ。同心に見咎められた時は、墓参のため、たった今江戸へ入ったのだと言えばよいのである。

それが嘘であると同心に伝えられる才覚は、おさきにない。おさきは、陰気で無愛想で、誰からも相手にされない女なのだ。

べとつく視線はまだ、おさきの背を眺めまわしている。〝いい女〟を見つけたものだと思っているのだろう。おさきは、両手で顔をおおった。

番屋の戸が鳴った。風が揺すって行ったのだった。

晃之助は、まだこない。

追いかけてくる足音がした。自分ではないだろうと思ったが、「コウさん」と呼ぶ声も聞こえる。足をとめると、神田界隈を縄張りにしている岡っ引、鍋町の周蔵を連れた賢吾が、息をはずませて駆けてきた。

「さっきから呼んでいるのに聞えなかったのかえ。今川橋を渡ったところで、常夜燈に照らされたお前さんを見て、大声で呼んだのだが」

周蔵は、晃之助のうしろの辰吉を見ている。天王町の岡っ引が、なぜ神田を歩いているのだと言いたいのだろう。

晃之助は、まず詫びた。が、かいつまんで事情を説明すると、賢吾は胸を撫でおろすようなしぐさをしてみせた。

「雉子町で、長唄の師匠が殺されたのさ。こんな時に、そんなおかしな一件まで俺んとこへきたひにゃ、たまらねえよ」

周蔵は、うっすらと笑った。事件を幾つも背負いたかったのかもしれなかった。

「そっちの一件が片付いたら、手を貸してくれねえかえ」

と、賢吾が言った。雉子町の事件は長びきそうな予感がするのだという。

「そら、去年、湯島天神下で、絵草紙屋の女が殺されただろう」

覚えていた。昼下がりに起こった事件だった。月番は北町奉行所だったが、南の定

町廻り同心も、町方をなめているのかといきりたったものだった。

「雛子町の一件も、八つ過ぎに起こった。女中が使いに出されたのが八つ少し前、

帰ってきたのが夕暮七つでね。茶の間に上がると、師匠が血まみれになって倒れてい

た」

去年の事件もそうだった。女中が出かけたあと、隣家の女房が大福餅を持って訪れ

ると、絵草紙屋の女主人が朱に染まって倒れていたのである。女中が出かけたのは昼

食をとってまもなく、隣家の女房が訪れたのは八つ半だった。

「去年の絵草紙屋も金をためていたが、雛子町の師匠は、けちと評判でね」

正確な金額はわからないが、四、五十両は盗まれたのではないかと女中は言ってい

る。絵草紙屋は二十六両三分盗まれたと、これは、手文庫に入っていた金の高を女中

が覚えていた。

女所帯を狙っていること、それも金があるという噂の家に的をしぼっていること、

女中の出かける時を待っていることなど、二つの事件には幾つかの共通点がある。

「が、この話は、さっき聞いたばかりなのだが」

と、賢吾は、北町の定町廻り同心の名を言った。

「絵草紙屋の一件で、そのお人が、無職の男を捕えたことは知っているだろう？」

「知っていますよ。すぐ放免にしちまったのだもの」

男の名は太吉といった。女から金を巻き上げて暮らしているような男で、その男が絵草紙屋へ入って行くのを見た者がいたのだという。

出てきたところは見ていない。女への土産にする錦絵を買いに入ったのかもしれぬという、あやふやな証言だったが、とにかく話を聞いてみようと思ったのだろう。北の同心は、太吉を捕えた。

「やっていなかったというので放免にしたと聞かされていたが、やっていなかったというわけも、曖昧なのさ」

と、賢吾は言った。

太吉は、神妙に縄をうけた。が、取り調べをはじめると、驚いた顔で、「呉服問屋の一件がばれたと思ったのに」と言った。上野の呉服問屋で反物を盗み、女の家へ行く途中で絵草紙屋に寄ったというのである。

錦絵を買うつもりだったが、応答がないのでそのまま出てきたのだそうだ。部屋の隅にあった行李の中を調べると、太吉の言葉通り、その呉服問屋の商標がついた反物があらわれた。

「例によって、呉服問屋が知らぬ存ぜぬを通したのだとさ。反物なんざ返ってこなくてもよいから、かかわりあいになりたくなかったんだろう。それとわかっているのに、ご放免よ」

晃之助は、辰吉と顔を見合わせた。

「島中さん、多町の番屋へ先に行きましょう。面白いことになるかもしれない」名前など、どうにでもなる。親からもらった名前が太吉であっても、俺は増吉だとなのれば、増吉で通ってしまうのである。

番屋へ入ってきたのは、晃之助一人ではなかった。先輩らしい同心も、岡っ引にちがいない男も、風と一緒に入ってきた。増吉の視線を避け、番屋の隅にいたおさきは、行燈の明りのまったく届かぬ暗がりへあとじさった。

当番の差配達は、口々に事件の顛末を説明している。晃之助も先輩らしい同心も、怪訝な表情すら浮かべずにうなずいていた。

もうだめだと思った。金を盗まれたという嘘は、先刻、番屋の差配達にあっさり見破られた。足がしびれるほど長い間叱られて、家へ帰されたのだが、増吉が自訴をし

て、嘘ではなかったことになってしまった。

が、おさきは、それが嘘であると、もう一度晃之助に見抜いてもらいたいのである。

もらいたいのだが、同心達は増吉の前に蹲り、彼の嘘八百に耳を傾けている。

もうだめだ。晃之助も、増吉に騙される。晃之助ならばおさきを救い出してくれる

と思ったのに、なぜおさきの願うことは、すべて反対になるのだろう。母と同じよう

に親しくつきあってもらいたいと、高価な菓子を買って行けば、いやな顔をされる。

口下手ゆえに誤解されぬようおとなしくしていれば、何を考えているのかわからない

気味のわるい女だと言われる。森口晃之助という同心にもう一度会いたい、会って、

淋しさから脱け出すきっかけをつかみたいと願えば、淋しさどころか、恐しさまでつ

きまとってきそうなのだ。

「おさきちゃんといったっけ」

名を呼ばれて顔を上げると、いつの間にか、晃之助がおさきの前に立っていた。

「どうしてそんなに暗いところにいるのだえ。明るいところへ出てきねえな」

おさきは、かぶりを振ってあとじさった。

明るいところへ出て行きたいと願えば、必ずもっと暗いところへ突き落とされる。

おさきは、そういう風に生れついたのだ。「それで淋しくないのか」という一言の明

りにすがりつこうとしただけで、番屋の隅の暗がりで震えていなければならぬような生れつきなのだ。

あとで叱られてもいい、伝馬町送りとなってもいい、大事な金を盗まれたと、ぽつりぽつりとでも晃之助に訴えてみたいと考えても、普通の女なら何も起こらなかっただろう。だが、おさきには起こった。差配達に叱られて、おさきが走って家へ戻ると、増吉がいた。部屋へ駆け上がり、泣き伏したところへ、天井から降りてきたのである。

「おさきちゃん――」

と、増吉はどこで調べてきたのか名前を呼んで、気味のわるい薄笑いを浮かべた。

「お前、金を盗まれたんだって？」

おさきは声も出なかった。増吉は土間へ降りて、たてつけのわるい戸に心張棒をかった。

「番屋じゃ相手にされなかったようだが、あれじゃお前も口惜しかろう。俺が盗人になってもいいんだぜ」

部屋へ戻ってきた増吉は、懐から血に濡れた匕首を出して見せた。

「ま、事情は察しがつくだろう。ちょいと金が欲しかったものだから、長唄の師匠んとこへ行ったんだよ。が、金を出さずに逃げ出そうとする。やりたくないことも、やっ

てしまうことになるじゃないか」

だが——と、増吉は、匕首を畳へ突きたてた。

「俺ぁ、獄門にはなりたかねえ。盗んだ金を返しにきて、お前に手をついてあやまっていたことにしてえんだよ。な、おさきちゃん、そうすりゃ、師匠んとこへ押し入った時刻に、俺はこのうちにいたことになる。お前だって、金を盗まれたってえ嘘がほんとになるじゃねえか」——

おさき——と呼ぶ声が聞こえた。その声でおさきは我に返った。

「俺は、お前の嘘に腹を立てているんだぜ」

「誰も嘘なんざついちゃいませんよ」

増吉が口をはさんだ。人の命を奪ってきたとは思えない、穏やかな口調だった。が、晃之助はふりかえりもしなかった。

「出てこいよ、おさき。そんな暗がりにいるから、太吉だか増吉だか知らないが、わるい虫にひっつかれるんだ」

「ずいぶんな仰言りようじゃありませんか」

「お前は黙っててくんな。俺は、おさきと話がしたいのだ」

おさきは顔を上げた。晃之助と話をする、それこそおさきの願っていたことではな

かったか。

「が、もう一度言うが、俺は、お前が嘘をついたと思っているこ
とに腹を立てている」

晃之助の方へ、おさきはわずかに膝をすすめた。

「お前の嘘で番屋が迷惑したとか、そんなことを言っているのじゃない。考えてみな、
お前が嘘をつかなければならないわけが、どこにあった。俺に用があるなら、なぜ八
丁堀へこない。八丁堀へこられぬのなら、なぜ番屋にことづけを頼まない」

「あの……」

「暗がりの中で弁解は聞きたくないよ」

晃之助は背を向けた。あとを追おうとして、おさきはためらった。その視線が増吉
と出会った。必ず仕返しをすると、その目は言っていた。

凍りついたように軀が動かなくなった。仕返しをされるにちがいないと思った。晃
之助と話をしたいと願い、晃之助の方から話をしようと促されて、おさきに幸せな結
末が待っている筈はなかった。

晃之助がおさきをふりかえった。

「どうした。こっちへこないのか」

　増吉は、おさきを見据えている。

「もし、お前があの男とかかわりがあって、あの男のかたをもちたいのなら、そう言えばいい。俺はよけいに腹を立てて、目を覚ませと怒鳴ってお前を張り倒すかもしれない。お前も口惜しがって、俺に飛びかかってくるかもしれない。明りの中では、そういう喧嘩もできるんだよ」

　喧嘩──。そんな言葉のあったことも忘れていたような気がした。口惜しがる、怒鳴る、そんな言葉も使ったことがない。明りの中で、いっそ張り倒されてしまったならば、今までのわるい憑きものも落ちてしまうかもしれなかった。落ちてしまえば、喜ぶ、笑うなどという言葉も使えるようになるだろう。

　おさきは、這うようにして晃之助のあとを追った。

「おさき。そんなことをしたら、あとで泣くぞ」

　増吉がわめいた。増吉の声の方が泣いているようだった。

　行燈の火が揺れて、おさきの頰を照らした。まぶしいくらいに明るかった。

「ごめんなさい、嘘をついて」

　詫びの言葉が口をついて出た。

再会　一　秘密

おもんに出会ったのは、辰吉が茗荷（みょうが）を買っている時だった。

茗荷は辰吉の好物で、店先にならぶと必ず八百屋が声をかけてくれる。時には独り身の辰吉を心配してか、八百屋の女房が、細かく切ったのを豆腐の上にちらして持ってきてくれたりもする。

八百屋の心配通り、辰吉は、あまり庖丁（ほうちょう）を握らない。茗荷も七輪（しちりん）に網をのせ、こんがりと焼いたのへ醤油（しょうゆ）をかけて食べる。「そんなのでおいしいの」と八百屋の女房は言うが、好物は何をしてもおいしいもので、一合だけときめている酒が、二合になってしまうことさえある。

その茗荷を大まけにまけてもらい、ざるまで貸してもらって相好をくずしているころへ、「辰吉兄さんじゃない？」と声をかけられたのだ。

身なりは粗末だったが、いい女だった。思い出すのに時間はかからず、思い出すと顔が火照（ほて）って、耳朶（みみたぶ）まで赤くなるのがよくわかった。

「覚えていてくれたんだね」

と、おもんは笑った。

辰吉は不惑の年を一つ越えている。とすればおもんは三十六になっている筈で、笑うとさすがに目尻に小皺ができるが、ぬけるように白い肌の艶は昔のままだった。

「やっぱり、観音様は死ぬなって言ってなさるんだ」

聞き捨てにならない言葉だった。

観世音菩薩が鎮座まします浅草寺への道をはさんで、辰吉の住んでいる天王町の向い側は武家屋敷、その裏側は隅田川である。死ぬつもりで家を飛び出したものの川を前にして怖くなり、浅草寺でおみくじをひいてくるなどは、よくある話だった。

何があったんだと、思わず辰吉は言った。おもんは、その言葉にすがりついてきた。

というより、辰吉にしがみついてきた。

「そうだ、兄さんは、お上の御用をつとめているんじゃないか。お願い、助けておくれよ」

一瞬ためらったが、辰吉は、うちへこいと言った。話を聞いていた八百屋の亭主も女房も、おもんが身投げこわさにこのあたりをうろついていたと思ったのだろう。岡っ引なら助けてやるのが当り前だと言いたげな顔をして、店の奥へ入って行った。

おもんと出会ったのは、辰吉が二十、おもんが十五の時だった。女房となるおたか
にめぐりあう前のことである。

当時の辰吉は、道を踏みはずしかけている若者達から兄貴と呼ばれていた。あずけ
られていた叔母の家を飛び出して四年がたち、人気役者に容貌が似ていたことから、
彼等の間では〝役者の辰〟で通るようになり、多少いい気持になっていたのかもしれ
ない。旗本屋敷の中間部屋で開かれる賭場でも一目置かれていたし、喧嘩も負けたこ
とがなかった。些細なことで商家を強請り、仲間達に小遣いを渡していたこともある。

おもんは、弟分の妹だった。彼は、おもんによく似た華奢な軀の持主で、喧嘩はす
るなと言っていたのだが、それがかえって彼の気持をあおったのかもしれない。五、
六人から売られた喧嘩を買い、見るも無残な姿となってあの世へ旅立った。

下手人はわからなかった。彼が殴られているのを見た者は、相手は堅気の男だった
と教えてくれた。同心にも岡っ引にもそう言ったらしいが、多分、同心も岡っ引も、
その親達に丸め込まれたのだろう。

おもんが辰吉の寝床へもぐり込んできたのは、五日後のことだっ
おもん兄妹に身寄りはなかった。辰吉は、弟分を死なせてしまった責任を感じて、
おもんをひきとった。

た。

背を向けた辰吉に、おもんは「おかみさんにして」と言って泣いた。

「おかみさんにしてくれなけりゃ、わたし、行くところがなくなっちまうじゃないの」

嫁にゆくまで俺が面倒をみると辰吉は答えたのだが、おもんはかぶりを振った。

「辰吉兄さんは、女の人に好かれるもの。わたしがお嫁にゆくより、兄さんがおかみさんをもらったら、わたしのいるとこなんかないじゃないの」

それでも辰吉は、おもんに手を出さなかった。が、翌日の夜も、その翌日の夜更けも、おもんは辰吉にすがりついてきた。家の外へ叩き出しても、その翌る晩になれば「兄さんが好き」と言って、背へ胸を押しつけてきた。辛抱しきれるものではなかった。

「いいか」

と、辰吉は言った。

「俺ぁ、お前が嫁にゆくまで、きっと面倒をみる。が、今晩そういうことになっても、お前を女房にはしねえ。それでよけりゃ抱いてやる」

今になれば気障なことを言ったものだと思うが、おもんは黙ってうなずいた。自分から着物を脱ぎ捨てて辰吉に抱かれ、足かけ三年後にいなくなったのである。辰吉が、

おたかに惹かれはじめたことに気づいたのだった。

辰吉より一つ年上だったおたかには、別れたい男がいた。別れたいなら金を寄越せと言われ、おたかは、料理屋の女中をしながら少しずつためていた金をすべて男に手渡した。きれいに縁は切れたものと、おたかも辰吉も思っていたのだが、男はおたかが所帯をもったと知ると、またつきまとうようになった。

その頃はもう、無頼な暮らしと縁を切っていた。手軽にはじめられる塩売りとなり、早朝から日暮れまで働いていたのだが、それが仇となった。辰吉の留守にあらわれた男は、おそらくおたかに手厳しくはねつけられたのだろう。おたかを刺して逃げたのである。

おもんがたずねてきたのは、その四、五日あとのことだった。

「大変なことになったんだってね」

どこで聞いてきたのか、おもんはそう言って茶の間へ上がってきた。

「わたしはね、堅気のおかみさんになったの。塩売りの女房になったんだけど、亭主の叔父さんって人が湯屋をやっていてね。その人が亡くなっちまったものだから、跡を継いだんだよ。そりゃね、亭主がまじめな人だったこともあるけど、わたしに運があるような気がするの。だって、お天道様にお願いすることは、みんな叶うんだもの」

辰吉と暮らしたいという願いも叶った。そして、同じ塩売りの女房でも、おたかより幸せになりたいという願いも叶った。

「だからさ。今日はお天道様に、兄さんがおたかさんの敵を討てますようにってお願いしたんだよ」

辰吉は、おもんを見た。おもんも辰吉を見つめていた。

言訳はしない。辰吉は、何もかもめちゃめちゃにしたいような狂暴な気持になった。湯屋のおかみになっているというおもんをものも言わずに抱き寄せ、畳へ押し倒したのだった。――

火鉢で焼いている茗荷が、香ばしいにおいを放ちはじめた。おもんは、その一つを小皿に取って醤油をかけた。

「兄さんとのことが、あの人にわかっちまったわけじゃないんだけどさ」

おもんは、焼いた茗荷をおそるおそるかじってみて、「まずい」と大声を出した。

「おたかさんが亡くなりなすってからずっと、こんなものを肴にして飲んでるのかえ」

「何だよ、死にてえってわけは」

「あいかわらずの愛想なしだ」

おもんは猪口を空にして、辰吉の前へ突き出した。かなり、強そうだった。

「湯屋はねえ、八年前に追い出されたのさ」

「何で」

「だから、兄さんとのことが知れたわけじゃないって言ってるじゃないか
ほかに男がいたらしい。

「だって、その時の亭主は十も年上でさ。堅物もいいとこだったんだもの」

「それだから、湯屋のあるじになれたんだろうが」

「ま、追い出されたってかまわなかったんだけどね。好きで一緒になったわけじゃな
い、誰かさんへのあてつけで一緒になっちまったんだもの」

辰吉は、黙って茗荷を嚙んだ。焦げたところがほろ苦かった。

「でもさ」

おもんは、手酌で酒を飲む。

「兄さんもご承知の通り、わたしゃ何にもできない女だろう。お針なんてえ内職はで
きないから、居酒屋で働いていたんだよ」

その居酒屋の客だった、千助という男と所帯をもったのだという。

「油売りでね。商売柄、ぺらぺらとよく喋る奴だったけれど、陽気だし、ちょいとい
い男だったし、金物屋をやっている伯父さんもいるってんで一緒になったんだよ。と

ころが伯父さんは達者だし、とんだ眼鏡違いだった」

愛想よく喋るのは、家の外だけだったというのである。不機嫌な顔で商売から帰っ
てきて、ほとんど喋らずに酒を飲んで寝床に入るのだそうだ。

「少しは喋るか笑うかしてくれって頼んだら、あれだけ外で喋って愛想をふりまいた
上、うちで女房を見て笑えるかって。おまけにさ、不機嫌な顔をしているくせに、や
きもちやきでねえ」

おもんは袖をまくりあげた。白い二の腕に、赤黒い痣があった。

「お隣りのご亭主と立話をしていただけなんだよ。すぐそばに、おかみさんもいたっ
てのに」

辰吉は、おもんの腕から目をそらせ、火箸の先で餅網の上の茗荷を転がした。嫉妬
深い亭主が女房にあらぬ疑いをかけ、命を奪ってしまったという事件を調べたことも
あるが、その亭主でさえ、立話程度のことでは腹を立てていなかった。

「ほんとだよ」と、おもんは言う。辰吉が黙っていると、「それなら裸になって見せる」
と言い出した。

「殴る、蹴るで痣だらけだよ。やきもちやきといっても、はじめのうちは、これほど
じゃなかったんだけどねえ」

「よく辛抱しているな」

「逃げ出したさ。でも、逃げる先ってのは、知り合いのうちだろう？　見つけ出されるの、引き戻されるので、痣がふえるってえ寸法さ。いっそのこと、あの世へ逃げて行きたくもなるじゃないか」

茗荷が焦げて煙をあげていた。辰吉は、醬油のなくなった小皿へそれを投げ入れて、おもんを見た。

「俺は何をすりゃあいい」

「千助と別れられるようにしておくれ」

「お前をかくまうのかえ」

「かくまってくれてもいいよ」

おもんの目が光った。が、すぐに声をあげて笑い出した。

「が、昔のようなことになったら、おたかさんに申訳ないからね。今、思い出したのだけれど、鎌倉に縁切寺ってのがあるそうじゃないか。千助に連れ戻されないように、そこまで送って行っておくれよ」

わかったと辰吉は言った。それくらいのことならばできそうだった。

おもんは、猪口を空にして立ち上がった。

「酔っ払ってうちへ帰ったら殺されるからね。中宿にでも泊ることにするよ」

「一人で大丈夫か」

「心配してくれたのかえ」

「当り前だ。女一人を泊めてくれるかどうかわからねえし、ぐずぐずしているうち、ご亭主に見つかったらもっと困る」

「あとで男がくると言って、夜を明かしちまえばいいのさ。そのかわり、夜が明けぬうちに迎えにきておくれ。夜が明けると、千助が江戸中の中宿を探しはじめる」

おもんは、福井町にあるという中宿周辺の絵図を描き、片方の目をつむって辰吉に渡した。千助と所帯をもつ前に、使ったことがある中宿のようだった。

辰吉は、その日のうちに下っ引を八丁堀へやり、数日間江戸を離れることを森口晃之助に知らせた。

鎌倉の縁切寺については、辰吉も知っている。東慶寺といい、豊臣秀頼の娘、天秀尼が住持となったことでも有名な寺だった。この寺のある地名が通称のように使われていて、「松ヶ岡男のためのまづいとこ」などという柳句もあった筈だ。

夫と別れたい女が駆け込むと、亭主が離縁を承知しない場合でも、寺法によって二、三ヶ月の寺づとめをすれば縁が切れる。ただ、寺が女を預かることを拒む時もある。

湯屋を追い出された理由から考えて、やきもちを焼かせるようなことがおもんにあったかもしれず、千助の申し立て次第では、寺から追い出されぬともかぎらなかった。

そうなった時は、千助が諦めるまでつきあってやるほかはない。

翌朝、辰吉は覚悟をきめて家を出た。

七つの鐘が鳴るまでにはまだ間があった。道は暗く、町はまだ寝静まっている。夜の明けきらぬ町を歩くなど、めずらしいことではないのだが、いまだに自分の足音に驚いて、誰もいない道をふりかえることがある。

中宿の戸も閉まっているにちがいなかった。戸を叩けば、あるじが眠そうな声で、「誰ですか、今頃」と尋ねるだろう。その時は、二階に女を待たせている男だと答えるつもりだった。

だが、戸は開けられたままになっていた。

いやな予感がして、辰吉は、あたりを見廻してから家の中へ入った。

血のにおいがした。

頰がひきつった。昨夜、一緒に泊まればよかったと思った。帳場と居間を兼ねてい

る部屋へ飛び込むと、あるじらしい男が俯伏せに倒れていた。かなり争ったのだろう、長火鉢の上にかけられていた筈の鉄瓶は畳の上に転がっているし、勝手口への障子は桟が折れ、一枚が倒れている。

辰吉は、二階へ駆け上がった。下手人は、二階にも人がいると気づかなかったのか、障子は閉められたままになっていた。

「おもん」

名を呼びながら、障子を開けた。派手な色合いの布団が敷かれていたが、おもんの姿はない。

物干場へ飛び出して行こうとすると、戸棚で物音がした。辰吉は、力まかせに戸を開けた。おもんがもう一組の夜具の上で、歯の根も合わぬほど震えていた。

「亭主か。亭主が殺ったのか」

おもんはかぶりを振った。声が出ないようだった。

「それじゃあ誰だ」

おもんはまた、かぶりを振る。

「ここにいたんだろうが」

「でも、知らない」

ようやく声が出た。かすれた声だった。

「わたしが、あとで男がくると言ったものだから……ここのご亭主は、夜遅くまで戸を開けていたらしい……」

「盗人か」

「多分……。誰だと怒鳴る声と、静かにしろという声が聞えた」

辰吉は、千助に追われた時を考えて持ってきた十手を握りしめた。福井町は、辰吉の縄張りだった。

「おもん。事情が変わった。お前はうちへ帰れ」

おもんは、歯の根の合わぬ音を響かせてかぶりを振った。

「川岸で蹲っているお前を見つけたと、俺がお前を送って行く。それでも、だめか」

だめにきまっているじゃないかと、おもんは、金切り声をあげた。

「天王町の親分って呼ばれている男と、昔、わたしがいい仲だったってことくらい、千助は知っているよ」

「が、人一人が殺されたんだ」

「だから、どうするってのさ」

おもんがわめいた。

「わたしのところへ、町方の旦那を連れてこようってのかい。ああ、そうだよ、わたしゃ人が殺されるところに居合わせた女だよ。盗人はどんな声をしていたかとか、いつ頃押し入ったかとか、たんと聞きにくるがいいやね。聞きにきて、わたしが中宿にいたと、千助に教えるがいいやね。千助とわたしが住んでいる神田佐久間町が、兄さんの縄張りかどうか知らないが、おもんってえ女も、死骸になって見つからあ」

「ばか。静かにしねえか」

「だって――」

ふいに戸棚の中から軀をあずけられて、辰吉はよろめいた。が、おもんは、かまわずにすがりついてくる。支えきれずに布団の上へ尻餅をつくと、おもんも辰吉の上へ落ちてきた。

「もう死にたかない」

と、おもんの声が耳許で言った。

「いいじゃないか、鎌倉へ連れて行ってくれても。それくらいの親切はしておくれよ」

おもんの兄を助けられなかったこともある。おたかに惹かれていて、姿を消したおもんを熱心に探さなかった負い目もあった。辰吉は、中宿の戸を開け放したまま、鎌倉へ向うことにした。

　まさか――と呟いたあとは、言葉が出なくなった。むしってもむしっても生えてく
る雑草の根を鎌で切り取っていたところへ、大根河岸の吉次がとんでもない知らせを
持ってきたのだった。

　浅草福井町で中宿の主人が殺されたが、その下手人が辰吉かもしれぬというのであ
る。

「今、晃之助旦那もお調べの真最中だが、旦那のお耳にも入れておいた方がいいと思っ
たんでね」

　人違いだろうという言葉が、やっと口の外に出た。吉次は、口許に薄笑いを浮かべ
てかぶりを振った。

「昨日の晩、女は一人で中宿へ入って行ったそうで」
と、吉次は言った。

　隣りの煙草屋が見ていたのだという。一瞬、掛行燈の明りに照らし出された女の横
顔を見て、こんな女と逢引をするのはどんな男だろうと、煙草屋の親爺は、しばらく
中宿の出入口を見張っていたのだそうだ。

「あんまり男がこないんでね、煙草屋は諦めて寝ちまったというが、今朝早く、魚屋の女房が辰吉を見ているんで」

「晃之助はそれを知っているのか」

吉次は肩をすくめた。

「辰吉の方から、しばらく江戸を離れるという知らせがあったそうで。魚屋の女房の話をしたひにゃあ、晃之助旦那は目をまわしちまうんじゃありやせんか」

憎まれ口をきいているが、これは、魚屋の女房の話を手札を渡されている北町の同心でも晃之助でもなく、まず慶次郎へ知らせにきた、吉次特有の言訳だろう。

「辰つぁんも、運がわるいじゃありやせんか。魚屋の女房は、亭主にのろまと罵られたのが口惜しくって、今朝にかぎって七つ前に起きたんだそうで。向いの中宿の戸が開いていたので、妙だなと思って見ていると、中から男と女が出てきたという。女の顔は見たことがなかったが、男の方は間違いなく辰吉親分だったと言ってやす。福井町は辰吉の縄張りですからね、女房も顔を知っていたんでしょう」

「だが、なぜ辰吉が、中宿の主人を殺さにゃならねえ」

「さあ、その辺は、辰吉をとっ捕まえてみねえとわかりやせん。連れは、ふるいつきたくなるようないい女だったてえから、中宿の親爺が色気を出して、辰つぁんと喧嘩

になったのかもしれねえし」

「女の正体はわかっているのかえ」

吉次は、ちょっと間を置いて答えた。

「神田佐久間町の長屋に、千助ってえ油売りが住んでいやす。こいつの女房が、以前、あっしの縄張り内にある湯屋の女房だったんでね。わけありとみて調べておりやした」

また間があいた。

「おもんってえ名前に、お心当りはありやせんかえ」

あるどころではなかった。辰吉が、おたかとめぐり会う前に暮らしていた女の名前だった。

「もう一つ、言わなくっちゃならねえことがある。旦那、あっしは北町の秋山様にくっついている岡っ引だ」

その先は、聞かなくとも見当がついた。慶次郎は、勝手口から出てきた佐七に鎌を渡して、居間へ駆け上がった。吉次は中宿の主人殺しは辰吉だと、北町の同心へ知らせに行くにちがいなかった。

が、戸棚を開けた背へ、吉次が言った。

「秋山様にくっついているのは俺一人じゃねえ。まして福井町あたりは、坂下の有七

「有七に知らせたのか」

「ちがう。中宿へは有七が先に行きやした。俺は、辰吉の名を耳にして素っ飛んで行ったんだ」

有七は、すでに辰吉を追っているらしい。慶次郎の目の前が白くかすんだ。

の縄張りだ」

おもんが、痛いほど強く辰吉の腕をつかんだ。江戸から四里半の川崎宿、茶飯で有名な万年屋の座敷だった。

昼食の時刻には間があるので空いている方だというが、広い座敷の横を見ても、ふりかえって見ても、旅支度の男や女がいる。

あそこ──と、おもんが視線を左隅の方へ送った。千助がいるというのである。

その視線の先をたどって行ったが、一人旅と見えるような男はいない。が、おもんは確かにいたと言って、辰吉の陰に隠れようとする。

それではなおさら目立つからと、おもんを引き離し、もう一度店の中を見るように言った。

「いない」

おもんは目を見張った。

「油売りに出て行く時の派手な川越唐桟を着ていたから、すぐにわかったのだけど」

そう言われれば、たった今、太めの赤い縞が入った着物の男が外へ出て行った。同時に出て行った男がいて、その連れだと思ったのだが、そうではなかったのかもしれない。

「が、千助は、どうしてお前が鎌倉へ行くとわかったのだ」

「鎌倉へ行くとは思っちゃいないかもしれない。ゆうべ、わたしが帰らなかったものだから、どこかの男と駆落でもするんじゃないかと、高輪あたりで見張っていたんだよ、きっと」

辰吉は、おもんから目をそらせた。

とんでもない女にかかわりあったと思ってるんだろうと言う、おもんの声が聞えてきた。

「ごめんよ」

と、おもんの声は言う。

「どの男もつまらないんだもの。それが兄さんのせいだとは言わないけど」

出かけるか——と、辰吉は言った。

千助が追ってきているのなら、できれば今日のうちに鎌倉へ入ってしまいたかった。

どこまでおもんにつきまとってくる気なのかわからないが、駆落したと思っているのなら、このまま東海道を西へ向うと思っているにちがいない。今日の泊りは、神奈川あたりと見当をつけているだろう。

鎌倉へは、神奈川よりもう一つ先の宿場、程ヶ谷から東海道をそれて行く。ぐずぐずせずに鎌倉道へ入ってしまうのが一番だった。

が、草鞋の紐を結ぼうとしたおもんが悲鳴を上げた。なまじ休んだため、鼻緒ででできた擦り傷に、あらためて鼻緒が触れるとなおさら痛むのだった。

一歩も歩けないと、おもんは言った。鼻緒に手拭いを巻いてやっても、なお痛くなったと顔をしかめた。

辰吉は、駕籠を呼ぶつもりで外へ出た。

いやがった——という声が聞えた。六郷川の土手からだった。

俺を追ってきた。咄嗟にそう思った。土手の上に立ち、下っ引らしい男達をせかして十手を振りまわしている男は、北町の定町廻り同心、秋山忠太郎配下の坂下の有七だった。

事情を話しても、わかってくれる相手ではない。辰吉は店の中へ飛び込んで、上がり口に腰をおろしていたおもんの手を引くなり、たたこみはじめた座敷を駆け抜けた。客の荷物を蹴飛ばし、茶飯をはこんできた女中に突き当った。腹を立てたのか、おもんの足をつかんだ客もいたが、おもんは、その手を力まかせに踏みつけて足をとめなかった。

豆腐汁の鍋が湯気をあげている土間から、店の裏側へ出た。多少の空地があって、すぐに田圃がひろがっていた。

万年屋の座敷から悲鳴が上がった。有七達が飛び込んできたようだった。田圃の畦道を走って行こうとしたおもんを引き戻して、辰吉は家と家との間にある路地へ身をひそめた。

いねえぞとわめく、有七の声が聞えた。

「街道へ出やがった。探せ」

その声を聞いて、辰吉は、ふたたび店の裏へ出た。

有七は、辰吉が街道筋の店に隠れたと思ったのだろう。一軒ずつ調べはじめたようで、筋向いの茶飯屋から、土足を咎める声や、女の悲鳴が聞えてくる。

辰吉は、万年屋の裏を通って六郷川の土手下まで戻った。

万年屋は、土手を降りてきた道がゆるやかに曲がって行く角の角にある。茶飯屋に隠れていないとわかれば、有七達もまた店の裏へ出てくるにちがいなく、とすれば、土手をのぼって行く姿は丸見えとなってしまう筈だった。

辰吉は、おもんの手を握りしめた。街道を横切って、万年屋の向い、船会所の陰に飛び込むつもりだった。

が、有七が街道へ出ていたならば凶となる。うむを言わさず縄をかけられることになり、江戸へ送られる。秋山忠太郎の手で大番屋へ送られた者は、ほとんど責め問いにかけられるとは、仲間うちの噂だった。

有七が万年屋の裏へ出てくる大吉を願って、辰吉は街道を走って横切った。「いた」という声が聞えなかったのは、辰吉の願いが届いたのだろう。

おもんが、辰吉の背に額をつけた。さすがに息が荒かった。

その肩を叩いて、辰吉は土手に向ってあごをしゃくってみせた。今のうちに、のぼってしまわねばならなかった。

だが、のぼりきったところで、「土手だ」とわめく有七の声が聞えた。

渡し舟は、岸から離れようとしていた。だが、待ってくれと叫んだのは、辰吉ではなかった。

笠をかぶって船着場近くの石に腰をおろしていた男が、舟が出ようとして

いることに、たった今気づいたように、あわてて腰を上げたのだった。

その男を乗せて、船頭は、ついでに土手を駆け降りて行く辰吉とおもんを待つ気になったのだろう。　船に飛び乗ったおもんの、血のにじむ裸足に顔色を変えたが、黙って竿をさした。

有七と下っ引らしい男達が土手の上にあらわれたのは、その時だった。

「待て。　舟を戻せ」

有七は、十手を頭の上でふりまわして見せた。　十手は、陽を浴びてよく光った。

船頭が辰吉を見た。　船頭ばかりではなかった。　乗り合わせた客達も、辰吉とおもんから離れるようにして白い眼を向けた。

舳先は、川崎側に向ってまわりはじめていた。　やむをえなかった。　辰吉も、懐から十手を出した。

「品川へ行け。　俺あ、あのごろつきどもからこの女を連れ戻したところだ」

船頭は疑わしそうな顔をしたが、舟の中に「俺はこの親分さんを知っているよ」と言う者がいた。

「天王町の辰吉親分さ。　ね？　そうですよね、親分」

男はかぶっていた笠をとったが、おもんは、その前から震えていた。　千助だった。

おもんの相手は辰吉だと見当をつけていた、そう千助は言った。

「待ってくんな。俺ぁ、昨日、何年ぶりかでおもんに会ったんだ」

「おもん──ですかえ?」

　千助は苦笑した。うっかり呼び捨てにしたのを聞き咎めたのだ。

　品川宿の、飯盛を置いていない平旅籠だった。

　品川までくれば、懇意にしている岡っ引がいる。坂下の有七の名を聞くと、彼は顔をしかめ、自分のいとこがいとなんでいるという平旅籠へ三人を案内してくれた。森口晃之助へも使いを出してくれたようで、そのついでに、辰吉を見たこの周辺の住人に、口留めをしておくと言っていた。

「油売りは男のくせにお喋りだと、女には好かれない。が、手前で言うのも何だが、俺ぁこの面つきだ。役者に似ていると、騒ぐ女も何人かいましたよ。が、俺が惚れるような女はいなかった。俺が惚れてもいいと思ったのは皆、油売りなんかと、そっぽを向きゃがった」

「おもんは、そんなことを言う女じゃねえ」

「その通りでさ。そんなことを言う女じゃあない。ないが、そんなことをする女だった。

千助が口を閉じると、波の音が聞えた。

辰吉の目の前を、子犬のように軀を丸めてすがりついてきた頃のおもんが通り過ぎて行った。掌にはまだ、おもんの手を握りしめて街道を横切り、土手を駆けのぼった暖かさが残っていた。

「忘れもしない。七年前の四月に所帯をもって、ちょうど二年めの四月でした。おもんが別れてくれと言い出したんです」

おもんに男がいることはわかっていたと、千助は言った。が、おもんは、惚れて一緒になった女だった。

辰吉は黙っていた。千助は、同じ言葉をもう一度繰返した。

「惚れた女のためだ、別れてやろうと思いましたよ、一度は。おもんの相手は、二十三、四の妙に粋がっているお兄哥さんだった。俺は三十七で、そんな餓鬼を相手に喧嘩をする年齢じゃない。が、別の女とやり直すなら、ぎりぎりで間に合う年齢だ。そう思ったんです」

それならなぜ、わたしのあとを尾けてきたんだよと、おもんが言った。気が変わっ

たのだと、千助は、おもんを見ずに答えた。

「ずるずる一緒に暮らしていてお前に嫌われるより、きれいさっぱり別れた方がいいと思ったんだが、考えてみねえな。その小僧っ子に、お前をくれてやるんだぜ。のっぺりしたご面相の若いのが、毎晩お前といちゃつくんだぜ」

我慢できるかってんだ。——

おたかの命を奪った男も、そう言いながら辰吉の家へ飛び込んできたのだろう。が、その時、辰吉はおらず、おたかが針仕事をしていた。

復縁をせまる男を、おたかがはねつける。おたかと睦みあう辰吉の姿が脳裡に浮び、男は嫉妬に目がくらんで、辰吉を刺すつもりの庖丁を、おたかの胸へ突きたてたにちがいない。

『どんなことがあっても、俺は別れない。俺は、そうきめたんだ。お兄哥さんの泣べそをかく面を見てやりたかったんだが、じきに、お前のほんとうの男はそのお兄哥さんじゃないってことがわかったのさ」

「それじゃ、お前は……」

「そうだよ。俺は、油売りをしているうちに親しくなった岡っ引に、お前の昔を調べさせた。お前が妙な男に強請られて困っていると話をもちかけたのさ。お蔭で、お前

が辰吉親分と暮らしていたことも、親分とおかみさんがいい仲になりなすった頃、そ
の家を飛び出したことも、みんな教えてもらった」

だから——と、千助は言葉をつづけた。

「俺は昨日、お前を見張っていた」

「どうしてだよ」

「一昨日の晩、俺はお前をぶん殴った。お前は、いっそ死にたいと言って泣いたじゃ
ないか。本気とは思わなかったが、万一ということもある。万一、本気で死ぬつもり
なら、辰吉に会いに行くと思ったんだ」

「たまたま出会ったんだよ。そう言ったじゃないか」

そう言ったじゃないかだって？

辰吉は胸のうちで呟いた。いったいいつ、おもんは千助に会ったのだ。

「ま、そういうことにしておいてもいいさ。が、——」

千助の目が、異様な光を帯びた。

「浅草寺の人混みでお前を見失ったが、俺は、お前が必ずあらわれると思って、天王
町をうろうろしていたんだ。そうしたら、案の定だ。辰吉のうちへくっついて行きゃ
がって、そのあとは中宿だ。くそ」

「言っただろうが。わたしゃ鎌倉の縁切寺へ行くつもりだったんだよ。兄さんは、朝早く迎えにきてくれることになっていたんだ」

「嘘をつけ」

千助は、立ち上がってわめいた。

「誰が、そんな嘘を本気にするか。俺は、見ていたんだ。煙草屋が店を閉める頃になっても、中宿の戸の隙間からは、明りが洩れていた。辰吉を待っていたにちげえねえんだ」

「ちがうって言っただろう。あとから男がくるっていうのは泊めてもらう方便で……」

「うるせえ」

千助が懐へ手を入れたのを見て、辰吉は、その足へ飛びついた。千助は音を立てて倒れたが、辰吉を蹴って起き上がろうとする。想像していた以上の力だった。振りまわそうとした匕首は十手で叩き落とされたが、千助を押えつけている力がゆるんだのか、辰吉は蹴られて部屋の隅まで飛ばされた。

千助が、匕首へ手をのばす。

辰吉も、畳の上を泳ぐようにして手をのばした。

が、匕首をつかんだのは千助だった。辰吉は、軀を一回転させて起き上がった。千助が突きかかってくることは覚悟していた。

が、千助は倒れたままだった。匕首をつかんでいる手を、踏まれていたのである。

「無事か、辰つぁん」

品川の岡っ引が駆け寄ってきた。

「使いに出した奴が高輪で旦那にばったり出会って、辰吉を見かけなかったかと尋ねられたってんで」

千助の手を踏みつけた男は、その手をねじりあげて匕首を叩き落とした。森口慶次郎だった。

何を考えているのだと、慶次郎が尋ねた。

別に――と、辰吉は笑いながら答えた。

「いい天気だな」と、慶次郎もあたりさわりのないことを言ってのびをした。

千助は芝田町まで連れてきて、自身番屋にあずけてきた。意外だったのは、おもんがその自身番屋に残ると言い出したことだった。

「だって——」

「兄さんを——」と言いかけて、おもんは、親分と言い直した。

「親分を騙していたんだもの」

確かに、辰吉は、おもんに騙されていた。中宿の戸棚に隠れて震えていたおもんは、辰吉に「盗人か」と尋ねられて、「多分……」と答えた。辰吉は、それを疑いもしなかったのである。

誰が辰吉に会わせるものかとわめきながら、千助は、中宿へ駆け込んできたという。

おもんは咄嗟に物干場へ隠れ、千助が部屋へ飛び込んだのを見て階下へ逃げた。

だが、逃げきれなかった。おもんは階段の下で衿髪をつかまれ、悲鳴を聞きつけた中宿のあるじが、帳場を兼ねている居間の障子を開けた。

「落着きなさいよ、みっともない」

と、あるじは二人の間に割って入ろうとした。中宿では、亭主の浮気を見つけた女房が庖丁を振りまわすこともあり、あるじは千助の匕首を見ても、仲裁できると思ったのだろう。

「うるせえ、邪魔するな」

「邪魔をしているんじゃない、落着きなさいと言ってるんだ」

おもんは、千助と中宿のあるじがそう言ったのを覚えているそうだ。その直後に、あるじが重苦しい声でうめいた。あるじが千助の匕首に、胸を刺されたのだった。

「何をするんだよ、お前さんは」

中宿のあるじが辰吉に見えたのだろうか、倒れた軀へふたたび匕首を振りおろした千助に、おもんは夢中ですがりついた。千助は、吊り上がった目で虚空を見据えていたらしい。

が、おもんに揺さぶられて我に返ると、一転して震え出した。お前が辰吉に会いさえしなければこんなことにはならなかったと、繰返しおもんを責めたという。

「親分に出会ったのは偶然だったと、何度も言いましたよ。でも、千助は、親分が天王町に住んでなさることは知ってた筈だというんです。ばかな奴でしょう？　わたしも、しまいにゃ面倒くさくなりましてね」

と、おもんは言った。

千助は、自分が捕えられた時には、必ず辰吉を引き合いに出すと言っている。引き合いに出された辰吉が、十手をあずかっていられるわけがなかった。

「それで、お前さんはうちへ帰れと言ったんです。あとは、親分に何とかしてもらう、わたしもこの人殺しの下手人がお前さんだとは決して言わないから、一歩もうちの外

へ出るんじゃないよって」

そして恐しさをこらえて、二階の戸棚で辰吉を待った。

「でも、人殺しの疑いが親分にかかっちまうし、佐久間町のうちで震えていると思った千助は追いかけてくるし」

世の中は思い通りにゆかぬものだと、おもんはかわいた声で笑った。が、それならばなぜ、田町の番屋で千助のそばにいるなどと言い出したのだろう。

辰吉は、そっと左の掌を見た。十数年ぶりに、おもんの手を握りしめた掌だった。

「そうそう、山口屋からいい酒が届いているんだよ」

先を歩いていた慶次郎が、ふいにふりかえった。

「晃之助に一部始終を報告したあとで、根岸へこねえかえ。俺と七つぁんで飲み明かすのは、ちょいともってえねえ」

「有難うございます」

辰吉は、肩をすくめるような恰好をした。

「遠慮なく」

左の掌には、まだおもんの感触が残っている。子犬のように背を丸めてすがりついてきたかつての面影も、脳裏に甦っていた。

辰吉は、かぶりを振っておもんの面影を振り払った。　面影が消えたかわり、どの男もつまらなかったという声が聞えてきたが、辰吉はもう一度かぶりを振り、やぞうをつくって慶次郎のあとを追った。

再会　二　卯の花の雨

四月朔日は更衣で、この日から袷を着る。羽織も裏のついていない単衣になる。

暦に合わせたわけではあるまいが、冬が戻ってきたようなつめたい雨が夜半にやむ

と、翌朝の四月朔日は、初夏の名にふさわしい陽射しが江戸の町へ降りそそいだ。

浅草天王町へ向って歩いていた森口慶次郎は、羽織を脱いで手に持った。羽織を着

ていては、暑いくらいだった。今朝、庭で草むしりをしていた佐七が、「いったい

つの間に生えるのだろう」と溜息をついていたが、はこべもおおばこも、涼しい風に

吹かれたくなって、いっせいに顔を出したのかもしれなかった。

しかも、昨夜の雨で道はぬかるんでいる。ゆるくなっていた足駄の鼻緒にも悩まさ

れて、天王町の辰吉の家へ着いた時には、額にも胸にも汗をかいていた。

だが、出入口には錠がおりている。

寝坊をしているのかと思ったが、裏口へまわろうとする慶次郎を、隣家の女房が呼

びとめた。二、三日留守をするという挨拶があったので、女房が錠をおろしたのだそ

うだ。

一息ついて行けと親切に言ってくれたが、慶次郎は礼を言って踵を返した。用事は急ぐほどのものではない。辰吉が帰ってきた頃をみはからって出直せばよいのだが、辰吉を誘ってうまい昼めしをと思っていたのが御破算になった。一人で料理屋へ入るのも気のきかぬ話だし、空腹をかかえて根岸へ戻るのもばかばかしい。

慶次郎は、腹の虫おさえに蕎麦を食べて帰ることにした。

おしんは、その蕎麦屋にいた。

先に気がついたのは、おしんの方だった。七年前と、慶次郎がさほど変わっていなかったせいだろう。

が、七年前のおしんは二十一だった。その上、もっと太っていた。ふっくらとした頬が十四、五の娘のようで、料理屋の亭主が、嚙じりたくなるようだと話していたのを覚えている。

年齢を取ったという言葉は、適当でないかもしれない。七年の月日がおしんを変えたのだ。こけた頬と切長な目の組み合わせは濃厚な色香を漂わせていて、慶次郎は一瞬、太って可愛らしかった女の面影と結びつけることができなかった。

おしんは、蕎麦をすすっていた。一人で蕎麦屋へ入ってくる女もめずらしかったが、蕎麦の器の横には、ちろりが置かれていた。

昼間から酒を飲む女か――と、何気なく送った視線を、おしんは慶次郎が自分に気づいたものと勘違いをしたらしい。あら――と言って立ち上がり、慶次郎に近づいてきた。

「お見忘れ？」

笑った顔で思い出した。同時に、根岸から歩いてきたせいではない汗が吹き出した。

たった一度、妻を裏切ったことがあるのを思い出したのである。

「老けなすったんですねえ、旦那も」

憎まれ口をきいて、おしんは蕎麦の前へ戻ろうとした。足許があやういように見えたが、そんな筈はなかった。ちろりは一合の酒が入る程度の大きさだったし、おしんは、五合の酒を飲んでも酔わぬ女だった。蕎麦を食べていた時のおしんにも、けだるそうな感じはまったくなかったのである。

慶次郎の胸のうちを見透かしたように、おしんは、「ああ、やだ、年齢をとると、これっぽっちのお酒で酔っちまって」と、店中に聞えるような声で言った。

「せっかく旦那に会えたけど、転ばないうちに帰ろっと」

おしんは、蕎麦屋の亭主を呼んで勘定を払った。銭をかぞえる手つきもしっかりしていたし、いくらかの銭をよけいに置くなど、頭の中もはっきりしているようだった。

それなのに、慶次郎をふりかえってみせた時はよろめいて客の肩につかまったし、暖簾（のれん）の外へ出て行く足どりもこころもとなかった。

酔ったふりをして、あいつが俺から逃げ出したのか。昔、泣いてすがりついた男になど会いたくないのは、今が幸せである証拠だろう。

逃げ出したのならいい。

「何になさいやす？」

蕎麦屋の亭主の声だった。ちょっと迷ったが、慶次郎も酒を頼むことにした。

「お知り合いですかえ」

亭主は、好奇心をむきだしにして尋ねた。

昔の知り合いだと言いかけて、慶次郎は、それが特別な意味のある言葉とうけとれかねないことに気づいた。こういう時は、いったい何と答えればよいのだろう。

言葉が見つからずにいると、亭主の方が口を開いた。

「このところ、ちょくちょくみえなさるんですがね。きれいな人だから、昔は何をしていなすったのかと思って」

「大工の女房だよ」

そこまではほんとうだった。

「亭主に早く死なれちまってね。相談にのってやったことがあるのさ」

はじめの方が噓だった。おしんは三行半を書かれたのである。

「それじゃそのあとは、自棄っぱちになって……」

「知らねえよ。それより、早く酒を持ってきてくんな。それから大急ぎで天ぷら蕎麦だ。ぐずぐずしていると帰っちまうぜ、俺は」

亭主は、苦笑いをして調理場へ入って行った。

それから二日ほど晴天がつづいた。太陽が暦を間違えているのではないかと思うほどの暑さだった。

ばかばかしい陽気だ、袷が汗で濡れると言っていながら、江戸の人達が単衣を出して着ることはない。佐七も袷の袖をまくりあげ、尻を高々と端折った威勢のよい姿となって、庭の雑草をとっていた。

慶次郎は、片肌を脱いで薪を割ることにしたが、陽にさらされている右肩のやけて

ゆくのがわかるような気がした。ねじり鉢巻ではなく、陽除けの頰かむりをしたいく

らいだった。

三日目は、曇り空だった。

明日から降るかもしれないと言っているところへ山口屋の文五郎がきて、酒と給金

を出入口の隅に置き、明日は雨になるでしょうと、同じようなことを言って帰って行っ

た。

三人の予測は当って、四日目は朝から雨になった。長雨となることを思わせる、細

い雨だった。

「卯の花腐しだね」

と、佐七が柄にもないことを言う。

こんな日は、することがなかった。朝食をとり、掃除をすませると、佐七は台所わ

きの自分の部屋へひきこもった。

紙袋を裂く音が聞えてくるのは、煎餅を食べながら絵草紙を眺めるつもりなのだろ

う。挿絵と仮名の拾い読みで物語を想像しているようだが、あとで絵草紙の内容を教

えてくれる佐七の話は、実際に書かれているそれよりも面白いことがある。

慶次郎は、将棋盤を出した。

本を片手に詰将棋をはじめたが、気がのらぬせいか、

樋をつたってくる雨の音ばかりが聞えてきた。

それでも、いつの間にか、将棋盤を睨んで考え込んでいたようだった。「旦那——」

という声にふりかえると、佐七が障子の間から顔を出していた。

「お客らしいよ」

と言う。それなら応対に出てくれればよいのにと思ったが、佐七は、「女の声だからさ」と言って障子を閉めた。

慶次郎は、手に持っていた駒を将棋盤の上に置いて立ち上がった。廊下へ出ると、蛇の目に降りかかる雨の音が聞えてきた。

慶次郎は、薄暗い土間へ降りた。雨を遮るため、田舎家風の板戸が三分の二まで閉められていたが、その隙間から蛇の目の紺と、裾を端折っているらしい臙脂色の裾まわしに白い脛が見えた。

人が土間へ降りた気配がつたわったのかもしれない。女は、ためらいがちに、森口慶次郎というお方の家はこちらかと尋ねた。

慶次郎は、少し間をおいてから答えた。

「俺だよ」

そういう答えが返ってくると思っていたのだろうに、女は、身をひるがえして逃げ

出した。慶次郎は、重い板戸を開けた。

「そんなに走ったら濡れるぜ」

女は、足をとめて笑い出した。

「そうですよね。ここまできて、旦那に会わずに帰るこたあない」

「入りな」

と、慶次郎は言った。おしんは、開き直ったように小走りに戻ってきて、蛇の目を閉じた。浅草から根岸までの道中で濡れ、この家を探すのに手間取った上、探し当てたあとで案内を乞うたものかどうか迷って、さらに濡れたのだろう。両の肩から袖へかけて、着物の色が変わっていた。

あの時と同じだと、慶次郎は思った。七年前のおしんも、両の肩を雨に濡らしてやってきた。ただ、あれは三千代がいた八丁堀の屋敷ではなく、深川の小体な料理屋だった。

「すまねえな」

と、慶次郎は、おしんの濡れた肩から目をそらせて言った。

「着替えを出してやりてえが、男所帯で何にもねえんだよ」

「あら、とんだご心配を」

意識しているのかどうか、おしんの微笑は艶やかだった。

「有難うございますが、大丈夫。わたしゃ糊づけの人間じゃございませんから、ちっとばかり雨に濡れたって剥がれてこわれやしませんよ」

慶次郎は、苦笑して居間へ案内した。どんな用件でおしんがたずねてきたのかわからないが、話が山場へさしかかったところで、佐七は、煎餅の入った菓子鉢と苦い茶をいれた湯呑みを持って、居間へ入ってくるにちがいなかった。

き見をしているからだった。台所の障子が細く開いているのは、佐七が覗

そのあたりが七年前とはちがうと、慶次郎は将棋盤を隅へ寄せながら思った。おしんにはじめて会ったのは、その時からかぞえて一年半ほど前のことだった。おしんは、亭主に三行半を渡されて、泣きながら縄暖簾で酒を飲んでいた。見廻り中だった慶次郎は、自身番屋の知らせで縄暖簾に立ち寄った。

ふっくらと可愛らしい顔立ちの女が、大粒の涙を流しながら酒を飲んでいるのである。昼めしを食べに寄ったらしい客達が店の隅にかたまり、確かに異様な光景だった。

番屋の差配達が自害を心配して慶次郎に知らせたのも当然だった。

「店を出たとたん、大川へでも走って行くんじゃないかと思いやして」と、うちわを片手に女のようすを見守っていた縄暖簾の亭主は言った。が、おしんは、定町廻り同心と一目でわかる慶次郎を見ると、手拭いで涙を拭った。

「大丈夫です。わたし、ちゃんとうちへ帰ります」

涙はとまりそうになったが、案外にしっかりした口調だった。

酔ってはいないように見えたが、縄暖簾の亭主に尋ねると、二合半のちろりが一度、空になっているという。慶次郎は勘定をすませ、おしんをむりやり家へ送って行った。

亭主と別れたことは、そこで知った。

その日は、辰吉の縄張りで盗人を捕え、大番屋へ送るなどして奉行所へ戻ったのも遅かった。おしんの一件など、屋敷へ帰る頃には忘れていたのだが、翌日、おしんは自身番屋の近くで慶次郎を待っていた。

「昨日、旦那がお帰りになったあとで、お酒の代金を立替えていただいたことを思い出しまして」

恥ずかしそうな顔つきだった。が、あれは俺が馳走すると言って慶次郎が歩き出すと、おしんはその袖をつかまえた。酒は、自分が飲みたくて飲んでいたのだからと言うのである。

市中見廻りの途中、いつまでも足をとめているわけにはゆかなかったし、可愛い顔に似合わぬ強情に興醒めもして、慶次郎は金を受け取った。おしんは、その金を無雑作に袖へ投げ入れた慶次郎を見てぽつりと言った。

「やっぱり、いやな女だと思いなすったんですか」

慶次郎は、供をしていた小者にそのあとを追わせた。金を返すのは口実で、長屋の木戸の前で追いついたと言った。気が向いたなら八丁堀へ相談にこいという慶次郎の伝言にも、素直にうなずいたらしい。

「そうではない」と答えたが、おしんは、べそをかいたような顔をして駆けて行った。

慶次郎は、供をしていた小者にそのあとを追わせた。金を返すのは口実で、長屋の木戸の前で追いついたのではないかと思ったのだった。小者はすぐに戻ってきて、長屋の木戸の前で追いついたと言った。気が向いたなら八丁堀へ相談にこいという慶次郎の伝言にも、素直にうなずいたらしい。

それでも、すぐにたずねてくるとは思わなかった。が、役目を終えて屋敷へ戻ると、おしんがいた。三千代の話では、昼の八つ半頃から待っていたそうだ。小者から慶次郎の伝言を聞くとすぐ、八丁堀へ向ったにちがいなかった。

そのくせ、詳しいことは話さなかった。打ち明けたことといえば、去年、大工の女房になったこと、好いて好かれた間柄であったこと、それに「そんな女だとは思わなかった」の一言で、別れる破目になったということだけだった。

「そんな女だとは思わなかった――んですって」

その言葉を、おしんは幾度繰返して泣いたことだろう。だが、なぜそんな風に言われたのかを尋ねると、まるでわからないという。

慶次郎は、亭主に女ができたのではないかと思った。おしんは男好きのする可愛い

顔をしていたし、指のあかぎれの痕を見れば、水仕事もいとわぬ働き者であることも
わかる。それでも亭主が「そんな女だとは思わなかった」と言うのであれば、難癖を
つけたとしか思えない。女房に難癖をつけて追い出す理由は、女以外にない。
が、おしんは、亭主に女はいないと言いきった。実際、慶次郎が調べてみても、お
しんの亭主だった男は、仲間と岡場所へ遊びに行きこそすれ、特別な関係にある女は
いなかった。「女は懲りた」と、ことあるごとに言っていて、当時は後添いをもらう
気もなさそうに見えたのである。

「わからねえな」
と、慶次郎が言ったのは、おしんがしばしば八丁堀へ顔を見せるようになってから
のことだった。

思った通り、おしんはよく働く女だった。その頃は住込みの飯炊きのほかに、掃除や
洗濯に通ってくる女がいたのだが、その女がいやがるほど、おしんは部屋の中をきれ
いに片付けた。三千代も、おしんがくると、喜んで掃除を手伝っていたようだった。
一つだけ閉口したのは、時折、おしんが「わたしは、いやな女なんでしょうか」と
尋ねることだった。そんなことはないと答えていたのだが、三行半を渡されたことを
気に病んでいたのはわかっていたので、「夫婦別れはどっちがわるいわけでもねえ、

反りの合わねえのと一緒になっちまったんだろうよ」と、つけくわえたことがある。

おしんは、うっすらと笑ったきり何も言わなかった。

おしんの足が遠のいたのはそれからだった。いい女だと言ってくれる男があらわれたのだろうと思い、慶次郎も、あえておしんをたずねて行こうとはしなかった。

一年半ぶりにおしんが八丁堀へきた時も、雨が降っていたのではなかったか。紺蛇の目も、臙脂色の裏をつけた着物の裾がからみつく白い脛も、ずっと脳裡に焼きついていたような気がするのである。

が、あの時、慶次郎は屋敷にいなかった。おしんに会ったのは三千代だった。慶次郎は、相談をしたいことがあるから深川の料理屋へきてくれという言づけを、三千代から聞いたのだった。

おしんも、その時を思い出していたのかもしれない。「わたしが旦那をおたずねする時は、いつも雨ですねえ」と言って笑った。

その笑い声を待っていたように、佐七が盆の上に湯呑みと菓子鉢をのせて入ってきた。雨のやむようすがないなどと天候の話をしてそこへ坐り込むつもりだったようだた。

が、慶次郎もおしんも、相槌をうつだけで濡れている庭を眺めていた。さすがの佐七も居心地がわるくなったのだろう、「お邪魔様」と言って、台所へ引き上げて行った。

庭へやっていた視線をおしんに戻すと、おしんの目も慶次郎を待っていた。

深川へ行った日も、雨が降っていた。卯の花腐しと呼ばれる雨だった。

肩を濡らして部屋へ入ってきたおしんは、「幼馴染みが嫁いできたところなので」と、言訳のように言った。男女のにおいがたちこめている、出合茶屋のような雰囲気のある店だった。

ただ、おしんの言訳は、雨の日に遠出をさせてしまったことに対してであったらしい。出合茶屋というところが江戸にあることさえ知らぬようで、料理屋に上がるのもはじめてだと言っていたのである。その落着きのなさを隠すためか、妙にはしゃいでいた。おしんのふっくらとした頬を噛じりたいと言ったのは、この料理屋の亭主だった。

おしんは、かなりの酒を飲んだ。

いい加減にしろと、慶次郎は言った。頬を噛じってやりたくなるようなあどけない容貌からすれば、素直に猪口をふせる筈だったが、おしんは、かぶりを振って飲みつづけた。「これで話せるようになった」と言うまでに、二合半のちろりを三本も空に

したのである。

「わたし……」

と、おしんは、酒では染まらぬ頬を赤くして言った。

「あの、……好きな人がいました」

「結構なことじゃないか」

と、慶次郎は答えた。それを予想外の相談だと思った自分に、うろたえてもいた。

「所帯を持とうって言ってくれて」

「男に不審なところでもあるのかえ」

おしんは、目を伏せてかぶりを振った。

「不審なところなんて、とんでもない。両親を早く亡くして、叔母に育てられたわたしには、もったいないような人でした」

「でしたってのは、うまくゆかなかったのかえ」

尋ねながら慶次郎は、「好きな人がいました」と、おしんが言ったことに気づいた。

答えるかわりに、おしんは、「どうして」と慶次郎を見た。

「どうして？　教えて下さいな、旦那。どうしてわたしは、いつも、そんな女だとは思わなかったって言われるんですか」

所帯を持とうと言った相手は、三年前に女房を亡くした小売りの米屋だった。町の人達が百文の銭を握り、ざるをかかえてくる店である。が、店は繁昌していたし、手伝いの小僧もいた。五つと四つの男の子と、五十にならない姑がいたが、子供はおしんになつきそうだったし、姑も「あの人ならいい」と言っていたという。

話は順調にすすみ、米屋は、祝言を上げる前からすまないが、昼間だけ店を手伝ってくれないかと頼んできた。

好きになった男の頼みであった。おしんは、二つ返事でひきうけた。

「そんな女だとは思わなかった」と言われたのは、店へ通いはじめてから十日ほどたった日のことだった。夜の五つを過ぎてからたずねてきた米屋は、おしんを外へ呼び出してそう言ったのである。

「聞いて下さいまし、旦那、もっとおとなしい女だと思っていたって言うんですよ」

おしんは、腕組みをしている慶次郎の膝を揺すって言った。

「そりゃ、女房でもないわたしが差し出がましい口をきいたことがあったかもしれません。それが姑となる人の気に入らなかったのかもしれません。だけど、わたしがおとなしい女だと思ったのは、向うの勘違いじゃありませんか。勝手におとなしい女だ

と思い込んでおいて、その女がちょいとよけいな口をきいただけで、お前にゃがっか
りさせられただなんて、あんまりです」

よけいな口をきいてしまう原因となったのは、昼めしに出した鮭だった。こんなも
のはいやだと言って、長男が皿ごと畳へ放り投げ、それをおしんが叱りつけたのであ
る。

泣き出した長男を抱いて、姑は、「堪忍しておやり」と言った。

「お祖母（ばあ）ちゃんが卵を焼いてやるからね、小母（おば）ちゃんを堪忍しておやり」

呆（あき）れ返ったが、黙って台所へ立って行くつもりだった。が、ひとりごととは思えぬ
声が耳に入った。

「まったく、他人の子だってのに」

腹は立たなかったが、どうしても言っておきたいことがあった。

「もうじき、わたしの子です」

おしんは、姑となる女の前に手をついて言った。

わたしの子と思うから、こうしてお願いする。子供の嫌いなものを出してしまった
わたしも迂闊（うかつ）だったが、この子達も少し行儀がわるくないか。嫌いなものが出された
のなら、これは嫌いだと言葉で伝えられるように躾（しつ）けをさせてもらいたい。――

「でも、あの人は、おふくろが孫を甘やかしているのは承知だが、って言うんです」

慶次郎は、おしんから目をそらせた。

うなふっくらとした頬は、濡れて光っていた。

「おふくろの方がわるいのは承知だが、お前もそんな女だとは思わなかったって言うんですよ。わたしなら、お姑さんの言うことを黙って聞いて、うまく子供を育ててくれると思ったって」

口惜しい——と言って、おしんは慶次郎にしがみついた。

「教えて下さいな、旦那。わたしがおとなしそうな顔をしているのは、わかっています。でも、そういう顔をした女は、人が右を見ていろと言ったら、ずっと右を見ていなけりゃいけないんですか。そうしていなけりゃ、がっかりされるんですか。おとなしい女だと、自分が見かけで判断して間違えたくせに、あんな女だとは思わなかったって町内中に触れまわって……。わたしだって、白いものを黒だと言っている人を見りゃ、それは白だって言いたくなるんですよ」

おしんの涙が、慶次郎の胸を濡らした。

その涙を拭いてやろうと俯いた慶次郎の唇に、ふっと顔を上げたおしんの唇が触れた。

おしんが慶次郎の肩へ手をまわした。そう思ったが、慶次郎がおしんを抱きしめたのかもしれなかった。

強くなった雨が廂（ひさし）を叩（たた）いていて、料理屋はほかに客がいないかのように静まりかえっていた。

「あれから七年ですものね」

ふいに、おしんが言った。

「あれから、どうしてた」

しばらく黙っていたせいか、慶次郎の声には痰（たん）がからまった。

「どうしてたって、働いてましたよ」

「料理屋か」

「ご明察」

そらぞらしい会話だった。慶次郎は、その直後に叔母の家から姿を消したおしんを案じて、深川へ足をはこんでいたのである。おそらくは幼馴染みの口ききだったのだろう、例の店の近くにあった料理屋で働いているのを見て、黙って引き返してきたの

だ。

　おしんの方も、慶次郎のその姿を見ていたにちがいない。押込強盗が子供を人質にとってたてこもったり、浅草寺付近に辻斬りが出るなど、江戸の町にめずらしく凶悪な事件があいついで、屋敷へ戻る暇もないほどのいそがしい日を送っているうちに、おしんの姿は深川から消えていたのだ。

「麹町へ行ったんですよ」

と、おしんは言った。

「まったく知らないところだったけれど、知らないところへ行けば、いい目も出るんじゃないかと思って」

　慶次郎から逃げたのだとは言わなかった。

「いい目は出たのかえ」

「少し」

　おしんは、親指と人差指で、二、三分ほどの隙間をつくってみせる。

「四丁目にある薬種問屋の大旦那が、わたしに惚れてくれました」

　おしんを育ててくれたという叔母は、手間取りの大工の女房だった。おしんがその名前を明かした薬種問屋は、とげ抜きの薬で有名な大店である。長屋暮らしの娘から

大店の内儀では、そんな女だとは思わなかったと言われる前に、礼儀作法を知らぬの、立居振舞いに品がないのと、女中達からも陰口をきかれたことだろう。

「その人の女房になるなんて、そんなばかな真似はいたしません」

おしんは、かわいた声で笑った。

「懲りてますからね、わたしゃ」

慶次郎は、口許だけで笑った。少しの間、樋をつたう雨の音だけが聞えた。

「それに、どういうわけか、その人が好きになれなかったんです。——いえ、今の世の中にはめずらしいいい人で、こんな人と所帯をもてたら幸せだろうと思える人だったんですけど……どう言ったらいいのかしら」

好きではあるが、夢中にはなれないということかもしれなかった。惚れて惚れて、会えば首ったまへかじりつきたくなるような人ではなかったと、おしんも似たようなことを言った。

「でも、三年辛抱しようと思いました」

慶次郎は首をかしげた。意味がよくわからなかった。おしんはまた、かわいた声で笑って雨の音を消した。

「囲われました」

「三年の約束で——かえ」

「いいえ」

おしんは、言いにくいことをはっきり言う。

「三年たったら別れるつもりで」

返事のしようがなかった。

「呆れなすったでしょう。わたし、三年の間にお金をためて、料理屋を出そうと思ったんです」

黙っている慶次郎を見て、おしんは話しつづけた。

「はっきりそう言いましたら、薬種問屋の大旦那も呆れなすったようですけど。わたしね、旦那、着物でもこしらえろってお小遣いを渡されると、働いていた深川の料理屋へ行ったんです。だって、女将さんは着道楽で、その言訳に、毎度おんなじ着物でお客の前には出られないって言ってなすったんですもの」

女将のもとへは、古着屋がその着物を買いにくる。おしんは、古着屋の先まわりをして、高価なものを安く買った。

それだけではない。魚屋へも八百屋へも、店が閉まる頃に行った。売れ残りが安く手に入るからだった。恥ずかしいのを我慢して、下駄は擦り減って板のようになるま

ではき、足袋は糸の代金がもったいないと自分でも思うくらい、綻びをつくろっては
いた。

よく男が愛想をつかさなかったものだと、慶次郎は言った。おしんは、首をすくめ
て答えた。

「三年の間、わたしはずっとおとなしい女でしたもの。大旦那が白いと言えば白い、
黒いと言えば黒い。雨の日の方が気持がいいと言えば、ほんとうにその通りですって
答えるんです。三年の間にお金をためると言って、大旦那をびっくりさせちまいまし
たからね、その分、よけいにおとなしくしていたんですけれど。——それにしても男
の人って、どうして鸚鵡返ししかできない女が好きなんでしょうね」

「そういうわけでもねえさ」

「旦那は、懐の深いお方ですもの」

おしんが慶次郎を見た。目をそらせたくはないのだが、そらさずにはいられない視
線だった。

そっとおしんを見ると、おしんは、膝に置いている手を眺めていた。

「それからもう一人、薬種問屋の大旦那も」

慶次郎に負けぬ懐の深い男だというのである。ほろ苦い笑いが口許に浮かんだが、自分の手を眺めているおしんは、慶次郎を見ていない。

「だって、けちだっていう噂のたったわたしに、お小遣いが足りなかったのかって……。それなのに、わたしは大旦那がきなさるたびに、寝言を言う真似をしたんですよ。小さくってもいいからお店を持ちたいってね」

三年たたぬうちに、薬種問屋の主人は、惚れた弱みだと言って、いくらかの金を渡してくれたという。囲われたとたんにわざと寝小便をして呆れさせ、手切金を出させる女がいるそうだが、そんな女と変わりのないことをしたと、おしんは自嘲するように笑った。

「で、芝にお店を出しました。そのお金にためたお金を合わせても足りなくって、高利貸からいくらか借りましたけど」

「繁昌したのかえ」

「お蔭様で。借金を返せるくらいには」

「借金を返してほっとして──」と、おしんは言った。

「ふっと気がついてみると、そばにゃ誰もいない。もしかしたら薬種問屋の大旦那は、

わたしにとって……」

おしんは、そこで言葉を切った。次の言葉に迷っているようだった。

「わたしにとって大事な人だった」とつづけるつもりだったのだろう、慶次郎はそう思った。その推測は間違いない筈だった。が、おしんは、しばらく迷ったあげく、「都合のよい人だったかもしれない」と言って笑った。

「わたしが大旦那の言うことにさからっても、思い通りに動いても、怒りなさることはなかったような気がするんです」

それからまたしばらく言葉に迷い、「森口の旦那のように」と、早口に言って笑った。

「それで、ひさしぶりに麹町へ行ってみました」

商売繁昌のもとは大旦那のお蔭と、礼を言うのを口実に、かつて自分を囲っていた男に会ったのだという。

薬種問屋の主人は、おしんがくるのを待っていたようだった。おしんの話のようでは、彼も、慶次郎と同じ年頃らしい。同じ年頃の男として考えれば、彼はおしんと別れてから、二十なかばの『おとなしい女』に料理屋の女将がつとまるものかどうか、ずっと心配していただろう。おしんはきっと自分を頼ってくる、その時には力になってやろうと考えていたにちがいなかった。

「いい人でしょう?」

と、おしんは言った。

「わたしにゃもったいないくらい、いい人なんです。でも、わたしは、どうしてもあの人に惚れられない。この人ほどいい人にはもう会えない、わたしが頼れるのはこの人しかいないと頭でわかっていても、胸ん中じゃ、いやだ、いやだと言っているんです」

商売が面白くってたまらないと、はしゃいでみせて帰ってきたとおしんは言った。

「それから一年たってるんです」

おしんの言いたいことは見当がついた。

「惚れた男ができたって不思議はねえさ」

「やっぱり旦那は懐が深い」

おしんの目がつややかに光った。

「惚れてもいい?」

「俺が口を出すところじゃねえだろう」

「だって、旦那だって奥様がお亡くなりなすってから、ずいぶんになりなさるんでしょう? いろんなことがおありなすったのじゃありませんか」

「あいにくだが」と言いかけて、七年前のことが脳裡をよぎった。苦笑するほかはな

かった。

「だから、旦那にご相談したいと思って」

「どんな男だ」

おしんは、口を閉じて慶次郎を見た。それから、「大工の棟梁ですよ」と言って笑い出した。

「最初の亭主も大工でしたけど。ええ、振り出しに戻りました」

相談を口実にたずねてきたのかと思ったが、それは、慶次郎の自惚れであったようだ。

「おまけに、前のおかみさんと別れているんです。弟子に入ってきた若い人を口説いたんで、三行半を叩きつけたんですって」

その男が、おしんを前にして言った言葉が聞えてくるようだった。

ちょっといいかと言って帳場へ入ってきた男は、長火鉢を間にはさんで女将のおしんと向いあう。馴れぬ正座をして、男はこう切り出したにちがいない。

俺あ、二度と女房なんざもらわねえつもりだったが──。

そのあとで、おしんが何と答えたかわからない。が、憎からず思っているようだから、火箸を握りしめなどして、男の次の言葉を待っていたのだろう。

男は言う。女房なんざもらわねえつもりだったが、その、何だ、お前さんを見ているうちに気が変わった。——

我に返ると、おしんの声が聞えた。

「うちのお店へきてくれなさるようになって、もう二年になります。はじめのうちは、ただのお客様と料理屋の女将でしたけれど」

仕事で面白くないことがあったのか、めずらしく酔った棟梁が、おしんを出合茶屋へ誘ったのだという。薬種問屋の主人に会って帰ってきた数日後のことだった。気っ風のよい棟梁は嫌いではなかったし、誘いはむしろ嬉しいくらいだったが、おしんは、一人で暮らす覚悟をきめていた。棟梁の方も気まぐれに誘っただけで、一夜の出来事で終るものと思っていた。

だが、その誘いが二度になり、三度になった。棟梁がおしんの店へくることも多くなった。棟梁は、『おとなしいおしん』に惚れたのだった。

「ばか」

と、慶次郎は言った。

「それじゃ、せっかく惚れてくれた男を騙しているようなものじゃねえか」

「その通りです」

おしんは横を向いた。

「でも、この人はおとなしい女が好きなのだとわかっていて、強情を張ってみたり、突拍子もないことをしてのけたり、そんなことができますかえ。そんなことをするわたしを見て、笑い出すのは森口の旦那だけじゃありませんか」

雨の音が聞こえた。それも、長い間、聞えていた。

「間違えないで下さいまし」

と、ようやくおしんがかすれた声で言った。

「わたしゃ棟梁に惚れているんです。だから、強情も張れば屁理屈もこねる女だってことを、相手に知られるのがこわいんです。また、そんな女だとは思わなかったと言われるんじゃないかと思うと、こわくってしょうがないんです」

「だが……」

「わかってます、いつまでも猫をかぶっちゃいられないってことは。それで、わたしは一月前に店を閉めちまったんです」

「棟梁から逃げ出したのか」

「追いかけてきてくれましたよ。ずいぶん探したと言ってくれました」

「それならばもう、猫をかぶっているこたあねえじゃねえか」

おしんが慶次郎を見た。

「相手は旦那じゃないんですよ」

慶次郎は、おしんが七年前のように、すがりついて泣くのではないかと思った。が、おしんは、涙のにじんできたらしい目頭を指先で拭うと天井を向いて笑った。

「そうだった。相手は旦那じゃないし、旦那も棟梁じゃない。旦那に相談したって、棟梁の気持はおわかりになりませんよね」

わからなかった。この美しくて賢い女に、自分の言いなりになっていてくれと言う男の気持がわからなかった。

「帰ります。とんだお邪魔をして、すみませんでした」

おしんは、帯の間を探って、懐紙にくるんだものを取り出した。

「ずいぶんお目にかからなかったものだから、わたしは今日、八丁堀へ行っちまいましたよ。三千代さんは、お亡くなりになったそうですね」

うなずいた慶次郎の前に、おしんは懐紙の包を置いた。

「びっくりしました。たいして入っちゃいませんが、お好きだった甘いものでも供えてあげて下さいまし」

おしんは、障子の陰で息をひそめているらしい佐七にも声をかけて立ち上がった。

翌日、慶次郎は、めしはちゃんと食えと言う佐七の言葉を聞き流して寮を出た。空は、今にも降り出しそうな曇り空だった。どれほど記憶の糸をたぐっても、おしんからは「芝に店を出した」としか聞いていなかった。

うろ覚えの蕎麦屋を探し当て、おしんの住まいを聞いた。が、一昨日、近所への挨拶もせずにあわただしく引越して行ったという。引越先の手がかりはないかと尋ねると、蕎麦屋の亭主は、薄い笑いを浮かべて慶次郎を見た。

「行った先の心当りはありませんがね」

以前、住んでいたらしいところはわかると言った。

「芝神明前の草紙問屋、和泉屋の話をしていましたよ。芝には大分長いこと、住んでいたようで」

すぐに神明前へ出かけたが、おしんを探し当てることはできなかった。が、三島町に、大工の入っている店があった。『もりやま』というなかなか繁昌している料理屋だったのだが、どういうわけか、一月ほど前に女将が暖簾をおろしてしまったのだという。女中の一人が鍋釜から客用の器までもらい受け、新しい店を開くそうで、出入口のよ

うすを変えるため、昨日から大工が入ったということだった。おしんは、おそらく棟梁と別れ、『もりやま』の暖簾をおろして、浅草へ移ってきたのだろう。そして、思いがけず慶次郎に出会った。

これ以上、おしんは探さぬ方がよいのかもしれなかった。慶次郎は、大工仕事の邪魔をした詫びを言って歩き出した。

その途中で雨になり、翌日も翌々日もその雨が降りつづいた。案内を乞う声が聞えたような気がしたのは、詰将棋の本を枕に天井を眺めていた時だった。長火鉢でするめをあぶっていた佐七が、空耳だろうと言ったが、慶次郎は居間を出た。

先日と同じように板戸がなかば閉められていて、出入口の土間は暗かった。その隙間から、紺色の蛇の目が見えた。臙脂色の裏をつけた着物がからみつく白い足も、確かに見えた。

慶次郎は、土間へ飛び降りて板戸を開けた。誰もいなかった。ただ細い雨が蜘蛛の糸のように光って降っていた。

「だから、空耳だって言ったじゃないか」

佐七が熱いするめを裂くことに夢中になっているのが有難かった。

再会　三　恋する人達

二、三人の遊女が、むきみ小屋へ逃げて行った。

あの女達は放っておけばよい。なにせ、襦袢を羽織っただけの姿なのだ。そこから出て行きたくても、出て行けるものではない。すべてが片付いたあとで小屋をのぞき、

「吉原へ行きてえか」と一言、にやりと笑ってみせればよいのである。

吉次は、隣りに立っている男を見た。客となっていた男で、羽織っている着物は裏返し、自分でもそれと気づいて、横を向いたり背を向けたり、何とかうまく着直そうと、努力しているところだった。動けば、襦袢はおろか、下着もつけていない軀が見える。手は、その下着を握りしめていた。裸で逃げた者もいる筈で、この男は、なまじ裸では恥ずかしいと思ったばかりに、吉次に見咎められる破目となったのだ。

岡場所には、こういうことがある。吉原のように、一夜の恋を公認された場所ではないので、時折、風紀を粛正するための嵐が吹くのである。

遊女商売をしていた者――妓楼の主人は過料の上、百日間の手鎖、遊女は吉原へ下げ渡される。三年の年季で働かされるのだが、吉原では、町毎に入札をして遊女を引

き取るという。女衒に高い金を払うこともなく、客あしらいを教える手間もない女が
あずけられるのだ。吉原にしてみれば、きわめて都合のよい定めだろう。吉原の楼主
にせっつかれると奉行所が腰をあげるという噂は、ほんとうかもしれなかった。

ただ、客に咎めはない。逃げて行こうとした客を呼びとめたのは、吉次の親切だ。
客は迷惑と言うかもしれないが、吉次としては、裏返しの着物に帯も締めずに走って
行く男に声をかけずにはいられない。

は、親切な吉次にとって当然の行為である。お蔭様で――と金を包んで出すか出さぬ
名前と住まいを聞き、恥ずかしい思いをせずにすんだかと数日後にたずねて行くの
かは、その男の気持次第だった。

楼主が引き立てられてきた。

吉次を見ると顔をしかめ、唇を妙なかたちに尖らせた。唾を吐きかけようとしたの
かもしれなかった。

が、のどもと過ぎれば熱さは忘れられるし、世の中は三日見ぬ間の桜である。昔は、
隠れてこの商売をしていた者を磔にしたそうだが、今は過料と手鎖であった。たちま
ち熱さを忘れた楼主達はふたたび商売をはじめ、一時は静かになるこの界隈も、三日
見ぬ間の桜で、ただし散ったあとすぐに満開となる。

吉次に唾を吐きかけようとした楼主も、やがてこの地へ戻ってきて、商売をはじめる時のことを考えたのだろう。たちのわるい岡っ引への附届を忘れなければ、手入れのあることは前日に教えてもらえる。手入れの当日は、遊女達に前掛をさせ、たすきをかけさせて料理屋をよそおうとか、遊女を隠してしまうなどの方法をとり、奉行所に苦笑いをさせることもできるのだ。が、唾を吐きかけるような無礼を働けば、附届も無意味になる。吉次は、せっかくくれたものを返すような無礼は働かないし、手入れの日を教えないなどという意地悪もしないが、その日がいつであるか忘れてしまうのである。覚えていてもらうには、唾など吐きかけない方がよい。

「もう帰ってもよいでしょうか」

と言う声が聞えた。隣りに立っていた男だった。日本橋室町の塗物問屋の伜である

という。話の種にと遊びにきたところに、けいどうと呼ばれる手入れがあり、吉次に声をかけられたのだった。

無論、男は聞えぬふりをして逃げようとした。このあま——とわめいて、吉次は男に飛びかかった。

飛びかかって手を捻じ上げて、「おや、ごめんよ」と言う。吉次の親切を無視して逃げようとする男達への、いつもの仕返しだった。

「ごめんよ。遊女と間違えちまったんだよ」

もっとも、捕えてみれば六尺近くもありそうな、背の高い男だった。遊女と間違えたというのは、いくら五月の暗闇（くらやみ）の中でも、むりがあったかもしれない。それでも吉次は、「これも何かの縁だ」と言って、男の住まいと名前を聞き出した。

「いいよ、帰っても」

と、吉次は答えた。

「間違えて、すまなかったな」

いいえとかぶりを振ったが、男は頬をひきつらせていた。むきみ小屋へ逃げて行く遊女を追わず、海辺で着物を着なおそうとした男に声をかけ、黙っていると飛びついてきて、「捕（と）った」と叫んだ岡っ引への腹立ちを、必死で抑えているのだろう。

「俺も帰ろ」

と、吉次は言った。

が、まだ一つ、用事が残っていた。むきみ小屋へ逃げた遊女達に、吉原へ行きたいかどうかを尋ねなくてはならなかった。

雁首が飛びそうな勢いで吐月峰を叩いたお六は、その煙管を腿の上に立て、両手をのせた。妓楼の女将という商売が板についていると、仙八は感心した。

感心するのは、それだけではない。

お六は、今年二十四になったと言っている。それならば亭主の仙八より一つ年下だが、実際は三十九、仙八より十四も年上だった。

それが、二十七、八にしか見えないのである。さすがに仙八より年下とは誰も思わないが、ならんで坐っていても、さほど不釣合いではない。お六を三十過ぎと見た客は、「金の草鞋で探したくちか」と、ひやかして帰って行った。仙八も、三十になっていると思ったのだった。

怒れなかった。このところ、仙八は、髪床の親方に「ていねいにやってくんなよ」と頼んでばかりいる。髷にする髪の量が確実に減ってきて、髷が細くなり過ぎているのである。

冗談じゃねえやと言いそうになったのを、あわてて飲み込んで、ついでに茶も飲んだ。自分でいれた茶だが、熱かった。お六が熱い茶でなければ飲んだ気がしないというので、鉄瓶の蓋が鳴るほど煮立っていた湯でいれたのだった。

「ばかだね」

お六が笑いころげた。亭主が目を白黒させているのに笑う奴があるかと、仙八はな
お腹立たしくなった。

だから、まだ二十五だというのに俺の髪が薄くなるのだ。おちかは十六、俺が老け
ちまったら、親子のように見えちまうじゃねえか。

「何てえ顔をしてるんだよ」

お六が、雁首を煙草盆の縁にかけた。仙八も煙管を持っているのだが、お構いなし
に自分の方へ引き寄せてゆく。お六が煙草に火をつけたところで、仙八も雁首を煙草
盆の縁にかけると、「何をするんだよ」と睨まれた。

「何をするって、俺だって煙草ぐらい吸わあな」

「およしよ。軀に毒だよ」

おちかなら、こんなことは言わない。煙草屋の娘のせいもあるが。

「それなら、お前こそよしねえな。お前は女だもの、毒のまわりが早えかもしれねえ」

「有難うよ。でも、わたしゃ早く死んじまおうと思ってさ」

「ばかなことを言うねえ」

「だって」

熱──と、お六が言った。湯呑みの中へ、指をそっと入れたのだった。また茶殻の

混じった涙を流すつもりだと、仙八は思った。

「だってさ、わたしはお前さんのお荷物だもの。お前が十五、わたしが十四の時

……」

嘘をつけ。

「わたしがお前さんに惚れちまってさ。それからずっと、お前さんには迷惑をかけっ放しだった」

それは間違いない。

十五の時、仙八は板前の修業中だった。生家は東海道の宿場、三島の旅籠で、旅籠には飯盛がいた。その一人に、仙八は口説かれたのである。お六だった。

当時のお六の名はお粂といい、十八だと嘘をついていた。亭主がいたが、若い男と深い仲になり、駆落をする途中、小田原城下で男が倒れ、やむをえず身を沈めたらしい。しかも女衒に騙されて金を渡してもらえず、男は医者に診てもらえぬまま、あの世へ旅立ってしまったという。

身の上話に嘘はなかったが、仙八は、同情した自分に腹が立つ。確かに、悲しい話であった。聞いている方までつらくなる話であった。が、話している当人が、その悲しさ、つらさに打ちのめされているかどうかは、また別の話なのだ。

女衒に騙され、どんな事情からか小田原から三島へ売り飛ばされてくる間に、お六は茶殻入りの涙を流すすべぐらいは身につけていたにちがいない。不幸せな身の上を嘆いて泣いているような女でないことは、ふたたび駆落同然に、三島から江戸へ出てきたお六を見ていればよくわかる。

「何を考えているんだよ。人の話を聞いているのかい」

お六の声が聞えた。仙八は、思わず膝を揃えて坐り直した。

「でね、やっとわたしの間違いに気づいたんだよ」

声音が変わった。仙八は、気づかれぬように身震いをした。

「一昨年、このお店を譲ってもらってから、わたしが女将なんだもの、わたしが頑張らなければって、一所懸命働いていただろう？」

別に不平はない。この見世は、お六一人で手に入れた。遊女として働きながら、前の楼主を籠絡していたのである。女房を亡くし、倅がこの商売を嫌って家を出てから気の弱くなっていた楼主は、跡継にお六を選び、妹夫婦のいる生れ故郷へ帰って行った。

「それが間違いさ。やっぱり内所には、男が坐っていなくっちゃいけないんだよ」

「いいよ、俺は」

なまじそんなことになったなら、おちかに会えなくなる。お六は、それを見透かしたように言った。

「何も、朝から晩までここに坐っていろと言うわけじゃない。今までのように、好きな時に好きなところへ行ったっていいんだよ」

「俺が怠けていたように聞こえるぜ」

「そんなこたあ誰も言ってやしない。ただ、今では、わたしがあんまり出しゃばっていたような気がして」

それは、その通りだ。

「それに、わたしも年齢だろう?」

二十四じゃねえのかえ。

「ちっとばかり、くたびれちまってさ」

「隠居するってのかえ」

となれば、女将は……。

「隠居はしないけど」

何をするってんだ。まさか、見世へ出るってんじゃあるめえな。

「飯炊きでもしようかと思ってさ。慣れない仕事だから、その方がくたびれる。くた

びれて、早く死ねるかもしれない。お前さんも、その方がいいだろう？　明日っから、お前さんがこの見世の亭主、わたしはただの飯炊きだよ」

「飯炊き？」

「そりゃ、うまく炊けないかもしれないけど。とにかく、お前さんを亭主としてたてたいんだよ。わたしゃただの奉公人、女達にも、お六さんと呼ばせるつもりさ」

「そんなばかな」

「何がばかだよ。お前さんをたててやろうってのに、どこに文句があるってのさ。さ、もう話は終り、終り。さっさと煙草屋の娘にでも会いに行っといで」

いつもの通りになってきたようだった。

深川八幡宮の一の鳥居をくぐってからまもなく、どんよりと水をたたえている入堀の前へ出る。堀に向かって左側が山本町で、堀に沿って曲がると、すぐに表櫓と呼ばれる岡場所があった。裏櫓は、その名の通り、表櫓の奥にある。

五月のなかば、晴れている日は暑いくらいだが、吉次は薄汚れて見える木綿を着て、懐手だった。入堀はここが行きどまり、流れて行く先を失って、疲れはてたように

波もたてずによどんでいる水を眺めながら、右へ曲がった。　先日、裏櫓の遊女屋へ、むきみ小屋にいた遊女達を連れてきてやったのだった。

無論、売り飛ばしたのではない。事情のある女達だが、半年ほどあずかってやってくれぬかと、妓楼の主人に話しただけだ。

今は手鎖をかけられた上、町内預けとなっている、先日手入れをうけた越中島町の妓楼の主人も、半年ほどたてば金を掻き集めて同じ商売をはじめようとするだろう。その時がきて、以前の主人のもとへ帰りたいと思うなら帰るもよし、裏櫓に馴れて、こちらへ残りたいと思うなら、主人と相談の上、そうすればよいのである。

親切な男じゃねえかと、唇を歪め、片頬で笑いながら裏櫓の路地へ入って行こうとすると、手拭いをかぶって走ってきた女が突き当たった。

吉次が三人の遊女をあずけたのは巴屋という遊女屋だが、それと軒をならべている桔梗屋の裏口から出てきたらしい。

ついでに言えば、巴屋も桔梗屋も、そこで遊女と遊ばせてくれる見世である。二階建で、狭苦しい場所を隣りと取り合いながら建っているように見える。今の女は泥棒だろうかと、あまり勘の働かなかった吉次がふりかえると、「あら、親分」という声が聞えた。あずけた三人の中で

はとびぬけて若い、お蝶の声だった。

「どうしなすったの、親分」

越中島町の岡場所へは、売られてきたばかりだったという。十八になっているのと、さほど縹緻がよくないのとで、吉原ではなく岡場所へ身を沈める破目になったのだろうが、抜けるほど色が白い。幼い頃から下駄屋の子守に出たり、乾物屋の女中をしたりと、一心不乱に働きつづけてきた野暮くささが、かえって男心をくすぐるような娘だった。

「今、桔梗屋の裏口から、女が出て行ったのさ」

「ああ、あれは女将さんですよ」

と、お蝶は言った。吉次をどんな男と思っているのか、小走りに近づいてきて、耳許へ口を寄せようとする。

吉次はうろたえた。下っ引に低声で報告をうける時ですら、そんなことをされた覚えはない。どういう表情をしてよいのかわからなかったが、とりあえず、苦虫を嚙みつぶしたような顔をしていることにした。

「男の人に会いに行ったんですよ」

お蝶の息が耳をくすぐった。

「年下のご亭主がいるってのに」

「女将と言ったが」

気がつくと、お蝶の手が肩に触れている。背伸びをするのに、お蝶は吉次の肩を借りたらしい。

「見間違えじゃねえのかえ。ずいぶんと薄汚え恰好をしていたぜ」

「そうなんですよ。何があったのか知らないけど、昨日から、急にご飯を炊いたり雑巾がけをするようになって、みんなにもお六さんと呼ばせてるんですって」

「ふうん」

「ご亭主にもいい人がいるから、大喧嘩でもしなすって、女将さんが、飯炊きでも雑巾がけでもするから勘弁してって言ったのかと思ったんだけど、喧嘩をしたのなら、ご亭主さんが叩き出される筈なんですって。桔梗屋のおみねさんが、そう言ってなすった」

ご亭主さんとは亭主、遊女屋の主人のことである。が、一昨年、代替わりした桔梗屋は、女主人になったと聞いている。挨拶の金を持ってきたのは若い衆で、主人がなぜ挨拶にこぬのかと吉次は一瞬不愉快になったものだが、服紗包を持ったとたん、話のわかる女主人だと思った。話のわかる女主人には、吉次も話のわかる岡っ引となる。

去年の手入れの時には、その前日に下っ引を遊びに行かせ、それとなく教えてやった。

「で、何かご用?」

お蝶が吉次を見上げた。

吉次は、あわてて横を向いた。人をねめつけたり、眺めまわしたりしたことはあっても、視線を合わせて微笑んだことはない。

「越中島町のお見世が、もう開くようになったんですかえ」

「いや、そうじゃねえんだが……」

三人の遊女を呼び、「お前達、何か忘れちゃあいねえかえ」と、薄笑いを浮かべてみせるつもりだったのだが、おかしな具合になってきた。何かが少しずつ、ずれてしまう気がするのである。長年の経験からいえば、こういう時は思いもよらぬことが起こる。引き上げた方がよいのだが、だからといって、ここで黙って引き返しては、次の沽券にかかわるだろう。

「その、何だ。お前達が何か忘れてやしねえかと思ってさ」

「越中島町のお見世に?」

子守や女中奉公をして、故郷の親兄弟に仕送りをすることしか知らなかったという

が、少し知らな過ぎるのではないかと思った。

世の中には、礼というものがある。あの時は襦袢一枚で逃げ出して、礼をしように
もできるわけがないとわかっていたから黙っていたが、それから十日が過ぎている。
客がこなかった筈はない。

お蝶はともかく、四十に近いあとの二人は、皺を埋めた白粉が剝がれぬように注意
しながら、悲しい身の上話をして泣いて、客から小遣いをもらったにちがいない。そ
れを全部寄越せとは言わないが、見逃してくれたお礼と言って鼻紙にくるんで差し出
すのは、世の中のきまりというものだ。

「あの時は、ほんとにびっくりしてね。忘れたって言うより、何もかも越中島町のお
見世に置いてきちまって──。それを取り返しておくんなさるんですか、親分」

「そいつはむりだが」

吉次は、懐へ手を入れた。いつ誰を追って旅に出てもよいように、財布には五両の
金が入っている。

「古着でも買いな」

一分金を二つお蝶の手の上にのせてやって、吉次は自分のしていることに目をむいた。
お蝶の手の上で光っている金も、簡単に稼ぎ出したわけではない。いや、簡単と言
えば簡単なのだが、人が懸命に隠していることを探し出し、それをちらつかせて収入

を得るのも、疲れることなのだ。

気にしないようにはしているものの、それでも、「あいつ、恨んでいるだろうな」と思うことがある。それを苦にして自害をはかったなどという話を聞けばなおさらだ。

わるいことをしたと思ってしまう心を踏みつぶすのも、楽ではないのである。

それを、あっさりお蝶にくれてしまったのだ。

吉次はふと、女房のおみつを思い出した。おみつに惚れた頃の吉次も、懸命に人の秘密を探り出しては金を稼ぎ、その金で惜しげもなくおみつの着物や簪（かんざし）を買っていたものだった。

「帰るよ」

「待っておくんなさいな、親分」

お蝶が、驚いた顔のまま追いかけてきた。

「こんな大金、もらえません、わたし」

「取っておきな。その着物も、借金でこしらえたんだろうが」

「そうだけど——でも、知らないお人にこんな大金をもらったら、お父つぁんに

……」

叱（しか）られちまうと言いかけたのを、飲み込んだらしい。ご亭さんでも女将さんでもな

く、お父つぁんという言葉の出てくるところが、可愛らしかった。

「取っておきな。一度出したものを、ひっこめられるわけがねえ」

「有難うございます、親分」

お蝶は、涙のたまった目で吉次を見つめ、もらった金は三人で分けると言った。

吉次は、黙って背を向けた。あとの二人には黙っていろという言葉が、どうしても口の外へ出てこなかった。

福松の家は、今川町にある。知った顔に会わぬよう、遠まわりをしてきたお六は、中ノ堀の中ノ橋を渡ったところで足をとめた。

手拭いをとって、乱れた髪を撫でつける。空はよく晴れているが、左官の福松は、家にいる筈であった。早く言えば、仕事がないのである。

「わたしゃ、どうしてこう男運がわるいんだろう」

そう思う。

お六は、決して醜い女ではない。が、なぜか、男に縁がなかった。豆腐屋の娘だった頃は、それだけ標緻がよいと並の男はかえって尻込みすると、年下のいとこによく

言われたものだった。

いとこの言葉は当っていた。尻込みをせず、お六を口説きに口説いた男は、金まわりこそわるくなかったが、ろくでなしの嫌われ者で、確かに並の男ではなかった。お六の間違いは、根負けをしてその男の女房になってしまったことだろう。男は、約束を守ってくれた。男の女房でいた間、お六は金に不自由したことがない。芝居を見に行こうが、花見に出かけて留守をしようが、男は怒ったことがなかった。

亭主に背を向けて、好きなことをしていればよいと思ったのだが、その考えの何と稚なかったことか。女の方が惚れて所帯をもつ方がいいという、友達の言葉は決して真実ではなかった。

惚れた男と暮らしたい、苦労をしてもいいから、惚れて惚れて、惚れぬいた男と暮らしたいと、どれほど思ったことだろう。それが、ざる売りとの駆落となった。あの男さえ死なずにいてくれれば——と、今でもふっと涙ぐむこともある。あの時、ざる売りは二十三、今の福松と同じ年齢だった。

ざる売りを思い出すと、お六は今でも胸が熱くなる。

お六は、撫でつけても額へこぼれてくる髪を、指先で押えたまま歩き出した。ざる売りと福松は、やさしげな顔立ちがよく似ていた。働き者のざる売りは、朝早

くから日の暮れるまで市中を売り歩いていたが、稼ぎはごくわずかだった。福松も熱心に仕事はするのだが、腕前の方はよくないらしい。働きたくても仕事をもらえないことが、時折あるようだった。似なくてもよいのに、まじめで貧乏というところまでよく似ていた。

長屋の路地へ飛び込んで、左側二軒めの戸を叩く。「おかみさん？」という声が聞え、律儀に土間へおりてきた足音が聞えた。心張棒などおろしていないのに、中から戸を開けて、お六を入れてくれるのである。福松が戸を閉めるのを待って、お六は福松の胸にすがりついた。仙八とは二つしかちがわぬのだが、仙八にはなくなりかけている若い男のにおいがした。

「とにかく、上がって下さいよ」

と、福松は、お六が胸に埋めていた顔を上げるのを待って言った。

「ひさしぶり」

お六は、やさしげな顔立ちを、うっとりと見上げた。やさしげな顔立ちは、

「一昨日（おととい）会ったじゃありませんか」と、薄情なことを言った。

「一日千秋（せんしゅう）の思いっていうじゃないか。一日会わなければ、千年も会わないような気がするっていうんだよ。知らないのかえ」

「知りません」

拍子抜けして、お六は話題を変えた。

「浮気はしなかったかえ」

「するわけないじゃありませんか、お金がないんだもの」

「いい子」

お六は、福松の頬を撫でた。

「おみやげがあるんだよ」

「でも、俺、結城の紬なんぞをもらっても、着て行くとこがないし……」

「そんなもの、もう持ってこやしないよ」

福松より先に、お六は座敷へ上がった。

福松は、草履を揃えて上がってくる。坐るのを待って、その膝の前に、懐へ押し込んできた財布を置いた。

福松は、いぶかしそうな目でお六を見た。

「この間、話したじゃないか」

と、お六は言った。

「覚えてないのかえ。うちのお金を少しずつ、そっと持ってくるって」

「覚えてますけど、そんなことをしなすったら、ご亭主が……」

「いいんだって言っただろう？　うちにためておいたら、手入れがあった時に奉行所へ持って行かれちまう。女達に恨まれながら、稼げ稼げって尻を叩いてさ、やっとためた金を、気まぐれな手入れで持って行かれてたまるかってんだ」

「それは、わかりますが」

「だったら、黙ってあずかっといておくれ。いずれ、お前と所帯をもつ時に役立つよ」

福松が俯いた。知りたいことがあるのだが、尋ねてよいものかどうか、ためらっているようだった。

「何だえ。お前とわたしの仲じゃないか。遠慮をするこたあない」

あの——と、福松は、おそるおそる口を開いた。

「女将さん、鎌倉へ行きなさるんですかえ」

「鎌倉？」

「縁切寺へ。ご亭主と別れるために」

「いやだよ」

お六は、身震いして答えた。

「縁切寺へ入ったら、何やかやとお調べやら手続きやらがあって、すぐには出てこら

れないじゃないか。わたしゃもう三十……じゃなかった二十四だよ。一月（ひとつき）たてば、一月だけ年齢（とし）をとっちまう。いやなこった」

「でも……」

女から離縁状を渡した話など、聞いたことがない。

「だからさ」

と、お六は言った。

「あいつを主人にしたんじゃないか。今のわたしは、ただの奉公人だよ。お前には話したけど、わたしの昔の亭主は大根河岸（だいこんがし）の吉次といってね、そりゃいやな岡っ引だった。附届（つけとどけ）を送らなければ、吉次は吉原の誰かを突いて、手入れをさせるようにしむけるよ」

福松は口を閉じた。

「あいつは捕えられて、百日間の手鎖、町内預けになる。ただでさえ煙草屋（たばこや）の娘と一緒になりたくって仕方がないんだ、町内預けで懲りりゃ、遊女屋なんざいやだって言い出すよ。その時に、三行半（みくだりはん）を書いてもらえばいい。あいつが遊女屋をやめるのだから、こっちの手には、桔梗屋とお前にあずけたお金が残る。あまり威張れた商売ではないが、食いっぱぐれはないよ」

福松が、また俯いた。仙八に百日間手鎖の苦痛をあじわわせるのも、遊女屋の亭主になるのもいやだと言いたいのだろう。が、先日、お六は福松に、左官としての行末に見込がないことを、じっくりと話してやった。自分でもそう思っていたところだけに、なおさら不安になったようだ。

「これを見な」

お六は、財布をさかさまにした。金色やら銀色やら、大きいのやら小さいのやら、このために身を売った人や死を考えた人の、いや、すべての人達に数々の恨みをいだかせているものが、音をたててこぼれ出た。

「そりゃね、百日間の手鎖は楽じゃないよ。寝床へ入ったって眠れたものじゃないそうだし、気軽に厠（かわや）へも行けないそうだ。軀（からだ）の具合をわるくした者も、一人や二人じゃない。それでも、無事に手鎖をはずしてもらった者は、またこの商売に戻るんだよ。それだけ儲かるんだ」

「でも……」

「じれったいね。この前も言ったじゃないか、儲けるだけ儲けたら、前の桔梗屋の亭主のように、すっぱりやめちまおうって。根岸でも向島でも、お前の好きなところへ行って、のんびり暮らそうよ」

そう言いながら、お六は、そんな日のくるわけがないような気がした。

この次の手入れがある前に、福松が心変わりしているかもしれないし、福松に飽き

足らぬ自分が、別の男を見つけているかもしれないのである。

あの人が生きていてくれたらね。

貧乏でも幸せだったにちがいないと思う。が、人は、あの男が死んでいるからそう

思うのだと言うだろう。あの男が生きていればお六はあの男に不満をいだき、今と同

じことをしていた筈と嗤うだろう。

そんなことあない。

お六は、あの男に惚れた。目の前にいる福松はあの男によく似ているし、仙八も、

痩せていた二十一、二までは、あの男を思い出させるような表情をする時があった。

でも、二十三で死んじまったんだよねえ、あの人は。

生きている男は年齢をとる。年齢をとって、あの男の面影などなくなってしまう。

その上、お六だっていつまでも二十一ではいられない。気がつけば、四十の坂が目

の前に迫っているのだった。

巴屋の女将は、上機嫌で吉次を二階へ上げてくれた。客を遊ばせる座敷だった。すぐにお蝶が入ってきて、若い衆が酒と料理をはこんでくる。「線香は立てており

ませんので」と言って、階段を降りて行った。

岡場所は、客が上がると線香に火をつける。その火の消えるまでが、遊んでゆける時間なのである。

遊び足りなければ、線香を追加しなければならない。無論、代金も追加となる。若い衆は、そんなことを考えずにゆっくりしてくれと言ったのだ。見世一同、吉次がお蝶と遊ぶことを目的にあらわれた、と思ったのかもしれなかった。

まったくの誤解ではないが、これで吉次の弱みを握ったと、帳場で大喜びをしていると思えば癪に障る。第一、お蝶がその気になっているのにも弱りはてた。

お蝶は十八、吉次は五十過ぎに見えるが実は四十五で、それでも親子以上に年齢がちがう。六十の隠居がくることもないではないだろうが、それはただの遊びだ。吉次は、──多少、本気なのである。

この本気が間違いのもと、礼金を巻き上げるつもりが二分も渡してしまうし、見世が気をきかして二階へ案内してくれても、お蝶が横たわっている床へ入ってゆくことができないのである。

女など信用していないし、好きでもないが、抱きたくないことはない。吉原や岡場所へ出かけたこともあるし、そういう商売の女の家を訪れたこともある。言うまでもないことだが、十手をちらつかせて上がるのだ。

が、それは、ただ女を抱きに行った時の話で……いや、さっきも十手をちらつかせてしまったな……その、何だ、お蝶を抱こうという気はこれっぽっちもなかったものだから……でも、少しはあったかもしれないと、吉次の胸のうちは、しどろもどろになっているのだった。

「親分、何をしていなさるんですよ」

赤い派手な夜具の上で、お蝶が呼んでいる。

吉次は、苦りきった顔でかぶりを振った。

「お調べだ」

「それじゃ何をしにきなすったの」

「俺ぁ、そんなことできたんじゃねえ」

お蝶は床の上で目を丸くしたが、吉次も自分の言葉に驚いて目をしばたたいた。

「何のお調べ?」

「ええと、その、この前、隣りの女将が女中になったと言っただろう。何か、たくら

吉次は、もう一度自分の言葉に目をしばたたいた。だから、女は困ると思った。お蝶のことが頭にあったため、勘が鈍っていたのである。

先日突き当った女は、桔梗屋の女主人だという。手拭いをかぶっていてよく顔が見えなかったが、身のこなしに色気があった。かねてから耳にしている噂も、若づくりが気になるものの、いい女だとのことだった。しかも、年下の亭主は、女将に頭が上がらないらしい。長火鉢に寄りかかって、煙草をくゆらせていられるものを、何を好きこのんでどぶ鼠色の着物を着、へっついの前に蹲る気になったのだろうか。

「帰るよ」

吉次は、お蝶の肩を叩いて立ち上がった。

「お前が気に入らなかったのじゃねえよ。ちょいと用事を思い出したのだ。女将さんには俺がわけを話してゆくから、今日はゆっくり休んでいねえ」

客をひきとめる手管が身についていないのか、お蝶は、呆然と吉次を見た。可愛かった。女は信用できないが、この娘になら小遣いをやってもよいと、ちら

「わたし、遊女屋の女将さんになる気はありませんからね」

と、おちかが言った。

「どうして桔梗屋の主人なんぞに、おさまっちまいなすったんですよ」

赤い鳥居の奥、稲荷社の前だった。仙八は、油揚を放り出すように供えて、おちかをふりかえった。

「ていうことは、おちかちゃん、俺の女房になってくれる気になったのかえ」

「仙八さんが、料理屋の亭主になるっていうならね」

「なるともさ。俺あ、昔はその気で修業をしていたんだ」

「ほんと?」

「ほんとうさ。お六にさえ会わなけりゃ、三島でいい板前になっていたかもしれねえ。——が、おちかちゃんの方はどうなんだえ。お前は、勇助ってえ板前と……」

「あんな人、大っ嫌い。女を見る目がないんですもの。そんな人に、いいお料理のつくれるわけがない」

そうだ、そうだと相槌を打つ背に冷汗が流れた。お六と夫婦になった仙八も、まるで女を見る目がない。

「勇さん、おかみさんをもらってお店を出すっていうけど、すぐにつぶれちまうにきまってる」

そうだ、そうだと言う声が小さくなった。

「ねえ、約束よ。ほんとに、お店を出しておくんなさいね。それも、平清のように、唄にうたわれるようなお店でなくっちゃいやですからね」

「わかったよ。それくらいの金はためている。明日っからでも、店は出せらあ」

と言ったが、金はお六が握っている。半分は俺のものだと言ったところで、お六がうなずく筈はない。三行半を叩きつけたところで、追い出されるのは仙八だ。金の入った袋とお六は、桔梗屋に残る。お六を殺しでもしないかぎり、一文も仙八の手には入らないのである。

困った──と唇を噛んだところで、ふっと脳裡に浮かんできたのが、巴屋であずかることになった遊女の顔だった。

彼女達がいた越中島町の妓楼は、手入れをうけたというではないか。

この手があると、仙八は思った。

お六を桔梗屋の女将に戻して、仙八が飯炊きになればよいのである。そして、岡っ引の家へ、不埒な桔梗屋に手入れをしてくれという投げ文をする。手入れがあれば、

遊女屋の主人は過料を申し付けられ、百日間の手鎖をかけられて町内預けとなる。その間に、お六が隠した金を探し出せばよい。

頭の上をおおっていた雲が晴れたような気がした。

「一緒になろうな、おちかちゃん」

が、落着いて考えてみれば、仙八はまた、ほかの男に心を寄せていた女と一緒になろうとしているのだった。

面白え。

お六に福松という男のいることは、すぐにわかった。仙八が、おちかという煙草屋の娘に惚れていることもわかったが、お六はおちかの存在に、早くから気づいていたらしい。しかも、下っ引が桔梗屋に上がって調べてきたところによると、今度は仙八が飯炊きになると言い出したのだそうだ。

吉次は、片頬で笑った。

双方に、好きな相手がいるのである。何をたくらんでいるのかはわからなかったが、目的は桔梗屋が稼ぎ出した金であることは間違いなかった。

「もっと探りを入れてみようか」

　近頃、これほどうまい話はない。桔梗屋の夫婦にそれぞれたくらんでいることがあるならば、吉次が十手を見せただけでなにがしかの金は包む筈だし、尻尾をつかめば、当人を脅しても、相手に教えてやっても、相当な金が手に入るにちがいなかった。

　お蝶の顔が目の前を通り過ぎて、吉次は山本町へ足を向けた。

　入堀に沿って右へ曲がり、表櫓の入口を通り過ぎる。

　その声は、裏櫓への一劃へ入ったところから聞えていたが、桔梗屋の前に立つと、いっそう大きくなった。夫婦喧嘩らしい、男と女が罵りあう声だった。

「ごめんよ」

　吉次は、十手の先で出入口の戸を開けた。客がきたと思ったのかもしれない。鼻紙にくるんだ金を持って、若い衆が帳場から飛び出してきた。近くで一杯飲んでいてくれと言うつもりだったのだろう。が、吉次の顔を見て、あわてて帳場へ戻って行った。

　大根河岸の親分がきなすったと言っているが、喧嘩をしている夫婦には聞えないようだった。吉次は、遠慮をせずに上がって行った。

「ごめんよ。何をたくらんでいるか、お互えに……」

　吉次の言葉は、そこで途切れた。帳場の真中には、おみつがいた。それも、ざる売

りを太らせたような男の胸倉をつかんで立っていた。

「お前……さん……」

おみつは、凍りついたように動かなくなった。

「何の……何の用だよ」

町内一の標緻よしと言われた頃のおみつや、祝言をあげた夜に泣き出したおみつ、酒の燗をつけて吉次の帰りを待っていたおみつなどが、一時に脳裡へ浮かんだ。働き者だったが稼ぎの少なかったざる売りのことも、おみつに逃げられたあとの惨めさも、同時に思い出した。吉次の記憶にあるおみつは、世間知らずの可愛い女だった。それも、年下の亭主を尻に敷いていたおみつが、遊女屋の女主人になっていた。

そのおみつが、遊女達の気がつくと、その亭主も、若い衆も、鑓手の女も、吉次を見つめていた。遊女達のものにちがいない視線も、背中に突き刺さっていた。大根河岸の吉次、蝮の吉次が、うろたえたようすを見せてはならなかった。

「桔梗屋の女将がお前とは思わなかったな」

おみつは横を向いた。そのうしろへまわって、男が腰をおろした。ざる売り同様に、気の小さい男のようだった。

「俺あ、昔っから親切な男でね。お前さん達に、それぞれ深い仲のお相手がいるって
ことを教えにきてやったんだ」

「知ってるよ、そんなこたあ」

知らなかったという声が聞えた。おみつの亭主の声だった。男はつづけて、お前に
男がいたことも、大根河岸の親分がお前の亭主だったことも知らなかったと言った。
老けて見えるが、当時のざる売りに近い年齢かもしれないと、吉次は思った。

「それじゃあ——」

と、吉次は笑ってみせた。　先日の手入れの光景が、脳裡をよぎって行った。

「手前が奉公人になって、見世に手入れをさせ、相手を町内預けにしちまおうとたく
らんでいたのは、知ってるかえ」

越中島町の妓楼の主人が百日の手鎖で軀の具合がわるくなったと聞き、それから考
えついたでまかせであった。が、誰からそんなことを聞いたと、亭主がわめいた。福
松が言いつけたのかと、負けずにおみつも叫んでいた。

吉次は口を閉じた。お互いに、相手が百日の手鎖で弱るのを待つつもりであったよ
うだった。

ばかが——。

　吉次は、口許（くちもと）だけで笑った。

　が、それを人が変わったようなおみつに言ったのか、いまだにおみつは世間知らずな女と思い込んでいた自分自身に言ったのか、よくわからなかった。

「俺がなぜ、そんなことを教えにきたのか、お前が一番よく知ってるだろう」

　吉次は、十手の先を眺めて見せた。吉次は、昔から蝮（まむし）の異名がある男だった。

「わかっているけど、ここにはないよ」

　と、おみつが言った。

「福松か」

　亭主がおみつを見た。おみつは、かつての亭主を見て、大声で笑った。

「よく知ってるじゃないか」

「さっさと誰かを取りにやらせな」

「金を渡さないうちは引き上げないだろうから、取りに行かせるけどね」

　おみつは、笑いつづけていた。

「巴屋の女将さんから聞いたよ。お蝶にのぼせあがってるんだって？」

　吉次は口を閉じた。

「わるいことは言わないから、あの子はおやめ。どこがいいのか、いい客のつく子で

ね、世間ずれのしてないようすを見せて稼いでいるんだとさ。お前さんが身請けしても、すぐにどこかの男と逃げてしまうよ」

吉次は、横を向いて黙っていた。俺はお前の一件から、女は信用していないのだと思った。

が、それにしても、早くどこかの縄暖簾へ飛び込んで、前後不覚になるほど酔ってしまいたかった。

解説　　　　　　　　　　　　　　　　　　　　　　　　　　寺田　農

役者という商売柄か、小説を読む楽しみの一つに、映像化した時の登場人物のキャスティングを頭に浮かべながら読むということがある。当然のことながら、その主人公役はいつもわたし自身なのだが……。

だから、時代の背景、また舞台となる町の雰囲気、匂いなどがわたしにとってはたいへん重要な要素になる。面白い小説であればあるほどその度合いは深い。そのせいか、自分の気持ちとの一体感がないと、つまらなくて興味が持てなくなる。そこに描かれている世界を、自分がどれだけ想像できるか、ということなのだろう。小説を読むものが好きなわりに、SF物をあまり好きになれないのも、そんなことと関係しているのかもしれない。わたしは別に火星人を演じたいとは思わない。

よく言われることだが、北原さんの作品は非常に映像的である。こんなことを申し

上げると北原さんに怒られそうだが、この『再会』でも、収められている作品すべて

について、まるで非常に優れたドラマのシナリオを読んでいるような錯覚を覚える。

一場面、一場面がそのまま、映像として浮かび上がってくるのである。

　普通のシナリオは、たとえそれがどんなに優れたものでも、あくまでも映像化する

ための叩き台であるに過ぎない。文字に書かれた世界を立体化させていく作業、それ

が映像化だ。ところが、北原さんの世界は、文字に書かれたものでありながら、すで

に立体化、完成されている。映像の世界になっているのだ。

　ここまで完成された作品を、映像化するのは逆に大変なことである。舞台になる町

の情景、そのとき気温は高いのか低いのか、晴れているのか、菜種梅雨のような雨が

降っているのか――。すべてが計算し尽くされている。登場人物の着物の素材、柄、

小道具などのひとつひとつにいたるまでが完璧に描かれており、どれかひとつをおろ

そかにしても世界が成り立たなくなる。

　映像とは「光」と「翳」の世界であると、言い換えることも出来る。

この「光」と「翳」が、北原さんの作品では効いている。

先日と同じように板戸がなかば閉められていて、出入口の土間は暗かった。その隙間から、紺色の蛇の目が見えた。臙脂色（えんじいろ）の裏をつけた着物がからみつく白い足も、確かに見えた。（「再会　二　卯の花の雨」）

夕焼けの庭に、卯之吉が傘を干していた。（中略）

「ふうん。夕焼けの傘ってのは、きれいなものだな。庭に大きな花が咲いたようだ」

（中略）傘に残っている雨の雫（しずく）が、糸を引くように地面へ落ちて行った。（「花の露」）

「光」と「翳」が、すでに芝居をしているのだ。すべての情景、情感がそこにはこめられている。

わたしは、北原さんの幕切れが好きだ。特に最後の一行がいい。

女はこわいと呟（つぶや）いたのが、辰吉の耳に入らなかったのは幸いだった。（「八百屋お七」）

「会えてよかった。ほんとうにいい日だぜ、今日は」

そんな源三郎の声が聞えたような気がした。（「最良の日」）

吉次は肩をそびやかした。その衿首を、日本橋川からのつめたい風が触れて行った。（「晩秋」）

卯の花の雨」）

佐七が熱いするめを裂くことに夢中になっているのが有難かった。（「再会　二

泣けるほどにいい。わたしはこういう切ないのに弱い。

最近の小説で私が不満を感じるのは、すべてを読み手に語りかけてくるモノ、ねぇねぇそう思わない、そうでしょと無理強いするヤツである。共感出来たら出来たで、そんなこと云われる迄もないと思うし、共感できなければ、ただ反感を覚えるだけである。安手のテレビドラマのように分りやす過ぎるほどに説明してくれて、「ねぇ、

そうでしょ」と云われても困るのだ。

北原さんは、読み手に無理強いをしない。かといって突き放しもしない。自らに語りかけているのである。後は、読み手がその物語をどう感じてどう受け止めるか。よくあるように、「幕切れに余韻が残る」などと軽々に言えるものではない。

「慶次郎」シリーズは、優れたハードボイルド小説でもある。

もちろん異論はおおかりだろうが、昔からわたしは「すぐれたハードボイルド小説は哲学である」と思っている。登場人物に託された作者の思想、哲学が物語を紡いでいくのである。乱暴を承知で云えば、山本周五郎はわが国の数少ないハードボイルドの書き手なのだと思えるし、もっとわたし流に云えば、辻邦生の『春の戴冠』だって読みようによっては立派なハードボイルド小説なのである。

「慶次郎」の登場人物は、それぞれが哲学を持っている。しかも今ではとんとお目にかかることのない、こまやかな人情というやつと共に。北原さんの作品を映像化するについて有難いのは、シナリオ構成を原作通りにすればいいことである。出だしから幕切れまで、すべて原作のままでいい。だが、登場人物の哲学までを映像化するのは、至難の業だ。

シナリオを作る上で、もうひとつ素晴らしいのは、台詞を原作そのままで使えることである。

こう云っては何だが、台詞のうまい脚本家というのも数少ないのである。なんでもかんでもすべて台詞で説明してしまう。ラジオドラマかと思うほどに喋りすぎる。おかげで画面を観ていなくてもすべてが分かる。「それは芝居で見せるところだろう」と思うのまで台詞で説明してしまうから、役者の芝居のしどころがない。役者の芝居がひどいから台詞で分からせようとするのかもしれないし、どちらがひどいのかはよく分からない。おそらくは、どっちもひどいのだろう──。

北原さんの台詞は男も女もいい。

「俺……、思ってたより、いい人に出会ってるんだ……」（『花の露』）

幸運なんてものは、そう簡単にゃこねえんだよ。（『晩秋』）

「（略）お前も口惜しがって、俺に飛びかかってくるかもしれない。明りの中では、

そういう喧嘩（けんか）もできるんだよ」（「あかり」）

「ごめんよ」

と、おもんの声は言う。

「どの男もつまらないんだもの。それが兄さんのせいだとは言わないけど」

「その通りでさ。そんなことを言う女じゃあない。ないが、そんなことをする女

だったんでさ。好きな男は、ほかにいやがったんだ」（「再会　一　秘密」）

「有難うございますが、大丈夫。わたしゃ糊（のり）づけの人間じゃございませんから、

ちっとばかり雨に濡れたって剥（は）がれてこわれやしませんよ」（「再会　二　卯の花の雨」）

こんな台詞は、なまじの役者には言えない。それでなくてもイイ台詞というのは、

役者がその台詞に酔ってしまいがちになる。感情こめて言えば言うほど、ただ重くク

サくなるだけだし、かといってサラッと言うだけでは、味も何もなくなってしまう。

役者泣かせなのである。しかし、ここまでこなれていると、役者としては実に覚え

やすい。わたしの業界では、会話にすらならないお粗末な台詞ばかりの脚本だって珍

しいことではない。そんな台詞を無理やり覚えさせられて、なお観客を感動させよう

なんて、どだい無理な注文なのだ。

　これはわたしのまったくの想像だが、北原さんはお書きになっている時に、きっと

ご自分で声に出しておられるに違いない。でなければこんなにも無駄のない台詞が出

てくるわけがない。この台詞を一番うまく言えるのは、他ならぬ北原さんご自身では

ないだろうか。

　聞くところによると、北原さんは原稿を何度も何度も書き直されるのだという。校

正刷りになってからもなお、納得がいくまで用紙が真っ赤になるほどの直しをされる

そうだ。これらは、そうして熟成された台詞なのである。

　北原さんの文章はホドがいい。

　身の程のホドである。どんな対象も必要最小限にしかお書きにならない。その人間

の持つ深い悲しみや苦しみも、大きな喜びですら大げさではない。過ぎるということ

がない。つまり、江戸前なのだ。その恥じらいのようなものが、「慶次郎」の世界に

活きている。北原さんご自身、新橋生まれ。さらには四代以上にも遡ることのできる、

生粋の「江戸前」でおられることも、無関係ではないだろう。

匠（たくみ）の手にかかった上質な漆器の味わい。決して陶磁器のそれではない。掌に包み込まれた深い味わいと重みがゆっくりと心の中に染み込んでいく……。北原さんの作品を読むたびに感じるこんな思いも、実はそのあたりにあるのかもしれない。

問題は、配役である。

北原さんの世界には主人公の慶次郎を筆頭に、魅力ある人物が数多く登場してくる。それぞれが色々な過去を背負った一筋縄ではいかない人物ばかり。しかも、間違ってもその胸の内を言葉に出して説明してくれるようなタイプではない。

だからこそ、演じる役者の技量が問われる。芝居が出来ない役者でないと務まらない。わたしが空想上ですべての人物を、女ですらも演じているつもりになっているのとは、わけが違うのだ。

主人公の慶次郎。作中の年齢は四十九歳。しかし、すでに現役を引退しているから、現在の感じでは六十歳前後か。薪割り（まきわり）姿が似合うのがいい。着物姿で走る格好が良くて、「罪を犯させぬことこそ町方の役目」「仏の慶次郎」と呼ばれるほどの大きな包容力も持ち合わせてなければならない。

（略）おしんの涙が、慶次郎の胸を濡らした。

　その涙を拭いてやろうと俯いた慶次郎の唇に、ふっと顔を上げたおしんの唇が触れた。

　おしんが慶次郎の肩へ手をまわした。そう思ったが、慶次郎がおしんを抱きしめたのかもしれなかった。（『再会　二　卯の花の雨』）

　こんな色気も持っていなければならない。

　色気があれば妙にギラついて、渋ければただ枯れているだけ。渋くて、色気がある、こういう役者がいなくなった。

　慶次郎の脇にあって、際立っているのが蝮の吉次。五十過ぎに見える四十五歳。実際には慶次郎よりすこし老けているくらいがいい。

　幸運なんてものは、そう簡単にゃこねえんだよ。

　吉次は肩をそびやかした。その衿首を、日本橋川からのつめたい風が触れて行っ

た。（「晩秋」）

つめたい風が似合う。

虚無、悔恨、絶望そのすべてが立っているだけでわかる。任だねェ——こう呼べる役者もいなくなった。

まさしくこのまんまが、絵になる。任だねェ——こう呼べる役者もいなくなった。男に比べればま

像化は、わたしの空想のなかに留めるしかないのか……。

実をいうと、わたしは一度、慶次郎を演じている。舞台は、「小説新潮」。北原さん

が慶次郎を連載しておられる小説誌である。その二〇〇一年三月号「北原亞以子特集」

に、慶次郎の舞台を歩く、という実に魅惑的な企画があり、なんとわたしが憧れの慶

次郎に扮し、根岸散歩としゃれ込んだわけである。慶次郎が小さな三千代を連れてき

た円光寺、御行の松、三島神社、千手院……慶次郎が暮らした根岸の面影が、そこか

しこに残っており、「そのまんまロケに使えるじゃないか」と喜んだのだが——。

そして佐七、辰吉などなど、どの人物をとっても役者が足りない。男に比べればま

だ皐月や「秘密」のおもん、「卯の花の雨」のおしんなど、ひょっとすればいい女優

が見つかるかもしれない。しかし女優はわがままだから、これまた難しい。やはり映

なんとかならないもんですかねェ。

二〇〇一年九月

＊新潮文庫版に掲載されたものを再録しています。

（てらだ　みのり／俳優）

さいかい
再会
けい じ ろう えん がわ に っ き
慶次郎縁側日記

朝日文庫

2022年7月30日　第1刷発行

著　者　北原亞以子
きたはら あ い こ

発行者　三宮博信

発行所　朝日新聞出版
〒104-8011　東京都中央区築地5-3-2
電話　03-5541-8832（編集）
　　　03-5540-7793（販売）

印刷製本　大日本印刷株式会社

ISBN978-4-02-265049-8
落丁・乱丁の場合は弊社業務部（電話 03-5540-7800）へご連絡ください。
送料弊社負担にてお取り替えいたします。